I0641711

MEMOIRES
POUR SERVIR
A L'HISTOIRE
DES
HOMMES
ILLUSTRES
DANS LA REPUBLIQUE DES LETTRES.
AVEC
UN CATALOGUE RAISONNE'
de leurs Ouvrages.
Par feu le R. P. NICERON, *Barnabite.*
TOME XLI.

A PARIS,
Chez B RIASSON, Libraire, rue S. Jacques,
à la Science.

M. DCC. XL.
Avec Approbation & Privilége du Roi.

TABLE
ALPHABETIQUE

Des Auteurs contenus dans les quarante-un Volumes de ces Mémoires.

Le chiffre marque le Volume.

Les noms qui font en italique marquent les Auteurs dont il eſt du peu de choſes & dont il n'eſt parlé que dans la vie des autres & non en particulier.

Tome XLI. a ij

a iij

TABLE ALPHABETIQUE

DES AUTEURS.

DES AUTEURS.

TABLE ALPHABETIQUE

TABLE ALPHABETIQUE

TABLE ALPHABETIQUE

Tome XLI.

b

TABLE ALPHABETIQUE

b ij

TABLE ALPHABETIQUE

TABLE ALPHABETIQUE

Fin de la Table Alphabetique des Auteurs.

Table particuliere du Quarante-unième Volume.

TABLE ALPHAB. DES AUTEURS.

FIN.

Les Volumes suivans seront donnez au tems ordinaire, c'est-à-dire de six en six mois, l'Auteur ayant laissé à sa mort de la matiere pour plusieurs Volumes. Ceux qui auront des additions, des corrections ou quelques vies à faire inserer dans la suite, s'adresseront au Libraire.

MEMOIRES

MEMOIRES

POUR SERVIR

A L'HISTOIRE

DES

HOMMES

ILLUSTRES

DANS LA REPUBLIQUE
des Lettres.

Avec un Catalogue raisonné
de leurs Ouvrages.

RENE' BENOIST.

RENE' BENOIST,
naquit l'an 1521. au
Village de *Charonnieres*,
à trois lieuës d'*Angers*,
d'une famille honnête ;
mais peu aisée.

Il commença ses études dans le lieu
de sa naissance, où n'ayant que peu

Tome XLI. A

R E N E'   de secours, il n'y fit point de grands
BENOIST, progrès.

Mais étant allé ensuite à *Angers*, il
repara le temps qu'il avoit presque
perdu jusques-là. Après avoir fait ses
Humanités , il étudia en Médecine ,
& y prit même des degrés , qui ne
lui servirent de rien ; car se sentant
porté par son goût particulier à l'é-
tude de l'Ecriture Sainte , & ne pouvant se satisfaire parmi les occupations que donnoit la Médecine, il
l'abandonna entierement , pour se
tourner du côté de la Théologie, en
laquelle il se fit recevoir Docteur à
Angers.

Quelque temps après il fut pourvû de la Cure de *S. Morille* au *Pont
de Cé* , Ville d'Anjou. Mais ayant entendu parler avantageusement de l'U-
niversité de *Paris* , il vint dans cette
Ville à l'âge de 27. ans , c'est-à-dire
en 1548.

Il y recommença ses études de Philosophie & de Théologie , & fut reçu
en 1556. au Collège de *Navarre* où
il prit le degré de Docteur en 1559.

Il passa en Ecosse avec la Reine *Marie Stuart* , qui s'y retira après la mort

du Roi *François II.* son mari, arrivée
le 5. Decembre 1560. le Cardinal de
Lorraine lui ayant procuré la place de
Prédicateur & de Confesseur de cette
Princesse.

Il ne demeura que deux ans auprès
d'elle , revint à *Paris* vers la fin de
lan 1562. comme il paroît par la date de ses Ouvrages.

Vers l'an 1566. il fut pourvû de la
Curé de *S. Pierre des Arcis* à *Paris* ,
qu'il ne conserva que trois ans , étant
passé en 1569. à celle de *S. Eustache* ,
qu'il a gouvernée pendant près de
quarante ans avec une telle autorité ,
qu'on l'appelloit au commencement
le Pape des Halles.

En 1587. il fut nommé premier
Lecteur & Professeur Royal en Théologie par le Roi *Henri III.* & remplit cette place pendant plusieurs années, après lesquelles il la résigna avec
l'agrément du Roi à *Charles Loppé
du Mans* , pour vaquer uniquement
au soin de sa Paroisse.

Pendant les troubles que la Ligue
causa à *Paris* après la mort d'*Henri
III.* il ne se laissa pas entraîner au tor-
rent , mais demeura toujours fidele à

RENE'
BENOIST.
son Prince. Lorsque tous les Prédicateurs ne songeoient qu'à inspirer aux peuples un esprit de révolte, il s'efforçoit de les porter à la paix & à la soumission. Sa timidité naturelle l'empêchoit cependant de dire sur ce sujet tout ce qu'il pensoit : *Nous en dirions davantage*, disoit-il quelquefois, *mais ce peuple est si malheureux qu'il veut être trompé.*

Le 11. Juin 1593. il reçut des Lettres du Roi *Henri IV.* qui songeoit à embrasser la Religion Catholique, par lesquelle sil le prioit de le venir trouver avec deux autres personnes d'un esprit doux & moderé, pour l'instruire. Il communiqua ces Lettres aux Duc de *Mayenne*, qui les renvoya au Legat. Quoique celui-ci jugeât qu'on ne devoit rien faire en cela, sans sçavoir la volonté du Pape; *Benoist* ayant reçu le 23. du même mois de nouvelles Lettres du Roi, l'alla trouver le 14. Juillet à *S. Denis* avec *Moraines*, Curé de *S. Merry*. Ils entrèrent en conference avec lui le 23. suivant, & le résultat fut la conversion du Roi, qui alla à la Messe le Dimanche suivant, 25. de ce mois.

Ce Prince fut si content de lui qu'il RENÉ'. le prit pour son Confesseur, & le nom-BENOIST ma l'année suivante 1594. à l'Evêché de *Troyes* en Champagne. Mais il ne put jamais obtenir des Bulles de *Rome*, où l'on n'avoit pas bonne opinion de lui, tant parce qu'il avoit reçu l'abjuration du Roi, sans en avoir attendu l'agrément du Pape, qu'à cause de sa traduction de la Bible dont je parlerai plus bas, & d'un certain Sermon qu'il avoit fait à *Orleans.* Tous les mouvemens qu'il se donna, & toutes les machines qu'il fit employer, furent inutiles, & il fut obligé de remettre en 1604. l'Evêché entre les mains du Roi.

Se sentant près de sa fin, il résigna sa Cure à *Etienne Tonnelier*, alors Recteur de l'Université de *Paris*, & mourut le 7. Mars 1608. âgé de 87. ans, étant Doyen des Curés & de la Faculté de Théologie. *Pierre Victor Cayet* prononça son Oraison funebre à son enterrement le dix du même mois, & pour honorer sa mémoire, on éleva au côté droit du grand Autel une colonne avec sa Statuë au-dessus : mais comme ce monument em-

RENE'
BENOIST.

baraſſoit trop en cet endroit, on l'a
ôté depuis pluſieurs années.

Voici l'Epitaphe, qu'on y liſoit.

D. O. M. P. Q. M. *Renati Be-*
nedicti S. Viator. Ecce tibi effigies mag-
ni illius Doctoris, qui Renatus cogno-
mento Benedictus appellatus eſt, Andi-
bus in Gallia natus, ſacris juſta ac pro-
phanis Litteris eruditus; vir quâ dicen-
di facultate, quà ſcribendi facilitate
multum exercitatus. Superſtitionis ut op-
pugnator, ita Religionis propugnator,
qui quâ tempeſtate Galliæ urbes hæretica
contagione laborarent, periclitantibus a-
nimis manu medica eſt opitulatus: com-
miſſos ſibi greges, qui ad canendum
Chriſto carmen in hanc Ædem confluunt,
cum privatis ſtudiis tum publicis concio-
nibus per annos 40. *labore indefatigatus*
ſervavit. Eo pietas hominem evexit, ut
in ſacris expiatoriis Henrico Magno,
Regi Chriſtianiſſimo, fuerit ab aure de-
lectus, expurgandæ vitæ cenſor acerri-
mus, & ab eodem Trecarum Epiſcopus
deſignatus, cui ſi ad honores veneranda
ſenectus pertinet, in dignitatum cumu-
lum auctoritas ſenilis acceſſit. Nam ex
hac ſocietate ad feliciorem vitam voca-
tum annos 87. *agentem Theologorum*

Collegium extulit, cùm Decanus decen- RENÉ

nium fediffet. Mortuus Nonis Martii, BENOIST.

anno Domini 1608.

M. Stephanus Tonnelier , Doctor

Theologus , & ab eodem Renato Bene-

dicto hujus Ecclefie Paftor defignatus ,

viro illi de fe bene mento fepulchrum hoc

D. S. P.

Catalogue de fes Ouvrages.

1. *Homelie de la Nativité de Jefus-*

Chrift , en laquelle eft clairement montré

l'Office du vrai Chrétien. Paris Claude

Fremi 1558. *in-80.* pp. 26. *Benoift a*

toujours fort aimé la Prédication , &

malgré les occupations qu'il a eu tou-

te fa vie, & fur-tout celles que lui a

procuré la conduite d'une auffi gran-

de Paroiffe que celle de *S. Euftache ,*

il n'a pas laiffé de prêcher 50. Carê-

mes , comme le témoigne *Cayet* , fon

Panégyrifte.

2. *Claire & certaine probation de la*

néceffaire manducation de la fubftantiel-

le & réale Humanité de J. C. vrai Dieu,

& vrai homme au **S.** *Sacrement de*

l'Autel fous les efpeces du Pain en l'Hof-

tie Sacrée. Paris Nicolas Chefneau

1561. *in-80.* It. *Revûë , corrigée &*

augmentée. Paris Guill. Chaudiere

RENE' 1566. *in-8°.* feuil. 35. Cet Ouvrage
BENOIST. eſt daté du 20. Janvier 1561.

3. *Brieve Réponſe à quelque Remon-*
trance faite à la Royne Mere du Roi ,
par ceux qui ſe diſent perſécutés pour la
parole de Dieu. A MM. les Prélats de
France , aſſemblés à Poiſſi pour la Reli-
gion en 1561. *Paris Guill. Guillard*
1561. *in-8°.* feuil. 28. ſans l'Epître
aux Prélats , qui eſt fort longue.

4. *Neceſſarius atque certus modus tol-*
lendæ Religionis diſcordiæ. Pariſ. Nic.
Cheſneau 1562. *in* 8°. feuil. 19. daté
d'*Edimbourg* le 10. Decembre 1561.
Cet Ecrit a été traduit d'abord en
Ecoſſois , & enſuite en François.

5. *Le Triomphe & excellente vic-*
toire de la Foy , par le moyen de la vé-
ritable & toute puiſſante parole de Dieu.
Paris Nicolas Cheſneau 1562. & 1568.
in-8°. feuil. 40. ſans la Préface , qui
eſt plus longue que le livre. Elle eſt
adreſſée au Roi *Charles IX.* à la Reine ſa mere , & aux Princes de France,
& eſt datée de la Cour de *Marie*
Stuart , Reine d'Ecoſſe le 2e. Août
1562.

6. *Manifeſte & néceſſaire probation*
de l'adoration de J. C. Dieu & homme

en l'Hoſtie Sacrée , tant en la Meſſe , RENE'
qu'en tout autre lieu , auquel elle eſt pré- BENOIST.
ſentée aux Chrétiens , principalement
ès Proceſſions , que font, conformément à
la parole de Dieu , les vrais Chrétiens
le jour de la fête du S. Sacrement. *Paris*
Guil. Chaudiere 1562. *in-8o.* It. *Paris*
1566. *in-8o.*

7. *Bref ſommaire des Evangiles de*
tous les jours de Carême ; par Louis le
Senechal. Paris Gabriel Buon , & Ni-
colas Cheſneau 1562. *in-8o.* De *Lau-*
noy nous apprend , que *Benoît* a pris
ici le nom de *Louis le Senechal.* Ainſi
la Croix du Maine a eu tort de donner à cet Auteur prétendu un article
dans ſa *Bibliotheque Françoiſe.* Je ne
ſçai s'il ne s'eſt point auſſi trompé en
mettant une édition de ce livre en
1559.

8. *Les Lamentations & pleurs d'Ori-*
gene, ès quelles eſt montré le danger,
qui eſt en la fréquentation & familiarité
des Hérétiques , & le mal qu'encourent
ceux qui leur favoriſent en quelque ma-
niere que ce ſoit ; traduit de cet Auteur.
Paris Nicol. Cheſneau 1563. *in-8o.* It.
Avec l'Ouvrage marqué ci-deſſous
au no. 27.

RENE'
BENOIST.

Réponse à ceux qui appellent idolatres les Chrétiens & vrais adorateurs ; en laquelle est familiairement montré que c'est qu'adoration, qui est dûë adoration, quelle difference il y a entre l'adoration des créatures, & la vraye & souveraine, laquelle est dûë à Dieu seulement. Paris 1563. *in*-8°. feuil. 36. datée du 30. Janvier 1563. It. *Paris* 1566. *&* 1588. *in*-8°. *Avec quelques petits traités de l'adoration de la Croix, & de la maniere de méditer la Passion de J. C.*

10. *Traité Catholique des Images & du vrai usage d'icelles : Extrait de la Sainte Ecriture & anciens Docteurs de l'Eglise. Avec deux petits traités d'icelles, l'un fait de long-temps en Grec par le saint Pere & Confesseur, Theodore, Abbé des Studites, & l'autre prins des œuvres de saint Damascene, tout fait & mis en François par René Benoît. Paris* 1564. *in*-8°. feuil. 34. daté du 10. Fevrier 1563.

11. *Epître à Jean Calvin, dit Ministre de Geneve, pour lui remontrer, qu'il répugne à la parole de Dieu, en ce qu'il a escrit des Images des Chrétiens : avec un Chrétien Advertissement*

à lui-même de fe réunir à l'Eglife Catho- RENE'
lique & Romaine. *Paris* 1564. *in-*8°. BENOIST.
feuil. 78. datée de *Paris* le 25. Mars
1563.

12. *Seconde Epître à Jean Calvin,*
dit *Miniftre de Genève , en laquelle*
de point en point eft refutée , par la parole de Dieu, une vaine & pernicieufe
imagination de la participation du Corps
& du Sang de J. C. par un découle-
ment fpirituel ; laquelle il a défenduë &
propofée en fon Inftitution , qu'il dit
Chrétienne. *Paris* 1564. *in-*80. feuil.
72. datée du 25. Mars 1563.

13. *Traité du jeûne du Carême, où*
eft montré icelui être de l'Inftituion de
J. C. & commandement de Dieu. *Avec*
la troifiéme Epître à Jean Calvin , en
laquelle de point en point , & prefque de
mot à mot lui eft répondu à ce qu'il a
efcrit en fon Inftitution , qu'il dit Chrétienne , contre le jeûne , difcrétion des
viandes , & abftinence du Carême. *Pa-*
ris 1564. *in-*80. feuil. 47. *It. Paris*
1566. & 1586. *in-*80. L'Epître à *Cal-*
vin fait le 5e. chapitre de cet Ouvrage.

14. On trouve une Epître de *Re-*
né Benoît datée du 3e. Octobre 1563.

RENE' à la tête de la *Conference de Jacques*
BENOIST. *du Pré, Docteur en Théologie avec les*
Minstres de Nantes, &c. Paris 1564.
*in-*8°.

15. *La maniere de connoître salutai-*
rement J. C. en laquelle ouvertement par
l'expresse parole de Dieu, le masque des
hypocrites, Pharisiens, abuseurs Hé-
retiques, Atheistes, & Libertins, &
tous autres, faussement à soi vendicans
la connoissance de l'éternelle, salutaire,
& céleste vérité, avec le vain & pré-
somptueux espoir qu'ils ont de la vie
éternelle, est décelé & rabbatu. Paris
1564. *in-*8°. feuil. 51. Cet Ouvrage,
divisé en six livres est daté du 13.
Juillet 1564.

16. *Epître consolatoire aux habitans*
de la Ville de Nantes, affligez de peste.
Paris Nicol. Chesneau 1564. *in-*8°.

17. *Traité des Dîmes, auquel clai-*
rement est montré, que de tout droit &
raison tous Chrétiens sont tenus de payer
les Dîmes, prémices, & oblations aux
Pasteurs de l'Eglise; aussi que iceux
Pasteurs par tout droit sont tenus & obli-
gés de bailler & administrer les choses
spirituelles & divines à ceux desquels ils
reçoivent les Dîmes, & autres choses tem-

porelles. *Paris, Nic. Chefneau* 1564.
in- 8°.

18. *Difcours de l'Hiftoire du Miracle des Ardens par les prieres de Sain-
te-Genevéve du temps de Louis le
Magnanime, fils de Philippe, Roi de
France. Avec un petit traité des Procef-
fions des Chrétiens. Paris Thomas Belot* 1564. *in-*8°.

19. *Traité du Sacrifice Evangelique,
où il eft prouvé que la Sainte Meffe eft
le Sacrifice de la Loi nouvelle. Avec un
Traité de la maniere de celébrer la fain-
te Meffe en la primitive Eglife, fait par
Proclus, Archevêque de C. P. Paris
Nic. Chefneau* 1564. *in-*8°. *It. Ibid.
Guill. de la Noue* 1586. *in-*8°.

20. *Inftructions pour tous Etats. Paris Nic. Chefneau* 1564. *in-*8°.

21. *Articuli facræ Facultatis Theologiæ Parifienfis circa dogmata Religionis
Chriftianæ controverfa, cum admoni-
tione ad lectorem. Parif. Guil. Guillard*
1564. *in-*8°.

22. *Stromata in univerfum organum
Biblicum, quadruplici tum materia,
tum libro diftincta, in quibus continentur hæc quatuor. Primum, brevis in univerfam Scripturam facram Ifagoge.*

RENE' BENOIST.

Secundum, singulorum librorum Canoni-corum argumenta. Tertium, admonitio locorum sacræ Scripturæ, quibus pravè detortis & perperam expositis abutuntur Hæretici. Quartum, collectio eorum lo-corum, quibus contra hæreticos confir-matur Catholica Doctrina. Paris. Jean Macé, *in-fol.* A la fin de la Bible, de l'édition de *Benoît*, dont je vais par-ler.

23. *Biblia Sacra veteris & novi Tes-tamenti juxta Vulgatam, quam dicunt editionem ; Joannis Benedicti, Theolo-gi, industria accurate recognita & emen-data, Annorumque à Mundo condito ad Christum usque natum supputatione illustrata. Adjectis ad singula quæque ca-pita brevibus argumentis, & ad finem voluminis, Hebraïcarum, Græcarum, cæterarumque peregrinarum vocum in-terpretationibus. In hac editione hæc qua-tuor adjecta sunt ; Commentariorum ac-curata recognito & amplificatio, ter-tius liber Machabæorum, Sententiarum tam veteris quàm novi Testamenti index: denique exquisita stromata. Autore Re-nato Benedicto.* Paris. Jean Macé 1564. *in-fol.* It. *Ibid.* 1566. *in-fol.* C'est la même édition que la précedente,

dont on a feulement rafraîchi le ti-RENE'
tre. *René Benoît* a ajouté ici de nou-BENOIST.
velles fcholies marginales à celles de
Jean Benoît, qui avoient déja été
imprimées plufieurs fois ; & ces fcholies ont reparu dans deux éditions de
la Vulgate, faites à *Paris* en 1565. &
1567. *in-fol.* qui n'en font véritable
ment qu'une, puifqu'il n'y a que la
date de changée ; & dans une autre
donnée par les foins de *Jacques le Fe-
vre* à *Paris* l'an 1573. *in-fol.*

24. *Remontrance Chrétienne aux Religieufes Profeffes, qui ont été féduites
& débauchées par les ferviteurs & miniftres de leur ventre, fous prétexte
d'une liberté Evangelique, & licite
mariage, où eft montré, qu'elles font en
un état fort dangereux, & eft donné grande confolation à celles qui demeurent
conftantes fans fiction en leur Profeffion
Monaftique. Paris 1565. in-8°. feuil.
39.*

25. *Brieve & facile Réponfe aux
objections d'une Damoifelle, par lefquelles elle rejette la fainte Meffe, & ne la
veut ouir : où il eft montré qu'elle doit
être dite & célébrée en Latin. Il a été
ajouté un Bref traité, contenant certaines*

RENE'raisons pour fortifier une autre Damoi-
BENOIST. selle assaillie & oppugnée en la Foi par
les Hérétiques. Paris 1565. feuil 23.
datée du 14. Mai 1564.

26. *Brieve & facile Réfutation d'un
livre divulgué au nom de J. de l'Espine,
se disant Ministre de la parole de Dieu ;
auquel violentant & détorquant l'Ecri-
ture-Sainte, il blasphême malheureuse-
ment le S. Sacrifice Evangelique, dit
vulgairement la sainte Messe. Paris*
1565. *in*-80. feuil. 36. L'Epître est
datée du 30. Mai 1564. Le livre
que *Benoît* combat ici, est intitulé :
*Discours du vrai Sacrifice, & du vrai
Sacrificateur : Oeuvre montrant à l'œil,
par témoignage de la Sainte Ecriture,
les abus & rêveries de la Messe, & l'i-
gnorance, superstition & impostures des
Prêtres. Par Jean de l'Espine, Ministre
de la parole de Dieu. Lyon* 1564. *in-*80.
Cet Auteur étoit un Angevin, qui
avoit autrefois été Hermite de S. Augustin, & qui, suivant l'usage des Pro-
selytes de la P. Réforme, avoit voulu signaler son zéle pour elle, en at-
taquant l'Eglise qu'il avoit abandon-
née. Il prétendit répondre à *René Benoît*, dans un nouvel ouvrage, qu'il
intitula :

intitula: *Défenſe & confirmation du Traité* R E N E'
du vrai-Sacrifice & Sacrificateur à l'en- BENOIST.
contre des frivoles réponſes & argumens
de René Benoît. Geneve 1567. *in-*
8°.

27. *Certaine réſolution & détermina-*
tion des points à préſent controverſés
touchant la Religion Chrétienne, faite
par les trois excellentes & célebres Fa-
cultés de Thélogie, à Paris, Louvain,
& Cologne. Enſemble un Bref & par-
fait Catechiſme, avec quelques autres
petits traités. Paris 1565. *in-*8°. feuil.
31. datée du College de Navarre le
29. Août 1564. On voit à la fin les
Lamentations & pleurs d'Origene, dont
j'ai parlé au n°. 8.

28. *Inſtruction & Doctrine utile &*
néceſſaire pour bien & ſalutairement ſe
confeſſer & prier Dieu pour ſes péchés,
extraite des Saintes Ecritures, tant du
vieil que du nouveau Teſtament, com-
poſée premierement par Martial Maſu-
rier, Docteur-Regent en la Faculté de
Théologie, Chanoine & Pénitentier de
Paris, & puis corrigée & dreſſée ſelon
la forme de l'Egliſe Catholique par René
Benoît. Paris 1565. *in-*8°. feuil. 44.
datée du 18. Novembre 1564.

Tome XLI. B

RENE'
BENOIST.

29. *Exhortation Chrétienne aux Fidelles & Elus de Dieu, de batailler par tous moyens possibles pour le grand Seigneur contre l'Antechrist. Paris 1565. in-8°. feuil. 16. datée du 7. Septembre 1565.*

30. *Seconde Remontrance aux Religieuses Professes, qui ont été séduites & débauchées. Paris 1565. Nic. Chesneau in-8°.*

31. *Premier livre de la communion des Saints, où il est traité de l'honneur que les Elus de Dieu ici mortels doivent faire aux Saints vivans & glorieux au Ciel. Paris Guill. Chaudiere 1565. in-8°.*

32. *Brieve résolution par l'expresse parole de Dieu, de ce qu'il faut sentir & tenir de l'usure : Ensemble une réponse aux vaines raisons & échapatoires des usuriers. Paris Nicolas Chesneau 1565. in-8°. feuil. 38. datée du 25. Novembre 1565.*

33. *Exposition & résolution de certains lieux & passages du vieil & nouveau Testament, desquels les Héretiques abusent contre la Foi Catholique, traduite des Ecrits Latins de M. René Benoist, par Nicolas Chesneau, Rhetelois.*

Reims 1565. *in-*8o. It. *Paris* 1567. *in-* R E N E'
12. C'eſt la traduction d'une partie BENOIST.
de l'Ouvrage indiqué au no. 22.

34. *Avertiſſement à l'homme Chré-*
tien de la vénération & adoration de
l'Hoſtie Sacrée, contre les Sectaires, tra-
duit des Ecrits Latins de M. Jean-
Michel, Docteur de Paris. Paris Guil.
Chaudiere 1566. *in-*8o.

35. *Catechiſme & Inſtruction populai-*
re. Paris Guill. Chaudiere 1566. *in-*
8o. It. *Paris Jean Poupi* 1574. *in-*
8o.

36. *Tractatus de Indulgentiis. Pariſ.*
Guill. Gaillard 1566. *in-*4o. It. *Pariſ.*
Nic. Cheſneau 1575. *in-*8o.

37. *Maniere de ſe préparer à la ſolem-*
nité de la Nativité de Jeſus-Chriſt,
traduite des Ecrits de S. Auguſtin. Paris
Guill. Chaudiere 1566. *in-*8o.

38. *Antitheſe des Bulles du Pape &*
des Huguenots, touchant la Rémiſſion des
péchés. Paris Nic. Cheſneau 1566. *in-*
8o. C'eſt apparemment le même Ouvrage que celui que j'ai vû ſous ce
titre: *Antitheſe des Bulles du Pape pour*
le Jubilé, pardon & rémiſſion des pé-
chés, propoſée en l'Egliſe de Jeſus-
Chriſt, qui eſt la Catholique, univer-

RENE *selle & Romaine, & de celle de l'Eglise*
BENOIST. *Prétenduë Reformée. Paris Guill. Chau-*
diere 1567. in-8º.

39. *Avertissement du temps des Mi-*
nistres, & des fruits des doctrines nou-
velles. Paris Guill. Chaudiere 1566.
in-8º.

40. *Brief discours du fondement du*
Purgatoire, des Indulgences, pardons,
& de satisfaction. Paris Nic. Chesneau
1566. in-8o.

41. *Discours de l'usage des luminai-*
res en la Religion Chrétienne. Paris
1566. in-8o. It. sous ce titre : Catho-
lique discours des Chandelles, Torches,
& autre usage du feu en la Profession
de la Foi & de la Religion Chrétienne;
où est spécialement traité des Chandelles
que portent processionnellement les Chré-
tiens les jour & fête de la Purification de
la glorieuse Vierge Marie Mere de
Dieu. Paris 1575. in-8o.

42. *Traité de l'Autorité des Conciles*
Generaux. Paris Nic. Chesneau 1566.
in-8o. It. Ibid. 1584. in-8º. A la sui-
te du Concile de Trente traduit par
Gentian Hervet.

43. *Homelie de l'Evangile du jour*
des Rameaux. Auteur Mᵉ Jacques

Michelet , Docteur en Théologie & In- RENE
quisiteur de la Foi à Angers. Avec un BENOIST
bref discours de la Confession auricu-
laire , ou sacramentelle. Auteur M. Re-
né Benoist. Paris Guill. Chaudiere
1566. in-8°.

44. *Locorum præcipuorum sacræ Scrip-*
turæ tam veteris, quàm novi Testamenti,
quibus corruptis inscite & prave detortis
abutuntur hujus tempestatis hæretici con-
tra Fidem Catholicam , & veritatem E-
vangelicam , conquisitio & catholica ex-
positio , quæ Christianorum adversus
omnes vigentes Hæreses Panoplia merito
dici potest. Paris. Nic. Chesneau 1566.
in-8o. It. Ibid. 1575. in-8o. It. Venetiis
1569. & 1607. in-4°.

45. *Bible traduite en François avec*
des notes , & des expositions de plusieurs
passages objectés par les Hérétiques.
Par René Benoist. Paris 1566. in-fol.
It. en François & en Latin. *Paris 1568.*
in-4°. deux vol. l'Histoire de cette
traduction est singuliere. Je la rapporte ici d'après M. *Simon , Histoire*
Critique du vieux Testament liv. 2.
chap. 25. » *René Benoist* ayant vû , «
dit-il , qu'une nouvelle traduction «
Latine de la Logique d'*Aristote* avoit «

RENE'»» été fort eſtimée, bien que l'Auteur
BENOIST. »» n'eût aucune connoiſſance de la lan-
»» gue Grecque, s'aviſa de vouloir don-
»» ner au Public une verſion Françoiſe
»» de la Bible ſur l'Hebreu , & ſur le
»» Grec , quoique , comme il l'avouë
»» lui-même , il ne ſçût ni Hebreu ,
»» ni Grec. Pour venir plus aiſément à
»» bout de ſon deſſein , il ſe ſervit de
»» la traduction Françoiſe de *Geneve* ,
»» en changeant ſeulement quelques
»» mots , & en mettant d'autres Syno-
»» nimes à leur place. Mais il arriva
»» par malheur , que comme il donnoit
»» aux Imprimeurs les feuilles toutes
»» imprimées avec ſes corrections ;
»» on ne ſuivit pas fort exactement ſa
»» réformation. C'eſt pourquoi les
»» Théologiens de *Paris* , y ayant
»» trouvé le mot de *Cene* , & quelques
»» autres ſemblables , qui étoient nés
»» à *Geneve* , condamnerent hautement
»» cette nouvelle verſion de la Bible ,
»» bien qu'elle portât le nom d'un de
»» leurs Confreres. *René Benoiſt* avoüa
»» enſuite franchement la plaiſante
»» maniere , dont il étoit l'Auteur de
»» la traduction, qui portoit ſon nom.
»» S'il eût eu un peu plus d'adreſſe , il

» auroit ſans doute paſſé pour un ha-R E N E'
» bile traducteur de l'Ecriture, auſſi- BENOIST.
» bien que pluſieurs autres, qui n'ont
» pas eu une connoiſſance plus étenduë
» des langues Saintes que ce Docteur,
» & qui cependant ont été fort eſti-
» més.

La Faculté de Théologie de *Paris*
condamna la traduction de *Benoiſt*
par un Décret du 15. Juillet 1567.
qu'elle confirma ſolemnellement le 3.
Septembre 1569. & ſa Cenſure fut
ſuivie quelques années après de celle
du Pape *Gregoire XIII.* qui eſt datée
du 3. Octobre 1575. M. *de Thou* &
d'autres, qui ont dit que *Benoiſt* fut
chaſſé pour ce ſujet de la Sorbonne,
ſe ſont trompés. On ne toucha qu'à
l'Ouvrage, ſans attaquer la perſonne.
Au reſte la Cenſure de la Faculté n'empêcha pas qu'on ne réimprimât pluſieurs fois depuis la verſion du nouveau Teſtament donnée par *Benoiſt*,
avec ſes notes. Il s'en eſt même fait à
Anvers en 1577. une édition *in-16.*
avec l'Approbation de quatre Docteurs de *Louvain*, & un Privilége du
Roi d'Eſpagne. M. *Simon* fait beaucoup de cas des notes, & prétend

RENE' qu'en y réformant quelque chose, on
BENOIST. pourroit en faire un bon ouvrage.

46. *Discours de la Confession auri-
culaire & sacramentelle ; où il est
montré qu'elle est de Droit divin. Paris
Sebastien Nivelle* 1567. *in-*8°. Avec
un Ouvrage de *Pierre Caroli* sur le
même sujet.

47. *Bref & utile discours de la maniere de bien prier Dieu, avec le Manuel de dévotion. Paris Thomas Belot*
1568. *in-*8°.

48. *Advertissement exhortatoire à ceux
de la Paroisse de S. Eustache à Paris,
lesquels ayant été séduits & trompez
sous couleur & prétexte d'une Eglise
Reformée, & plus pure Religion, se
sont retranchez de la Profession de la
Foi & Religion Chrétienne, proposée en
l'Eglise Catholique, hors laquelle il n'y
a point de salut. Paris Nic. Chesneau*
1569. *in-*8°. feuil. 15. datée du 28.
Janvier de cette année.

49. *Réfutation des vains prétendus
fondemens de certains lieux de l'Ecriture
Sainte, desquels ordinairement les He-
retiques abusent pour corrompre la foi
des simples & impugner la presence
reale du Corps de Jesus-Christ en l'Hostie*

tie Sacrée. Paris *Nic. Cheſneau* 1569. R E N E'

in-8°. feuil. 28. BENOIST.

50. *Diſcours en forme de Dialogue,
ou Hiſtoire Tragique, en laquelle eſt
naïvement dépeinte & décrite la ſource,
origine, cauſe, progrès des troubles,
partialitez & differends, qui durent encore aujourd'hui, mûs par Luther, Calvin, & leurs conjurez & partyſans
contre l'Egliſe Catholique, traduit du
Latin de Guillaume Lindan, Evêque
Allemand.* Paris *Guill. Chaudiere* 1570.
in-80. feuil. 55.

51. *Avertiſſement du moyen par lequel aiſément tous troubles & differends,
tant touchant la croix de Gaſtines, de
laquelle il y a ſi grande & dangereuſe
altercation en cette Ville de Paris, que
autre concernant la Religion ſeront aſſoupis & ôtez.* Paris *Thomas Belot*
1572. *in-8°.* It. Dans le premier tome
des *Mémoires de l'Etat de France ſous
Charles IX.* Un Huguenot prétendit
répondre à cet ouvrage par un écrit
qu'il intitula : *Réponſe de la plus ſaine
partie de M. de Paris à l'Avertiſſement
à eux envoyé par M. René Benoiſt ſur
le moyen d'appaiſer les troubles avenus
à cauſe de la Croix, & autres concer-*

Tome X L I. C

nant la Religion. Cet écrit se trouve avec l'Ouvrage de *Benoist*, dans le premier volume des mêmes *Mémoires*. Voici ce qui a occasionné l'un & l'autre.

Un bon Bourgeois de *Paris*, nommé *Philippe Gastine*, riche Marchand, ayant été condamné à être pendu avec son frere & son beau-frere, pour avoir fait servir sa maison de Prêche, contre les Edits du Roi, sa maison, située ruë *S. Denis* près de *Sainte-Opportune*, fut rasée, & on éleva au milieu de la place en forme de Pyramide une croix avec une plaque de cuivre, où étoit gravée la Sentence portée par le Parlement contre les coupables. Le Roi ayant depuis révoqué par un Edit de pacification tout ce qui s'étoit fait d'injurieux à la mémoire des Religionaires, fut fortement sollicité de faire abbatre la Croix de *Gastine*. Il y consentit d'abord assez volontiers; mais sur ce qu'on lui représenta que la démolition d'une Croix faite pour complaire aux Huguenots, seroit aux Catholiques un sujet de scandale, qui pourroit avoir des suites, il ordonna de

transporter la Croix dans le Cime-RENE'
tiere des Innocens, & d'en ôter l'in-BENOIST.
ſcription infamante. Il eſperoit contenter par-là les deux partis ; mais
Claude Marcel , Prévôt des Marchands , chargé d'exécuter l'ordre de
nuit , ne put faire la choſe ſi ſecre-
tement que le bruit ne s'en répandît
dans *Paris* la nuit même. La popu-
lace courut aux Armes, & les plus
ſéditieux pillerent quelques maiſons
voiſines des Huguenots. Cependant
ſur un Ordre précis du Roi , la Croix
fut ôtée la nuit du 19.au 20.Decembre
1571. & portée au Cimetiere des
Innocens , où elle eſt encore. Le peuple pour ſe venger , mit le feu à un
reſte de la maiſon de *Gaſtine* , qui é-
toit encore ſur pied , & fit beaucoup
de deſordre. Mais enfin le Prévôt des
Marchands ayant reçu du ſecours,
trouva le moyen de réprimer la ſé-
dition , qui fut diſſipée par la puni-
tion exemplaire d'un vendeur de
fruit , qui fut pendu à une fenêtre
d'une maiſon qu'il venoit de pil-
ler.

52. *Traité des Pardons & Indul-*
gences , auquel il eſt montré quelles

RENE'
BENOIST.

choses font néceſſaires pour les gagner,
& ſpecialement le préſent Jubilé. Paris
Michel de Roigny 1572. *in-*8°. feuil.
12. L'Epître dédicatoire eſt du 25.
Août 1572.

53. *Diſcours auquel eſt clairement*
montré, que quand il y a queſtion tou-
chant la foi & Religion Chrétienne, il
faut en demander la réſolution aux Paſ-
teurs de l'Egliſe Catholique, & s'ar-
rêter à leur détermination faite en Con-
cile General, où Dieu aſſiſte toujours
à ſon Egliſe. Paris Nic. Cheſneau
3573. *in-*16.

54 *Catecheſes, ou inſtructions tou-*
chant les points à préſent controverſez
en la Religion, accommodées aux Evan-
giles d'un chacun jour du Carême, pro-
poſées en Sermons en l'Egliſe de S. Euſ-
tache l'an 1573. *pour ceux qui ont été*
mal inſtruits & catechiſez par les Hére-
tiques. Paris Nic. Cheſneau 1574. *in-*
8°. It. Ibid. Guill. de la Noue 1585.
*in-*8°.

55. *Catecheſe, ou inſtruction touchant*
les Ornemens, vêtemens, & parures
des femmes Chrétiennes; avec une au-
tre Catecheſe de la Pénitence, un A-
vertiſſement de S. Auguſtin de la ma-

niere de faire pénitence, & une exhor- RENE'
tation de S. Ambroiſe à vraie pénitence. BENOIST.
Plus une inſtruction de la femme mariée.
Paris Nic. Cheſneau 1574. in-16.

56. *Ordre & Cerémonies du Sacre &*
Couronement du Roi Henri III. en latin
& en François. Paris 1575. in-8°.

57. *Catecheſe enſeignant le moyen de*
bien & ſalutairement prier Dieu, avec
dévotion & fruit ſpirituel ; le tout ac-
commodé aux prieres publiques extraor-
dinaires faites à Paris ès années 1574.
& 1575. en diverſes Egliſes. Avec
une exhortation à tous fideles Chrétiens
& bons Catholiques de fuir tous jeux
ſcandaleux, défendus & illicites. Paris
Jean Poupi 1575. in-8°.

58. *Exhortation au Peuple de toute*
la France, & principalement à ceux
de Paris, les avertiſſant & excitant
de prier Dieu pour le Roi très-Chré-
tien, & les Etats aſſemblez à Blois les
années 1576. & 1577. le tout étant
accommodé au Cantique, que firent les
Anges à la Nativité de Jeſus-Chriſt.
Paris 1576. in-8°. It. dans le 3e. vol.
de ſa vie des Saints.

59. *Premiere Catecheſe de l'obéiſſan-*
ce, conjonction, & neceſſaire union des

RENÉ
BENOIST.

Paroiſſiens, *avec leur propre & Hier-*
archique Paſteur immédiat, dit vulgai-
rement Curé ou Prêtre. Paris Jean Poſ-
tel 1576. in-8°.

60. *Avertiſſement aux femmes & aux*
filles Chrétiennes, leur enſeignant com-
me elles doivent aller aux ſtations, &
aux lieux ordonnés, pour gagner le
preſent Jubilé de cette année 1576. &
tous autres pardons. Paris Jean Poſtel
1576. in-8o.

61. *Docte & utile Catecheſe, ou inſ-*
truction apprenant à un chacun à bien
& Chrétiennement examiner ſa con-
ſcience, & à confeſſer ſes péchez ſolem-
nellement, pour acquerir la diſpoſition ne-
ceſſaire à la Communion du Corps &
du Sang de Jeſus-Chriſt. Avec une cer-
taine prédiction du bien & du mal, qui
aviendra à tous Royaumes, à toutes
Communautez, & à toutes perſonnes;
le tout extrait de l'Ecriture Sainte.Paris
Jean Poupi 1576. in-8°.

62. *Avertiſſement des choſes neceſ-*
ſaires pour gagner le Jubilé; avec une
explication des Cas réſervez dans la
Bulle In Cœna Domini. *Paris Guill.*
de la Noue 1576. in-8°.

63. *Sermon ſur le Cantique* O Salu-

taris Hoſtia, *recité en une Proceſſion* RENE'
de la Paroiſſe de S. Euſtache au Con- BENOIST.
vent des Religieuſes de Sainte-Claire
de l'Ave-Maria : Avec un Traité com-
me il faut ouir la Meſſe. Paris Nicolas
Cheſneau 1577. in-8o.

64. *Hiſtoire de la vie, mort & paſ-*
ſion & miracles des Saints, deſquels
principalement l'Egliſe Catholique fait
fête & mémoire par toute la Chrétienté ;
extraite & faite Françoiſe par M. Jac-
ques Tigeon, Angevin, Docteur en
Theologie, Chancelier & Chanoine en
l'Egliſe Cathedrale de Metz. Plus les
Epîtres & Evangiles des Dimanches
& autres principales fêtes, expoſées par
ſcholies & familiaires explications ; re-
vûës & augmentées par Benoiſt. Paris
1577. in-fol. It. édition revûë & aug-
mentée. Paris 1585. in-fol. trois vol.
Benoiſt, n'avoit pas aſſez de Critique,
pour donner en ce genre quelque
choſe de meilleur, que ce qui avoit
páru juſques-là.

65. *Catecheſe contre le pernicieux*
Rabillare des Pénitens hypocrites. Paris
Jean Poſtel 1577. in-8.

66. *Oraiſon pour être exaucé de Dieu,*
en faveur de ſainte Berthe. Paris Jean

RENE'
BENOIST.

Postel 1577. in-80.

67. *Admonition charitable aux sin-*
ceres Catholiques , de ne revoquer ou
détourner , en quelconque maniere que
ce soit du saint propos & affection de la
Religion votive , ceux ou celles qu'ils
voyent y aspirer ; comme aussi ceux qui
s'y sentent appellez de Dieu , de demeu-
rer constans & se preparer à toutes ten-
tations & afflictions du monde , toujours
ennemi de Dieu , & de son pur service.
Paris Jean Postel 1577. in-8°.

68. *Histoire véritable d'une guérison*
avenuë à Amiens. Paris 1577. in-8°.

69. *De l'Institution , & de l'abus*
survenu és Confrairies populaires , avec
la réformation necessaire en icelles. Paris
Nic. Chesneau 1578. in-8°.

70. *Du bâtiment des Temples mate-*
riels , où est expliqué par scholies le
Prophéte Aggée , le 4e. chapitre de Za-
charie, & le premier chapitre d'Esdras.
Paris Nic. Chesneau 1578. in-8°. dt.
à la fin du premier volume de la
vie des Saints donnée par *René Be-*
noist.

71. *La maniere & forme de vivre*
d'un chacun en son état, faite en Fran-
çois du Latin de Jean Gerson. Paris

Nic. Cheſneau 1579. *in*·8°.

72. *Réponſe à ceux qui prêchent pu-*
bliquement , & au peuple qui croit , que
ſi aucun oit la Meſſe dévotement , il ne
deviendra point aveugle ce jour-là , &
ne mourra point de mort ſubite ; tradui-
te du Latin de Jean Gerſon. Paris Ni-
colas Cheſneau 1579. *in-*8°.

73. *Exhortation au peuple François*
de prier Dieu dévotement & inceſſam-
ment pour les Prélats de France aſſem-
blés à Melun pour le fait de la Religion.
Paris Nic. Cheſneau 1579. *in-*8°.

74. *Oraiſon pour les Marchands , a-*
vec commemoration de S. Matthieu.
Paris Jean Poſtel 1579. *in* -8°.

75. *Incrépation contre les diſſolutions*
idolatriques , faites les jours de fêtes.
Paris Jean Poſtel 1570. *in-*8°.

76. *Oraiſon contre les diſſolutions*
charnelles , avec la commemoration de
la Pénitente Madelaine. Paris Jean
Poſtel 1579. *in-*8°.

77. *Oraiſon pour avoir patience &*
conſtance en toutes adverſitez , avec
commemoration de S. Euſtache. Paris
Jean Poſtel 1579. *in-*8°.

78. *Traité des cauſes des Maléfices ,*
Sortileges & Enchantemens , avec un

RENÉ *fragment extrait d'un plus ample traité*
BENOIST. *de la Magie répréhensible & des Ma-*
giciens. Paris Jean Poupi 1579. *in-*
8°. A la suite d'un livre de *Pierre*
Masse du Mans, Avocat, qui a pour
titre : *De l'Imposture & tromperie des*
Diables, Devins, Enchanteurs, Sor-
ciers, Noueurs d'Eguillettes, Chevilleurs,
Necromantiens, Chiromantiens, & au-
tres, qui par art diabolique, arts ma-
giques, & superstitions, abusent le peu-
ple.

79. *Trois Sermons de S. Augustin,*
non moins doctes que utiles en ce temps.
Les deux premiers traitent du nom &
devoir du Chrétien, & l'autre est la
nécessité de payer les Dîmes : auxquels
il est enseigné, que ceux qui adherent
aux Magies, Sorcelleries, superstitions,
& infestations diaboliques, pour néant
sont Chrétiens, & abusent de leur foi.
Traduits en François. Paris 1579. *in*
8°. pp. 48. non chiffrées.

80. *Exhortation aux François &*
principalement Parisiens de recevoir hu-
mainement les Religieux de l'Ordre de
S. François, dits Freres Mineurs,
en la célebration de leur chapitre gene-
ral & élection d'un Ministre general,

aſſignée en la *Ville de Paris*, pour l'an- RENE'
née 1579. aux jours & aux *Octaves de* BENOIST.
Pentecôte. *Paris Nic. Cheſneau* 1579.
*in-*8°.

81. *Oraiſons contre les tentations
charnelles*, où il eſt fait mention de S.
Laurent. Paris Jean Poſtel 1580. *in-*
8°.

82. *Traité de la détractation*, mur-
mure, *calomnie. Paris Guill. de la
Noue* 1580. *in-*8°.

83. *Avertiſſement & exhortation de
faire une vraye pénitence ;* avec une
explication de la *Prophetie de Jonas.
Paris Guill. de la Noue* 1580. *in-*8°.

84. *Exhortation faite au Mont-Vale-
rien* en 1580. pour la *conſolation du Fr.
Jean de Chaliot Reclus*, & la *traduction d'un Traité de ſemblable matiere*,
écrit par *Jean Gerſon. Paris Nic. Cheſneau* 1580. *in-*8°.

85. *Répons*, *Antiennes*, *Verſets*,
Collectes & Oaiſons, *qui peuvent utilement être dites par tous Chrétiens Catholiques*, au temps de *peſte* & de *toutes autres divines punitions. Paris Jean
Poſtel* 1580. *in-*80.

86. *Le grand Ordinaire*, ou *Inſtruction
commune des Chrétiens. Auquel ſont con-*

RENE'　*tenus & enseignés les principaux fonde-*
BENOIST.　*mens de la Religion Chrétienne, pour salu-*
tairement vivre en l'observation des Com-
mandemens de Dieu, & tenir le chemin
du salut. Avec trois Traitez fort utiles
à ceux qui desirent vivre chastement, tant
en Religion que dehors. Paris Guill. de
la Noue 1580. in-80.

87. *Ad pios & Catholicos scotos,*
impiæ Genevensis factionis Ministrorum
truculenta, atque satanica barbarie &
ferocitate divexatos & oppressos, pro
fidei & Religionis antiquæ, solius salu-
taris & veræ, professione semper retinen-
da, simplex & Catholica cohortatio.
Paris. Nic. Chesneau 1581. in-80.

88. *Livre de dévotes Oraisons, qui*
peuvent être dites utilement par tous les
bons Chrétiens & Catholiques. Paris
Guill. de la Noue 1582. in-16.

89. *Manuel des Chrétiens, qui veu-*
lent profiter en l'ouie des Sermons &
Prédications; comme aussi des Prédica-
teurs, qui desirent prêcher selon l'in-
tention & intelligence de l'Eglise Ca-
tholique, contenant les Epitres & Evan-
giles des Saints Dimanches & principales
fêtes de l'année, accompagnée chacune
d'un sommaire au commencement, &

d'une Oraison à la fin. Paris Guill. de
la Noue 1582 in-16.

90. *Traité de la Prédication & ouie
de la parole de Dieu. L'Ecclesiaste, ou
Prêcheur de Salomon, avec briéve explication & scholies, pour le bien &
l'instruction du simple peuple, & aussi
des Pasteurs & Prêcheurs. Paris Guill.
de la Noue* 1582. *in-16.*

91. *Les Epîtres & Evangiles de tout
le Carême, avec un Sommaire de tout
l'Office, qui se fais chaque jour, avec
breves scholies sur toutes les Fêtes. Paris
Guill. de la Noue* 1682. *in-16.*

92. *Méditations Catechistiques, utiles à toutes personnes dévotes, pour
profiter en la leçon du Livre dit ancien-
nement* Grand vita Christi. *Et plusieurs
particuliers Traitez ès quels il est dis-
couru des choses les plus nécessaires à
tous Chrétiens, mais principalement à
tous Religieux & Religieuses Paris Nic.
Chesneau* 1582. *in-fol.* Avec la traduction Françoise du *Grand Vita Christi*
par Jean Langlois, Seigneur du Fres-
noy.

93. *Manuel de dévotion, contenant
Oraisons dévotes, propres à toutes personnes, en toutes occurences, colligées*

RENE' premierement en Latin par Simon Ver-
BENOIST. pée. *Paris Guill. de la Noue* 1584. &
1596. *in*-16.

94. La maniere de connoître véritablement & reconnoître salutairement Jesus-Christ, où il est enseigné, comme il
faut remarquer la vraye Eglise, hors
laquelle il n'y a point de salut. En douze
Livres. *Paris Guill. de la Noue* 1584.
in-8°.

95. Opuscule Catholique, auquel il
est enseigné ce que c'est que bénédiction,
pourquoi les Abbesses sont bénites, les
céremonies de leur bénediction. *Paris
Guill. de la Noue* 1586. *in*-8°.

96. De la vraye & salutairre connoissance de Jesus-Christ en son Eglise,
& infaillible marque d'icelle, laquelle
nous instruit & conduit au chemin de la
jouissance des biens éternels : Avec un
Traité, où il est manifestement prouvé
ce qu'elle enseigne du Purgatoire &
prieres des Trepassez. *Paris Guill. de
la Noue* 1586. *in*-8°.

97. Douze raisons sommaires, utiles
à ceux qui bien les gouteront, lesquelles
montrent qu'il ne faut laisser la Religion
ancienne. *Paris Guill. de la Noue* 1586.
in-8°.

98. *Deux Traités Catholiques :* Le RENÉ
premier eſt de l'exiſtence du Purgatoire BENOIST.
des Chrétiens imparfaits après cette vie
mortelle : Le ſecond eſt de la qualité &
condition des ames ſéparées des corps
mortels. Paris Michel de Roigni 1586.
in-8°. feuil. 42.

99. *Advertiſſement du moyen, par le-*
quel tous troubles & differends de ce temps
ſeront aſſoupis & ôtez. Paris Jean Bou-
din 1587. *in-8°.* pp. 16. It. *Jouxta la*
copie à Paris 1596. *in-8°.* pp. 16.

100. *Advertiſſement touchant les prie-*
res, leſquelles ſont faites pour l'heureux
ſuccès de l'union du Roi très-Chrétien
avec les Princes & Seigneurs Catholi-
ques ; comme auſſi l'Aſſemblée des Etats
aſſignée à Blois le 15. *Septembre de*
cette année 1588. *où il eſt ſommairement*
traité de la néceſſité & de la bonne quali-
té de pénitence & d'Oraiſon. Paris Pier-
re Chevalier 1588. *in-8°.* pp. 21.

101. *Advertiſſement aux François*
contenant les moyens de bien & paiſible-
ment vivre, ſuivant l'Edit de l'union
de Sa Majeſté aux Princes & Seigneurs
Catholiques ; comme auſſi de ſe gouver-
ner aux prieres publiques ordonnées cet-
te année 1588. *pour aquerir la grace de*

RENÉ
BENOIST.

Dieu éternel , & cheminer ſelon ſes Saints Commandemens. Paris 1588. in-8°. pp. 128.

102. *Advertiſſement & conſeil notable à la France touchant ſes preſentes extrêmes miſeres & calamités , & la crainte de plus grandes, ſi elle ne fait pénitence, retournant à ſon Dieu ; où elle eſt avertie de ſa maladie , de la cauſe & du remede d'icelle. Paris 1589. in-8°. pp. 32. daté du premier Septembre 1589.*

103. *Expoſtulatio ad Sixtum V. pro Eccleſia Gallicana miſerrime divexata & proſciſſa.* (En Latin & en François) *Paris 1589. in-8°.*

104. *Second Advertiſſement & notable conſeil à la France , touchant ſes preſentes extrêmes miſeres & calamités , & la crainte de plus grandes , avec changement de Religion ; mal extrême & très-pernicieux ; contre lequel lui eſt propoſé un certain Antidote & propre remede compoſé & fait par les trois plus doctes Facultez de Théologie , à Paris , à Louvain & à Cologne. Où eſt ajouté un brief & parfait Catechiſme. Paris 1589. pp. 46.*

105. *Advertiſſement en forme d'Epître conſolatoire & exhortatoire , envoyée à l'Egliſe & Paroiſſe inſigne & ſincerement Catholique*

Catholique de S. Euftache à Paris. Par R E N E' René Benoift, *leur Pafteur Curé , jufte-* BENOIST. *ment & raifonnablement abfent d'icelle pour quelque temps.* A S. Denys en France 1593. in-8°. pp. 24. Il étoit alors occupé à la converfion du Roi Henri IV.

106. *Troifiéme Advertiffement à la France & principalement à la Cour , au peuple ignorant , & aux grandes Villes juftement punies. Troyes* Jean Moreau 1594. in-8°.

107. *Verfion , Paraphrafe & brieve explication du Pfeaume* Exaudiat te Dominus. *Paris* François Jacquin 1595. in-8°.

108. *Admonition & increpation Apologetique contre ceux qui malicieufement ou trop légerement & imprudemment calomnient , les uns notre S. Pere le Pape, & les autres notre Roi très-Chrétien , touchant fa converfion ; fa bénédiction & fa reconciliation à l'Eglife Catholique , Apoftolique & Romaine. Troyes* 1595. in-8°. non chiffrées.

109. *Remontrance à Meffieurs de l'Affemblée tenue à Rouen , par le commandement du Roi au mois de Novembre* 1595. *par M.* René Benoift, *Confeil-*

R E N E' *ler, Confesseur du Roi, & nommé à l'E-*
BENOIST. *vêché de Troyes. Jouxte la copie impri-*
mée à Rouen. in-12. pp. 28.

110. *Remontrance & exhortation au*
Roi très Chrétien Henri IV. de faire
chrétiennement, vertueusement & conf-
tamment la guerre aux Herétiques &
Schifmatiques, lesquels font dangereu-
sement divisés de l'Eglise Catholique,
Apostolique & Romaine ; où est enfei-
gné un notable moyen nécessaire pour
détruire l'heresie, en sauvant les person-
nes. Rouen Richard Lallemant in-8°.
pp. 47. daté du 6. Septembre 1596.

111. *Remontrance charitable, tou-*
chant la Religion & les vrayes marques
d'icelle à Madame, sœur du Roi Henri
IV. Paris Guill. de la Noue 1597. in-
8°. feuil. 20.

112. *Moyen certain & assuré de con-*
server une ville & un pays contre toutes
entreprises de ses ennemis ; avec une in-
faillible prédiction, tant du bien que du
mal qui adviendra à toutes personnes &
à tous pays tant en general qu'en parti-
culier. Adressé à MM. de Rouen.
Rouen 1597. in-8°. pp. 20.

113. *Abregé d'un Sermon prononcé*
en la Procession de l'Université de Paris

faite pour le Roi étant à la guerre le 15. RENE'E *Septembre 1600. Paris 1600. in-8°.* BENOIST. feuil. 18.

114 *Sermon de la disposition requise pour le lavement des pieds, pour l'adoration de la Croix qui se fait le Vendredi Saint, pour gagner le Jubilé, & pour connoître & appréhender l'autorité de notre Saint Pere, en la concession des Indulgences & pardons, fait & prononcé à Orleans le Jeudi absolu devant le Roi. Paris Pierre Chevalier 1601. in - 8°.* PP. 24.

115. *Epître consolatoire à M. le Duc de Lorraine, sur l'esperance de la conversion de Madame, sœur du Roi. Paris 1601. in-8°.*

116. *Brieve proposition des admirables conversions de S. Paul & de S. Augustin, à la vraye Foi & Religion Catholique, & du Jubilé de l'année 1600. Paris Pierre Chevalier 1601. in-8°.*

117. *Antithese Catechistique des Assemblées, visitations, & délectations saintes & pures des personnes véritablement Chrétiennes. Paris Pierre Chevalier 1605. in-8°.*

118. *Notables Résolutions des presens*

D ij

RENE differends de la Religion en plus de 50.
BENOIST. Carêmes, prêchez tant en ce Royaume
que hors d'icelui ; divisez en deux tomes.
Le tout dressé sur chacun jour de Carême. Paris Pierre Chaudiere 1608. in-
8°.

119. Déclaration de feu M. René Benoist, sur la traduction des Bibles des Bibles & annotations d'icelles. Ensemble la
Censure de N. S. Pere 1608. in-8°. pp.
30.

Ce sont-là tous les Ouvrages de
Benoist dont je connois les dates ; il
faut maintenant rapporter ceux qui
se trouvent dans le Catalogue de M.
de Launoy sans date.

120. Réponse modeste aux doutes &
objections de quelqu'un touchant la vérité
du Corps & Sang de Jesus - Christ en
l'Hostie Sacrée par le moyen de la Tran-
substantiation. Paris Nic. Chesneau in-
8°.

121. Oraison pour perséverer en la
Foi , ou y retourner à l'exemple de saint
Thomas. Paris Jean Postel in-8°.

122. Oraison pour dire devant &
après le Sermon. Paris Jean Postel in-
8o.

123. Oraison pour être préservé de la

Peſte , en faveur de la Vierge Marie. R E N E'
Paris. Id. in-8°. BENOIST.

124. *Homelie de la Fête de Noël.*
Paris Id. in-8°.

125. *Oraiſon de la Conception imma-*
culée de la Vierge. Paris Id. in-80.

126. *Abregé de pluſieurs Sermons de*
l'Aſſomption de la Vierge , avec l'explication de l'Ave Maria. *Paris Jean Poſtel*
in-8°.

127. *Catecheſe touchant les Evangiles*
que liſent les Prêtres ſur les Chrétiens.
Paris Jean Poſtel in-8°.

128. *Oraiſon à ſainte-Geneviéve*,
Patrone de Paris; Jean Poſtel in-8°.

129. *Exhortation Catechiſte du Ma-*
riage , en laquelle eſt enſeigné ce qu'il
faut faire pour ſe marier heureuſement
avec la grace de Dieu. Paris Jean Poſtel
in-8°.

130. *Oraiſon pour obtenir chaſteté en*
faveur de ſainte Agnès. Paris Id. in-80.

131. *Sermon ou Traité de la Dédicace*
des Temples , où il eſt traité de la cauſe
des maladies & contagions. Paris Id.
in-8°.

132. *Oraiſon que peuvent dire utilement*
les François pour leur Roi. Paris Id. in-
8°.

RENE'   133. *Sermon pour la Fête de la Dé-*
BENOIST. *dicace de S. Euftache. Paris in-8°.*

134. *Exhortation à Meſſieurs de Pa-*
ris, d'être Aumoſniers & miſericordieux
par une abondante charité vers les pau-
vres peſtiferés. Paris Jean Poſtel in-8°.

135 *Oraiſon utile & dévote pour*
la délivrance du Purgatoire. Paris Id.
in-8°.

136. *Avertiſſement pour la vraye &*
ſalutaire pénitence. Paris Id. in-8°.

137. *Catecheſes touchant la Médita-*
tion de la Paſſion de Jeſus-Chriſt Ibid.
in-8°.

138. *Oraiſon adreſſée à Jeſus-Chriſt*
en l'Hoſtie Sacrée Ibid. in-8°.

139. *Oraiſon pour ſe diſpoſer à gagner*
le Jubilé. Ibid. in-8°.

140. *Oraiſon avec une Méditation de*
l'Aſſomption de Notre-Dame. Ibid. in-8°.

141. *Oraiſon pour avoir perſévérance*
en patience, à l'exemple de ſainte-Marie
Egyptienne Ibid. in-18°.

142. *Oraiſon contre les maladies con-*
tagieuſes & peſtiferées, avec Mémoire
de ſaint Gaud. Ibid. in-8°.

143. *Oraiſon à tous les Saints pour*
acquerir diſpoſition à la ſolemnité de leur
Fête. Ibid in-8°.

144. *Oraiſon pour avoir de bons Paſ-* RENE'
teurs, *avec commémoration de S. Luc.* BENOIST.
Paris Jean Poſtel in-8°.

145. *Oraiſon pour la perſévérance en
la Foi, avec commémoration de S. Denys.
Ibid. in-8°.*

146. *Oraiſon contre toutes les tenta-
tations du Diable, avec commémoration
de S. Michel. Ibid. in-8°.*

147. *Oraiſon à la Vierge Marie,
pour être aidé de Dieu en toutes tentations
& tribulations. Ibid. in-8°.*

148. *Oraiſon pour être dite par ceux
ſur leſquels on recite des Evangiles. Ibid.
in-8°.*

149. *Oraiſon contre les trop grands
ſcrupules de conſcience. Ibid. in-8°.*

150. *Homelie Myſtique & Catechi-
tique ſur l'Epître & l'Evangile du premier Dimanche de l'Avent. Paris Michel Roigni in-8°.*

151. *Oraiſon pour avoir des enfans,
avec commémoration de ſainte-Anne. Ibid.
in-8°.*

152. *Avertiſſement & Oraiſon pour
le Jubilé envoyé pour détourner les dangers de la Peſte. Paris Michel Roigni in-
8°.*

153. *Oraiſon contre les Maladies con-*

RENE' *tagieuses, avec mémoire de S. Sebastien,*
BENOIST. *S. Adrien , S. Antoine , S. Gaud. Paris*
Benoist Blanchot in-8°.

154. *Oraison pour avoir dévotion,*
avec commémoration de l'Assomption de
la Vierge. Paris Jean Postel in 8°.

155. *Oraison pour être véritablement*
le Temple de Dieu. Ibid. in-8°.

156. *Catechese contenant la raison &*
l'exposition des Cérémonies de la Procession
du jour des Rameaux. Ibid. in-8°.

157. *Oraison pour porter patiemment*
toutes sortes de tribulations avec mémoire
de S. Eustache. Ibid. in-8°.

158. *Oraison pour la persévérance en*
la Foi & Religion Catholique ès temps
derniers. Ibid. in-8°.

159. *Oraison propre & utile pour les*
femmes grosses , avec mémoire de sainte
Marguerite. Ibid. in-8°.

Ce sont-là tous les Ouvrages de
René Benoît , au nombre desquels je
ne crois pas devoir mettre l'*Examen*
pacifique de la doctrine des Huguenots ,
imprimé à *Caën* en 1590. que M. *le*
Duchat lui attribue dans ses notes sur
la *Confession de Saney* , & dont il se
sert pour la décrier , comme un Calviniste mitigé , ou plutôt comme un
homme

homme ſans Religion, qui ne ſuivoit R E N E que celle qui étoit la plus favorable à BENOIST ſes interêts. M. *de Launoy* n'en parle point dans la longue liſte qu'il rappor- te de ſes Ouvrages, & pluſieurs pré- tendent qu'on le lui a attribué mal-à- props. Au reſte, c'eſt à tort que l'on a ſoupçonné *Benoît* d'Heterodoxie, & d'irréligion ; tous les Traités dont j'ai rapporté les titres, font voir d'un côté ſon attachement à la Religion Catholique, puiſqu'il n'y a aucun ar- ticle controverſé ſur lequel il n'ait pris ſa défenſe ; & d'un autre ſon attention à inſpirer à ſon peuple des ſentimens de pieté & de Religion.

V. Joh. Launoii Regii Navarræ Gymnaſii Pariſienſis Hiſtoria tom. 2. p. 776. Oraiſon funebre par Pierre-Victor Cayet. Pariſ. 1608. in-8°. Hiſtoire du College Royal, par du Val.

JEAN-CLAUDE SOMMIER.

JEAN-CLAUDE SOMMIER, naquit à Vauvillars dans le Comté de Bourgogne, le 22. Juillet 1661. Ses ancêtres attachés à Charles le Har-

J. CLAU- DE SOM- MIER.

Tome XLI. E

J. CLAU-
DE SOM-
MIER.

di dernier Duc de Bourgogne, paſſerent après la mort de ce Prince, au ſervice des Ducs de Lorraine, & s'y diſtinguerent. Differens événemens occaſionnés par pluſieurs révolutions, les ayant obligés de ſe retirer dans le Comté, ils y oublierent inſenſiblement leur origine, & préférerent un travail utile à une nobleſſe onéreuſe dans une fortune trop médiocre. Le pere de M. Sommier étoit Bailli de Vauvillars lorſque celui dont il s'agit vint au monde.

On eut un grand ſoin de ſon éducation, & il y répondit, tant par ſes talens naturels, que par la forte application qu'il apporta pour réuſſir dans tout ce qui lui fut enſeigné. Il fit ſes études à Beſançon, & y prit le bonnet de Docteur en Théologie & en Droit. Il joignit à un eſprit ſolide une mémoire extrêmement heureuſe. La paſſion qu'il eut toujours pour l'étude en fit un Sçavant dans un âge où l'on ne ſonge pas ordinairement à le devenir : & ces talens prématurés n'ayant pas tardé à le faire connoître, il fut pourvû ſucceſſivement des Cures de Gyrançourt & de Champs dans la

Vofge , par la nomination de l'infigne
Chapitre de Remiremont.

En 1693. avant que d'être Curé
de Champs , le defir de converfer avec
les Sçavans, le porta à faire un voyage
à Paris , où il fit connoiffance avec
plufieurs , entr'autres avec M. Nicole
qui lui donna des confeils fort utiles
pour la direction de fes études & la
conduite de fes mœurs.

Son voyage avoit encore un autre
motif. Feu M. de Biffi , alors Evêque
de Toul , qui croyoit appercevoir dans
M. Sommier de grands talens pour la
prédication, lui avoit confeillé lui-même de venir à Paris , comme au centre du bon goût & de la véritable éloquence , pour s'y former fur le mo-
déle des grands Orateurs , qui rem-
pliffoient alors les Chaires de cette
grande Ville. M. Sommier les fuivit en
effet , les goûta, & fit ce qu'il put
pour les imiter. A peine fut-il de retour en Lorraine qu'on le nomma le
26. Mars 1696. à la Cure de Champs.
Il en prit auffi-tôt poffeffion , réfolut
de s'y confacrer à la retraite , & à toutes les fonctions de fon Miniftere qu'il
exerça toujours avec beaucoup de zéle

J. CLAU-
DE SOM-
MIER.

J. CLAUDE
SOMMIER.

& d'application : & afin de satisfaire
son amour pour l'étude dans un lieu
où tous les secours manquoient pour
y réussir, il se priva pendant plusieurs
années des commodités de la vie pour
se former une Bibliotheque convenable à son goût & à ses projets. Il tourna principalement ses études du côté
de la Religion ; l'état qu'il avoit embrassé l'y engageoit. L'Ecriture Sainte,
les Conciles, les Peres, l'Histoire Ecclesiastique, furent l'objet particulier
de ses veilles. Mais l'envie de tout
connoître ne lui permit pas de se borner à cette étude, quelque vaste qu'elle soit. L'antiquité, la Critique Sacrée
& profane, la Philosophie ancienne & nouvelle, tout ce qui a rapport
à la belle litterature, l'occuperent aussi : il sçut même allier à la profondeur
de la Théologie ; & à tant d'autres recherches pénibles, les jeux d'une Poësie innocente, tant Latine que Françoise.

Quoiqu'une application si forte &
si continuelle à l'étude paroisse presque incompatible avec les devoirs du
ministere, dans une Cure sur-tout
d'une aussi grande étendue que celle de

Champs , dont dépendent huit Egliſes
diſpoſées dans les montagnes de la
Voſge , ceux qui l'ont connu avouent
néanmoins qu'elle ne diminua rien de
ſon attention pour ſon troupeau. Il ne
manqua jamais une occaſion de l'inſtruire , pendant qu'il l'édifioit par ſa
piété , & la candeur de ſes mœurs ,
& qu'il le gagnoit par ſa charité bien-
faiſante. Ses inſtructions étoient ſim-
ples , mais ſolides : mais quand l'occaſion le demandoit, il ſçavoit donner
à ſes diſcours de la grace , & une ſorte d'éloquence que l'on pouvoit admi-
rer dans la Province , mais qui à Paris
n'eût pû faire qu'une réputation médiocre à l'Orateur. Après avoir prêché
un Avent & un Carême à Remiremont , il fut appellé pour la même
fonction à la Cour de Lunéville , où
il eut l'avantage de plaire à Son Alteſ-
ſe Royale Leopold I. Duc de Lorraine,
qui lui accorda des Lettres de ſon Prédicateur ordinaire : ce fut en cette qualité que M. Sommier fut chargé de
prononcer pluſieurs Oraiſons funebres,
entr'autres celles de Charles V. Duc
de Lorraine , & d'Eleonor d'Autriche
Reine Douairiere de Pologne , Du-

J. CALU-
DE SOM-
MIER.

E iij

J. Clau-
de Som-
mier.

cheffe de Lorraine. Il eut l'honneur de
préfenter ces deux piéces à l'Empereur
à Vienne, où le Duc de Lorraine l'a-
voit envoyé pour quelque affaire particuliere. La réputation qu'il fe fit par
ces actions d'éclat, & par la varieté &
l'étendue de fes talens, le tira fouvent
depuis de fa retraite. Feu M. de Biffi,
étant Evêque de Toul, le mit au
nombre de fes Docteurs ; il le prenoit
prefque toujours avec lui lorfqu'il faifoit la vifite de fon Diocèfe, & il fe
déchargea même fur lui d'une partie
de fon gouvernement, & quelquefois
des affaires les plus épineufes. M. de
Camilly, fucceffeur de M. de Biffi,
ne lui témoigna gueres moins ni d'eftime, ni de confiance. Mais il fut employé principalement par le Duc de
Lorraine Leopol, qui le chargea de
plufieurs négociations importantes à
Venife, à Mantoue, à Parme, à Paris,
& à Rome. M. Sommier alla trois fois
dans cette capitale du monde Chrétien, en qualité de Réfident ou d'Envoyé extraordinaire. Dans un de ces
voyages, ayant rencontré dans cette
Ville un homme de fon nom & de
fes parens, il en obtint les titres de

fa famille dont il fe fervit peu après
pour faire reconnoître fa nobleffe à
Rome même, & en Lorraine.

Le Duc Leopold content de fes fer-
vices, s'empreffa de le recompenfer.
M. Sommier fut fait fucceffivement
Confeiller-Prélat de la Cour Souveraine de Lorraine, & Confeiller d'E-
tat. Les Papes Clement XI. Innocent
XIII. & Benoît XIII. dont il mérita la
confiance, lui donnerent auffi des marques fenfibles de leur eftime. Pendant
un de fes féjours à Rome, il fut chargé d'inftruire dans la Religion Catholique quelques Seigneurs Allemands
qui y étoient venus pour s'y réunir au
centre de l'unité. Innocent XIII. le fit
fon Chambellan. Benoît XIII. le pré-
conifa & le facra Archevêque de Ce-
farée, & lui donna le titre d'Evêque
affiftant du Trône Pontifical.

M. Sommier reçut en cette derniere
occafion de grands honneurs, dont
il nous a donné lui-même le détail
dans un de fes Ouvrages.»Sa Sainteté ,,
dit-il, à la premiere audience dont »
Elle l'honora; après qu'elle fut infor- »
mée qu'il avoit 40. ans de Prêtrife, »
& qu'il lui eut rendu compte de »

» l'emploi de son temps, Elle le nom-
» ma Archevêque. Elle voulut ensuite
» le proposer, & le préconiser elle-
» même dans le Consistoire, quoique
» cette fonction se fasse ordinairement
» par un Cardinal. Elle voulut aussi le
» revêtir elle - même du Rochet Ar-
» chiepiscopal : fonction attribuée au
» Cardinal, premier des Diacres de
» ce caractere. Elle le fit prendre &
» conduire dans un de ses Carosses,
» depuis le Vatican jusqu'à une Egli-
» se de Dominicains *à Monte Mario*,
» peu distante de la Basilique de S.
» Pierre. Elle fit elle-même dans cette
» Eglise Dominicaine la cérémonie de
» sa consécration, ayant pour Evêques
» assistans, M. Lercari, Archevêque
» de Nazianze, depuis Cardinal, &
» M. Coscia Archevêque de Trajano-
» poli, aussi depuis Cardinal. Après
la cérémonie, Sa Sainteté fit dîner le
nouvel Archevêque de Césarée à une
table à côté de la sienne, & s'entretint
avec lui pendant presque tout le repas.
Après quoi le Prélat fut reconduit au
Vatican, avec les Prélats assistans, dans
le même Carosse qui les y avoit été
prendre.

Les récompenſes que reçut M. Som- J. CLAU-
mier, ne furent point encore bornées DE SOMI
à ces dignités & à ces honneurs. De MIER.
retour en Lorraine, on lui conféra en
1725. la grande Prévôté de l'Egliſe
collégiale de S. Diez ; qualité Eccle-
ſiaſtique la plus honorable des Etats,
& qui jouit de grands priviléges ; &
l'Abbaye de Sainte-Croix de Bouzon-
ville. La premiere dignité lui facilita
l'exercice des fonctions Epiſcopales
dans le territoire de S. Diez & ſes dé-
pendances ; & le premier uſage qu'il
en fit, fut de publier un long Mandement d'acceptation de la Bulle *Uni-*
genitus. Ce Mandement eſt en François ; mais l'Auteur le traduiſit & le
publia auſſi en Latin. Son zéle pour
maintenir les droits, les Priviléges,
& les prérogatives qu'il attribuoît à
ſon Egliſe, lui occaſionnerent pluſieurs
affaires & conteſtations longues & em-
bàrraſſantes, ſur-tout avec M. l'Evêque de Toul ; & il ne ceſſa de ſe défendre que lorſqu'il ceſſa de vivre. Il
mourut à S. Diez dans un âge avancé
le 5. Octobre 1737. Sa pompe funebre fut une des plus célebres qui ſe
ſoit vûe depuis long-temps à S. Diez,

J. Clau-
de Som-
mier.

tant par les décorations, que par l'af-
fluence extraordinaire de ceux qui y
accoururent. Il fut inhumé dans la
grande Eglise, dans la Chapelle des
Grands-Prévôts.

Catalogue de ses Ouvrages.

1. *Orgia Alicapelllana*, Fêtes d'A-
lichapelle, en 1702. c'est une piéce de
vers Latins & François, divisée en trois
Chants, composée à la louange de
Leopold Duc de Lorraine. Nous avons
dit que M. Sommier faisoit facilement
des vers dans les deux langues, &
qu'il s'en amusoit quelquefois encore
dans sa vieillesse même : mais nous
ne connoissons d'imprimés que ceux
dont on vient de donner le titre.

2. *Panégyrique de Charles V. Duc
de Lorraine, dedié à Sa Majesté Impe-
riale. A Toul, chez Alexis Laurent,*
1698.

3. *Eloge funebre de Marie Eleonore
d'Autriche, Reine Douairiere de Pologne, Duchesse de Lorraine. A Toul,
chez le même,* 1698.

4. *Oraison funebre de Madame
Charlotte Elizabeth-Gabrielle de Lorraine, Abbesse de Remiremont. A Lunéville, chez Jean-Louis Bouchard,* 1711.

5. *Histoire Dogmatique de la Re-* J. CLAU-
ligion, ou la Religion prouvée par DE SOM-
l'autorité divine & humaine, & par les MIER.
*lumieres de la raison : à Champs,
chez l'Auteur, par Jean-Louis Bouchard, Imprimeur,* 4. vol. *in-* 4°. Le
premier en 1708. dédić au Pape Clement XI. le 2e. la même année : le 3e.
dédié à Leopold I. Duc de Lorraine.
Seconde partie, tome 1er. *à Paris,* chez
Florentin Delaulne, 1711. il y a eu encore depuis deux autres vol. ce qui
en forme 6. en tout. Le premier vol.
est précedé d'une *Differtation préliminaire,* qui est intitulée : *Apologie de
la Raifon & de la Foi contre les Pyrro-
niens & les Incrédules.* Le Pere Pouget,
Prêtre de l'Oratoire, Docteur en Théologie de la Faculté de Paris, parle très-
avantageufement de cet Ouvrage, &
que M. Sommier a fait imprimer depuis. » Par cette lecture, dit le P. Pou-»
get, j'ai conçu une grande idée du »
mérite de l'Auteur, qui m'est inconnu.»
Il écrit avec beaucoup de méthode, »
& avec une juftesse & une précifion »
qui ne font pas communes. Il paroît »
également habile Philofophe & fça- »
vant Théologien. Il fait voir qu'il est »

J. CLAU-
DE SOM-
MIER.

» fort verſé dans la lecture des Philo-
» ſophes anciens & modernes, & des
» Poëtes ; & qu'il ne l'eſt pas moins
» dans la Science de l'Ecriture & de
» la Tradition. Il ſe ſert à propos de
» toutes ces connoiſſances pour met-
» tre dans un grand jour & une grande
» évidence, ce qu'il avance. On ne
» peut rien ajouter à la ſageſſe avec la-
» quelle il traite les matieres Théolo-
» giques. Il ne s'écarte en rien de la
» Doctrine de l'Egliſe. Par-tout il rend
» la Religion reſpectable, & donne
» une grande idée de Dieu...Un tel Li-
» vre peut faire de grands biens... il
» eſt ſur-tout propre à faire impreſſion
» dans les eſprits cultivés. Mais il n'eſt
» pas ſi fort à la portée de ceux qui
» n'ont aucunes études».Ce jugement
fait aſſurément beaucoup d'honneur à
M. Sommier.

6. *Hiſtoire Dogmatique du Saint
Siége*, 6. vol. *in-*8°. les 4. premiers
à *Nancy, chez Cuſſon* : le premier
dédié à Clement XI. 1716. Le 2e. dédié au même Pape, en 1718. Le 3e. à
Innocent XIII. en 1723. Le 4e. à Benoît XIII. en 1724. Le 5e. au même,
à *ſaint Diez, chez Dominique-Joſeph*

Bouchard, 1728. Le 6e. ibid. dédié J. Cl̅a̅u̅- à Clement XII. en 1730. Il y a eu de-de Som̅- puis un 7e. volume : le Pape Clement mier. XI. félicita l'Auteur ſur le 1er. vol. de cet Ouvrage par une Lettre Latine remplie d'expreſſions honorables pour M. Som̅- mier : elle eſt du 18. Mai 1717. En Fran- ce on n'a pas jugé ſi favorablement de cet Ouvrage. On convient que l'Au- teur y fait voir qu'il a lû l'hiſtoi- re de l'Egliſe ; mais on trouve qu'il y manque de critique , & qu'il auroit dû y reſpecter davantage les ſentimens du Clergé de France & de la Faculté de Théologie de Paris ſur pluſieurs points importants. Auſſi l'Auteur dans le Re- cueil qu'il a publié des defferentes ap- probations données à ſes Ouvrages , n'a-t-il pû produire pour celui-ci , que l'approbation du P. Deſirant, Auguſtin, Lecteur de l'Ecriture Sainte , au Col- lege de la Sapience à Rome.

7. *Hiſtoire de l'Egliſe de S, Diez : avec les piéces juſtificatives de ſes im- munités & Priviléges , dédiée à notre S. Pere le Pape Benoît XIII.* (cette Epître Dédicatoire eſt en Latin) *in-12. à S. Diez , chez Dominique Joſeph Bouchard*, 1726. cette Hiſtoire eſt pro-

J. Clau-
de Som-
mier.

prement l'Ouvrage de M. François de Riguet, Grand-Prévôt de S. Diez, mort vers 1700. M. Sommier ayant eu le manuscrit de l'Auteur, y fit quelques changemens & additions, y ajouta les preuves, & le publia. Il a mis à la fin son Mandement pour l'acceptation de la Bulle *Unigenitus*, en François & en Latin. Cet Ouvrage a souffert beaucoup de contradictions, sur-tout de la part de l'Evêque & du Chapitre de Toul.

8. *Lettres à M. de Begon, Evêque & Comte de Toul, in-4°. A saint Diez* 1726.

9. *Statuts publiés au Synode de S. Diez, le 9. Mai* 1731. *in-12. A saint Diez, chez Joseph Charlot,* 1731.

10. *Apologie de l'Histoire de l'Eglise de S. Diez : & d'un Mémoire touchant les Droits de son Prélat, contre un Livre intitulé : Défense de l'Eglise de Toul, &c. contre les entreprises du Chapitre de S. Diez, & des Abbés de la Vosge, in-4°. A saint Diez, chez Joseph Charlot,* 1737. C'est par cet Ouvrage que M. Sommier a fini sa carriere. On sent en le lisant qu'il a été fait avec beaucoup de

précipitation. Il falloit un Ouvrage J. CLAU-
plus folide, plus abondant en raifons, DE SOM-
en faits & en preuves, pour répondre MIER.
à un écrit tel que *la Défenfe de l'E-*
glife de Toul, volume *in-*4°. imprimé
à Toul dès 1727. mais qui ne fut li-
vré au public qu'au commencement
de 1737. l'Auteur de cette Défenfe eft
Nicolas Brouilliey, Chanoine de Toul,
& Promoteur & Archidiacre dans la
même Eglife.

* Mémoires manufcrits. Biblioth.
des Aut. Ecclef. du 18e. fiécle par M.
Dupin: La continuation de cette Biblioth. par M. l'Abbé Goujet, tome
1. *Défenfe de l'Eglife de Toul*, fur-tout
la 2e. partie, chapitre 1. & 4. Apologie de l'Hiftoire de S. Diez : c'eft l'Ouvrage où M. *Sommier* parle de fa nomination à l'Archevêché de Céfarée,
& où il publie les approbations données à fes Ouvrages, &c.

AUGUSTIN - CHARLES D'AVILER.

AUGUSTIN - CHARLES D'A   AUGUSTIN
VILER, naquit l'an 1653. à Paris, CHARLES
où fa famille, originaire de Nancy en D'AVILER.

AUGUSTIN
CHARLES
D'AVILER.

Lorraine, étoit établie depuis long-temps. Né avec un goût & un penchant décidés pour l'Architecture, son inclination parut dès sa premiere jeuneffe : il la suivit, & ne tarda pas à faire de grands progrès. C'est ce qui fait que dans ce qu'il a écrit dans la suite sur l'inftitution de l'Architecte, il infifte beaucoup fur la néceffité de confulter la nature avant que de faire choix de quelque profeffion que ce foit.

Ses talens ayant bien-tôt été connus, il fut envoyé à l'âge de 20. ans à l'Académie que le Roi de France entretient à Rome, pour former dans la Peinture & dans les autres Arts qui dépendent du Deffein, les jeunes Eleves qui montrent d'heureufes difpofitions pour ce genre de connoiffance. Il eut pour compagnon dans ce voyage Antoine Defgodetz, fi connus depuis par fon exactitude à mefurer les Edifices antiques de Rome. Animés l'un & l'autre d'un defir ardent de fe perfectionner dans leur Art, ils s'embarquerent à Marfeille fur la fin de l'année 1674. brûlans déja d'impatience de fe voir en Italie. Mais un événement imprévû leur fit faire un

autre

autre voyage qu'ils étoient bien éloi-
gnés de défirer. Des Corſaires Algériens qui rencontrerent la Felouque
ſur laquelle ils étoient montés, l'attaquerent, la prirent & firent eſcla-
ves tous ceux qui s'y trouverent. De
ce nombre étoient le célebre Anti-
quaire Jean-Foy Vaillant, qui, avec un
goût different, ne voyageoit auſſi que
pour acquerir de nouvelles connoiſſances. Seize mois s'écoulerent ſans que
les Algériens vouluſſent entendre
parler de rançons. Mais enfin étant
convenu d'un échange contre des
Turcs qui avoient été pris par les
François, d'Aviler & ſes compagnons
recouvrerent leur liberté le 22. Fé-
vrier de l'an 1676. le premier n'étoit
pas demeuré oiſif durant ſon eſclava-
ge, & quoiqu'il fût de ſon interêt de
laiſſer ignorer ſes talens à des Maîtres
qui pour en profiter devoient naturellement ſe rendre plus difficiles pour le
relâcher ; ſon amour pour ſon Art
l'emporta ſur cette conſideration. Il
chercha à le faire valoir, & il y a lieu
de croire qu'on l'employa. On a vû de
lui un deſſein original qui repreſen-
te le plan & l'élevation d'une Moſ-

AUGUSTIN quée qui a dû avoir été conftruite à
CHARLES Tunis fur fes idées dans la grande ruë
D'AVILER. qui conduit au fauxbourg de Baba-
luch : l'Architecture en eft de fort
bon goût.

Dès que *d'Aviler* fut élargi , il reprit
la route de Rome , & pendant cinq
années qu'il demeura dans cette Ville , il y étudia avec une ardeur pro-
portionnée à fon extrême amour pour
fon Art. Il fit fes obfervations fur toutes les chofes qu'il jugea dignes de fon
attention, & mefura avec foin les plus
beaux Edifices antiques & modernes
qu'on y admire. Revenu à Paris, il
employa encore quelque temps à étudier en particulier, fans prefque fe
produire ; mais peu après, M. *Manfart*
premier Architecte du Roi , qui con-
noiffoit fon mérite , le reçut au nombre de ceux qui travailloient fous lui
dans le Bureau d'Achitecture. D'Aviler
y occupa bien-tôt une des premieres
places , & comme il ne fe faifoit rien
pour le Roi qui ne pafsât par fes mains,
l'expérience augmenta confidérable-
ment fon habileté & fes connoiffances.

Ce fut alors que ménageant le peu
de loifir qui lui reftoit , il entreprit de

composer un Cours d'Architecture, AUGUSTIN
qui renfermât tout ce qu'il est néces-CHARLES
saire de sçavoir pour acquerir une no-D'AVILER.
tion complette d'un Art si utile. Il es-
timoit l'Ouvrage de *Vignole*. Il le
regardoit comme un bon Ouvrage,
mais qui pouvoit être aisément perfec-
tionné. Et son premier dessein étoit de le
donner de nouveau, mais plus correct.
Cependant l'examen plus reflechi qu'il
en fit, lui ayant fait appercevoir que
le discours de cet Auteur qui accompagne ses figures, étoit trop suc-
cinct, il jugea qu'il falloit pour rendre
l'Ouvrage plus intelligible & plus de
pratique, y joindre de nouvelles observations; & il les fit en forme de Commentaire. Il s'étendit insensiblement
sur toutes les parties de l'Architecture,
il embrassa tout ce qui regarde la décoration, & ce qui concerne la construction, & son Ouvrage s'accrut tellement entre ses mains, qu'il devint un
Cours complet d'Architecture. Il y
joignit un Dictionnaire des termes &
des définitions de cet Art, mais dont
il fit un volume séparé, pour ne point
interrompre son discours par ce grand
nombre d'explications qui étoient in-

AUGUSTIN
CHARLES
D'AVILER.

dispensables. Il s'étoit déja fait connoître par une traduction du 6e. Livre de l'Architecture de *Scamozzi* qui
contient les Ordres , & il esperoit
qu'en travaillant ainsi dans son Cabinet , il se feroit un nom , & qu'il
pourroit se produire à Paris par quelque édifice de réputation. Mais ayant
vû qu'il l'espereroit inutilement tant
qu'il demeureroit attaché à M. *Man-
sart* , & qu'il travailleroit en sous-or-
dre ; il se dégouta de son emploi, &
accepta la proposition qu'on lui fit
d'aller à Montpellier. C'étoit pour faire élever à l'honneur de Louis XIV.
une porte magnifique en Arc de triomphe. M. *Dorbay* qui s'est acquis une
si grande réputation dans l'Architecture , en avoit fourni les Desseins : *d'A-
viler* partit en 1691. pour prendre le
soin de la construction , & dès l'année
suivante , cet édifice qui eut les suffra-
ges de tous les connoisseurs , fut entierement achevé. Depuis ce temps-
là M. *de Basville* Intendant de Languedoc , se fit un devoir de produire
M. *d'Aviler* , & celui-ci entreprit en
effet , & exécuta avec beaucoup de
succès , un grand nombre d'Ouvrages

dans tout le Languedoc , & ſur-tout à Beziers , à Carcaſſone , à Nîmes , à Montpellier , à Toulouſe. Ces Ouvra- ges engagerent au commencement de 1693. les Etats du Languedoc à créer en ſa faveur un titre d'Architecte de la Province. *D'Aviler* plein de recon- noiſſance de cette faveur ſe fixa en Languedoc , & ſe maria à Montpel- lier : mais à peine commençoit-il à jouir des fruits de ſes travaux , qu'il mourut dans cette Ville en 1700. n'é- tant âgé que de 47. ans.

AUGUSTIN CHARLES D'AVILER.

Catalogue de ſes Ouvrages.

1. *Oeuvres d'Architecture de Vin- cent de Scamozzi , traduites de l'Ita- lien , par Auguſtin - Charles d'Aviler , avec figures , in-folio. A Paris* 1685. *Item , à Leyde , in-folio ,* 1713. com- me ce n'étoit qu'un extrait d'un plus grand Ouvrage , & que d'ailleurs la méthode de *Scamozzi* n'eſt pas fort ſuivie , ce Livre n'a pas eu un grand cours.

2. *Cours d'Architecture , qui com- prend les Ordres de Vignole avec des Commentaires & pluſieurs nouveaux deſſeins , par A. C. d'Aviler. A Paris ,* 1691. 1. vol. *in-*4°. avec figures. *Item ,*

AUGUSTIN
CHARLES
D'AVILER.

fous ce titre, *Cours d'Architecture,
qui comprend les ordres de Jacques
Barozzio de Vignole, traduit nouvellement de l'Italien avec des Commentaires & des figures, par Aug.
C. d'Aviler : nouvelle Edition, revûe
& augmentée par le fieur Jean-Baptiste Alexandre le Blond. A Paris,
chez Mariette* 1710. 2. vol. in-4°.
l'Editeur avoit eu les manufcrits de
M. *d'Aviler*, & en particulier fon
exemplaire du Dictionnaire des termes
d'Architecture qui étoit déja fort avancé. M. *le Blond* le mit en ordre, l'augmenta & le publia. *Item*, 3e. Edition
de Cours d'Architecture en 1720. elle
ne diffère en rien de la 2e. *Item*, 4e.
édition du même Cours feulement,
fous ce titre : *Cours d'Architecture
qui comprend les ordres de Vignole,
avec des Commentaires, les figures
& les Defcriptions de fes plus beaux
Bâtimens & de ceux de Michel An-
ge, des inftructions, des préceptes, &
plufieurs nouveaux deffeins concernant la diftribution & la décoration,
la matiere & la conftruction des Edifices, la Maçonnerie, la Charpenterie,
la Couverture, la Serrurerie, la Me-*

nuiferie, le Jardinage, & généralement AUGUSTIN *tout ce qui regarde l'Art de bâtir, par* CHARLES *le fieur C. A. d'Aviler, Architecte :* D'AVILER. *nouvelle Edition enrichie de nouvelles Planches, & revûe & augmentée de plufieurs Deffeins conformes à l'ufage préfent, & d'un grand nombre de Remarques. Grand in-4º. A Paris, chez Jean Mariette, 1738.* On doit cette édition, qui eft dédiée à M. le Comte de Maurepas, aux foins & aux lumieres de M. Mariette lui même, qui eft auffi Auteur de la Préface & des vies de Vignole & d'Aviler.

* *Vie de d'Aviler au-devant de la nouvelle édition de fon Cours d'Archi-tecture.*

PIERRE-THOMAS DU FOSSE'.

PIERRE-THOMAS, Seigneur du PIERRE Foffé, qui s'eft acquis une fi gran- THOMAS de réputation dans le fiécle dernier DU FOSSE'. par fa piété & par fes Ouvrages, étoit d'une famille de Rouen, l'une des plus confiderables & des mieux alliées de cette Ville, mais qui étoit origi-naire de Blois. Son grand-pere *Gen-*

PIERRE-TIEN Thomas, Me. des Comptes en la
THOMAS Chambre de Normandie, avoit tou-
DU FOSSE'. jours montré beaucoup de zéle pour
les interêts de nos Rois pendant les
troubles de la Ligue; & Henri III.
qui connoissoit sa capacité pour les affaires & son attachement inviolable
pour sa personne, le chargea de plusieurs commissions importantes dont
M. *Thomas* s'acquitta toujours au gré
du Prince. On sçait que ce fut à lui
principalement que l'on fut redevable
de la réduction des Villes de Rouen,
du Havre, du Pont de l'Arche, & de
la Fere. *Gentien Thomas*, son fils, qui
lui succéda dans ses Charges, n'eut
pas moins de part à l'affection de Louis
XIII. à qui il rendit aussi de grands services. Il mourut en 1665. au mois de
Septembre: de sa femme Madelene Bou-
selin, morte le 10e. de Novembre
1684. âgée de 78. ans, il eut trois fils
dont le plus jeune, *Pierre-Thomas*,
est celui dont il s'agit.

Il naquit à Rouen le 6e. d'Août
1634. sur la Paroisse de sainte-Croix-
saint-Ouen, & selon un abus qui n'é-
toit alors que trop commun, il fut
destiné à l'état Ecclesiastique par ses
parens

parens presque au moment de sa naif-PIERRE
sance. En conséquence on lui confera THOMAS
la Tonsure dès l'âge de sept ans lors-DU FOSSE.
qu'il reçut le Sacrement de Confirmation, mais sans le revêtir de l'habit
Ecclésiastique qu'il n'a jamais porté.
Environ deux ans après, M. son pere
ayant changé d'idées & de conduite,
prit aussi d'autres mesures pour l'éducation de sa famille, & il confia ses
deux fils particulierement aux soins
de M. Selles pour les lettres, & de
M. Basile Gentilhomme de Bearn,
pour l'Instruction & les exercices de la
Religion. Pierre suivit le sort de ceux
qui s'étoient chargés de son éducation,
& changea avec eux cinq ou six fois
de demeure, mais sans jamais rien relâcher de son amour pour l'étude. M.
Bourgeois, depuis Abbé de la Mer-
ci-Dieu, lui apprit la Philosophie.
Antoine le Maître l'instruisit de l'Histoire de l'Eglise & s'appliqua à former
son style. M. du Fossé dit lui-même
qu'il le faisoit souvent venir dans sa
chambre où il lui donnoit des Instruc-
tions très-solides, tant pour les études
que pour la pieté. » Il me lisoit, a-
joute-t-il, & me faisoit lire les meil-»

Tome XLI. G

PIERRE-
THOMAS
DU FOSSE'.

» leurs endroits des Poëtes & des Ora-
» teurs, & m'en faisoit remarquer tou-
» tes les beautés, soit pour la force du
» sens ou de l'élocution. Il m'appre-
» noit aussi à prononcer comme il faut
» les vers & la Prose; il me donnoit
» des regles pour bien traduire. En un
» mot il n'oublioit rien de ce qu'il ju-
» geoit le plus propre pour me don-
» ner du goût pour l'étude, & pour me
» faciliter les moyens d'y avancer. A
l'âge de 20 ou 21 ans, il vint à Paris demeurer avec M. le Nain de Tillemont,
avec qui il lia une étroite amitié
qui n'a jamais été interrompue depuis. Il y avoit avec eux deux freres, dont l'un, nommé M. du Sac,
apprit l'Hebreu à M. du Fossé, qui
en acquit en peu de temps assez de
connoissance pour être en état d'entendre le texte original de l'ancien
Testament, & pour commenter même quelques Pseaumes. La Langue
Grecque ne lui étoit pas moins fami-
liere, & il profita des lumieres de M.
de Tillemont, pour avancer dans l'é-
tude de l'Histoire Ecclesiastique qu'il
avoit déja commencée sous M. le
Maître, Ils s'occuperent ensemble à

quelques traductions. Pendant qu'ils
revoyoient celle de S. Jean Climaque,
M. le Maître ayant ſçu que M. le
Chancelier Seguier poſſédoit pluſieurs
manuſcrits Grecs de ce pere, & les
Commentaires d'Elie de Crete, qui
pouvoient ſervir beaucoup à l'intelligence des endroits obſcurs de ſaint
Jean Climaque, il engagea M. du Foſſé à examiner ces manuſcrits, & à en
prendre ce qui convenoit à leur deſſein. Ce travail dura près de trois ſemaines, & le public en a vû les fruits.

Après la mort de M. le Maître arrivée le 4. de Novembre 1658. M. de
Saci ſon frere, continua à diriger les
études de M. du Foſſé, & voyant que
la vivacité de ſon eſprit demandoit
qu'il fût ſérieuſement occupé, il lui
propoſa de travailler à la vie de Dom
Barthelemi des Martyrs, de l'Ordre
de S. Dominique, Archevêque de
Brague en Portugal. Comme tout ce
qui avoit été écrit de ce S. Prélat étoit
en langue Eſpagnole, M. du Foſſé
commença par étudier cette langue,
& en moins de ſix ſemaines, il ſe vit
en état de conſulter par lui-même les
ſources où il devoit puiſer pour la

PIERRE
THOMAS
DU FOSSÉ.

G ij

PIERRE-
THOMAS
DU FOSSE'.

composition de son Ouvrage. Il apprit
aussi dans le même temps la langue
Italienne avec le secours d'un Gentilhomme nommé Brunetti, qui demeuroit chez M. le Duc de Luynes en son
Château de Vaumurier, pendant le
Carême de 1660. M. du Fossé alla demeurer au Château des Troux avec M.
de Tillemont, & il y acheva sa vie de
D. Barthelemi des Martyrs, ou plutôt
la traduction de l'Ecrivain Espagnol
de la vie de ce Prélat, mais qu'il confera avec plusieurs autres monumens,
& peu après il remit son travail entre
les mains de M. de Saci, qui s'en servit comme de matériaux pour composer la vie qui a été imprimée depuis.
M. du Fossé libre de cet engagement,
s'appliqua plus sérieusement qu'il n'a-
voit encore fait, à l'étude de l'Histoire Ecclésiastique avec M. Burluguay,
Curé des Troux, & M. le Nain de
Tillemont qui demeuroit avec eux.
Ils faisoient ensemble leurs remarques
pour servir d'éclaircissement aux difficultés qui se rencontroient dans cette
lecture ; & M. de Saci qui vint les
joindre peu après leur fut aussi d'un
grand secours.

M. du Foſſé ne demeura que 20. mois aux Troux. Après qu'il en fut ſorti il entreprit la vie de ſaint Thomas Archevêque de Cantorberi, qui fut depuis imprimée & dédiée au Roi. Cependant trouvant le lieu où il demeuroit trop incommode, ſur-tout dans les grandes charleurs & dans les grands froids, il prit le parti de revenir à Paris, où pluſieurs affaires l'obligerent encore d'interrompre ſes études. Après Pâques de 1665. il accompagna M. ſon pere aux eaux de Bourbon, & l'ayant perdu au mois de Septembre de la même année, il fut obligé de faire un voyage à Rouen. Il en revint ſur la fin de Decembre, & fut arrêté avec M. de Saci le 13. de Mai 1666. On les mit à la Baſtille ſur la fin du même mois, après avoir été en arrêt dans leur maiſon pendant 15. jours. Six mois après, M. du Foſſé eut ſa liberté, avec ordre de ſe retirer en Normandie, où il devint l'arbitre de preſque tous les differends qui naiſſoient dans le lieu de ſa demeure ou aux environs. En 1667. il fit un voyage à Angers où il vit M. Henri Arnauld qui en étoit Evêque, & après

y avoir affifté à la cérémonie de la ca-
nonifation de faint François de Sales,
il retourna à fa terre du Foffé, où il fe
livra à la priere & à l'étude. Il parta-
gea celle-ci entre la Médecine dont fes
infirmités lui rendoient au moins la
connoiffance utile, & l'explication
des Pfeaumes qui nourriffoient fa
piété.

En 1668. M. du Foffé revint à Paris;
après Pâques de l'année fuivante, il
s'établit avec M. de Tillemont au
fauxbourg faint Marceau. Mais cette
union de demeure dura peu, parce
que Madame du Foffé étant venue fe
fixer à Paris avec le refte de fa famille, M. du Foffé fe joignit à eux. Il
travailloit alors à une vie des Saints,
tant fur les Mémoires que M. le Maître avoit recueillis, que fur ceux que
M. de Tillemont lui fourniffoit. Mais
il interrompit plufieurs fois ce travail,
& il le quitta enfin tout-à-fait après la
mort de M. de Saci arrivée le 14. Janvier 1684. & nous n'avons que les
mois de Janvier & de Fevrier qui
compofent chacun un volume *in-4°.*
Ce qui obligea M. du Foffé à abandonner cet Ouvrage, c'eft qu'après la

mort de M. de Saci, tous fes amis **PIERRE** jetterent les yeux fur lui pour conti- **THOMAS** nuer le travail du défunt fur l'Ecriture, **DU FOSSE'.** & qu'il entreprit après avoir été confulter fur cela M. le Tourneux qui étoit alors à fon Prieuré de Villiers. Ce travail, & quelques voyages en Anjou & en Normandie, occuperent M. du Foffé le refte de fes jours. En 1697. étant à fa Terre du Foffé, & revenant de vifiter aux eaux de Forges Madame la Comteffe de Grammont, il fe fit à la jambe une bleffure qui eut des fuites. On lui confeilla de prendre les eaux de Bourbon ; il y alla, & y tomba malade, & depuis ce temps-là malgré les remedes aufquels on l'affujettit, il ne fit prefque plus que languir. Il revint à Paris au mois de Novembre 1697. & autant pour s'édifier lui-même que pour complaire à ceux qui l'en avoient follicité, il continua les Mémoires qu'il avoit commencés au Foffé : il y avoit peu de temps qu'il les avoit fini lorfqu'il mourut à Paris le 4. de Novembre 1698. il fut inhumé à S. Etienne du Mont.

G iiij

PIERRE-
THOMAS
DUFOSSE'.

Catalogue·de ſes Ouvrages.

1. *Vie de Dom Barthelemi des Martyrs*, tirée de ſon Hiſtoire écrite par cinq Auteurs, dont le premier eſt *Louis de Grenade*, in - 8°. *Paris*, le Petit, 1663. Quoique M. du Foſſé ne paroiſſe avoir fait que recueillir & traduire les matériaux de l'Eſpagnol en François, on ſçait cependant qu'il a eu part à la compoſition même de l'Ouvrage, comme on le voit par pluſieurs de ſes Lettres manuſcrites; entr'autres par une du 10. Août 1660. où il remercie M. *Walon de Beaupuis* d'avoir copié cette vie, & par pluſieurs autres.

2. *La vie de S. Thomas Archevêque de Cantorberi & Martyr*, tirée des 4. *Auteurs contemporains qui l'ont écrite, & des Hiſtoriens d'Angleterre qui en ont parlé, des Lettres du Saint, du Pape Alexandre III. & de pluſieurs grands Perſonnages du même temps, & des Annales du Cardinal Baronius*. in- 4°. & in-12. *Paris*, *Pierre le Petit*, 1674. M. *du Foſſé* y a pris le nom de ſieur de *Beaulieu*.

3. *Hiſtoire de Tertullien & d'Origene*, *qui contient d'excellentes Apo-*

logies de la Foi contre les Payens & les PIERRE-
Hérétiques ; avec les principales circonf- THOMAS
tances de l'Hiftoire Ecclefiaftique & pro- DU FOSSÉ,
fane de leur temps , par le fieur de la
Motthe, c'eft-dire , M. *du Foffé. Paris,*
Roulland, 1675. *in-* 8°. Item , *à Lyon,*
chez Jean Certe, 1691. *in-* 8°.

4. *Vies des Saints pour tous les jours*
du mois. Il n'y a que les mois de Janvier & de Fevrier 2. *vol. in-*4°. *A*
Paris, le Petit, le premier en 1685.
& le deuxiéme en 1687.

5. *Mémoires de Louis de Pontis Officier*
des Armées du Roi, contenant plufieurs
circonftances des Regnes de Henri *IV.*
Louis *XIII. &* Louis *XIV. depuis l'an*
1596. *jufqu'en* 1652. (redigés par M.
du Foffé) *Paris, Defprez,* 1678. 2.
vol. *in-*12. & plufieurs fois réimprimés depuis.

6. *La Préface du* Pëeme *contenant la*
Traduction de l'Eglife fur l'Euchariftie,
par Louis *le Maître de Saci, Paris,*
Defprez 1695. *in-*12.

7. *La continuation de la Grande Bi-*
ble de M. *le Maître de Saci, avec le*
fens fpirituel & litteral. M. *du Foffé*
commença à la moitié des Nombres,
& fit le Deuteronome, Jofué, les Juges, Ruth, les deux derniers Livres

PIERRE-
THOMAS
DU FOSSÉ.

des Rois, les Paralipomenes & Esdras, Tobie, Judith, Esther, Job, les Pseaumes en 3. vol. le Cantique des Cantiques, Jeremie & Baruch, Ezechiel, Daniel & les Machabées, les 4. Evangelistes & la moitié des Actes. Le tout *in-8°. A Paris*, chez *Desprez*, en differentes années. M. *du Fossé* avoit fait une Préface assez longue pour être mise au-devant des Nombres, contenant en particulier un Eloge étendu de la vertu & de la pieté de M. *de Saci*. Cette Préface a été imprimée *in-8°*. mais elle n'a pas été mise dans les impressions suivantes, & il y a très-peu de personnes qui l'aient.

8. Il a fait les *petites notes de la Bible* de la traduction de M. *le Maître de Saci* jusqu'aux Paralipomenes.

9. *Mémoires de Messire Pierre-Thomas, Ecuyer, Seigneur du Fossé, contenant l'Histoire de sa vie, & plusieurs particularités.* On a beaucoup de copie manuscrites de ces mémoires.

* Tiré des Mémoires cités ci-dessus, & de quelques autres Mémoires du temps.

PHILIPPE HECQUET.

PHILIPPE HECQUET, Docteur-Régent en la Faculté de Médecine de Paris, & ancien Doyen de la même Faculté, naquit à Abbeville en Picardie, l'onziéme de Fevrier 1661. de Jacques Hecquet, Bourgeois d'Abbeville, & de Catherine Pigné. Il fut le 5e. de ſept enfans qui naquirent du même mariage, & qui furent tous élevés avec beaucoup de ſoin, & dans une grande innocence de mœurs. Philippe fit ſes premiéres études à Abbeville, & s'acquit l'eſtime & l'amitié de ſes Maîtres par ſon application, ſon exactitude à ſes devoirs, & ſa fidelité à remplir avec pieté tous ceux de la Religion.

Après avoir fait un Cours de Philoſophie à Paris au College des Graſſins, il prit les leçons de Théologie de M. Pirot dans les Ecoles de Sorbonne, & celles de M. Roquecourbe au College de Navarre. C'étoit en 1680. & 1681. mais il ne pouſſa pas plus loin cette carriere. Réſolu de ſe

PHILIPPE
HECQUET. consacrer à l'étude de la Médecine, il fit à Paris un Cours de Botanique & de Pharmacie sous M. Afforty; un autre en 1682. & 1683. de Physiologie & d'Anatomie sous M. Douté, & prit en même temps en 1682. les leçons que M. de Saint-Yon, Docteur en Médecine, dictoit dans les Ecoles de Chirurgie.

En 1684. il alla à Reims où il prit le degré de Maître ès Arts le 6e. de Juillet; & le 8e. du même mois, après avoir subi les examens ordinaires où il montra une capacité au-dessus de son âge, il reçut successivement les degrés de Bachelier, de Licentié & de Docteur en Médecine. Décoré de ce titre de Docteur qu'il étoit en état de soutenir & d'illustrer par sa Science, il retourna dans sa patrie, & dès le premier d'Août de la même année il fut aggregé & incorporé au College des Médecins d'Abbeville. Mais on n'y eut pas long temps l'avantage d'y profiter de ses lumieres. Le séjour qu'il avoit fait à Paris, lui ayant fait sentir que c'étoit le centre des plus solides connoissances, il prit le parti d'y retourner. Comme il n'avoit pas de qua-

lité fuffifante pour y exercer librement PHILIPPE
fon Art, il crut en acquerir le droit HECQUET.
en fe faifant recevoir membre de la
Chambre Royale. Cette Chambre établie par M. d'Aquin, Premier Médecin du Roi, formoit un corps de
Médecins compofé de ceux de Montpellier, & des autres Univerfités du
Royaume. Mais cet établiffement
ayant été fait malgré la Faculté de
Médecine de Paris, M. Hecquet ne
tarda pas à éprouver le fort de fes confreres; il fut inquieté : ce qui lui caufa tant de peine, qu'il penfoit férieu-
fement à retourner à Abbeville, lorfque Mademoifelle Catherine Françoife de Vertus, de la Maifon de Bretagne,
le demanda pour fon Médecin ordinaire. C'étoit pour fucceder au célebre
M. Hamon qui venoit de mourir.

M. Hecquet accepta ce parti le 14e.
d'Août 1688. il fe retira auprès de Mademoifelle de Vertus, mais fa fanté ne
lui permit pas d'y refter long-temps.
Plufieurs maladies dangereufes firent
craindre pour fa vie : la mort de Mademoifelle de Vertus, arrivée le 21. de
Novembre 1693. le détermina à revenir à Paris vers le commencement de
1694.

PHILIPPE HECQUET. La même année, à la sollicitation de M. Fagon, Premier Médecin du Roi, la Chambre Royale fut caffée. M. Hecquet n'ayant donc plus de titre, même apparent, pour y exercer sa Profeffion, se mit en état dès la même année d'obtenir un titre réel en prenant des degrés dans la Faculté de Médecine de Paris. Il fortit de Licence le 3e. de Septembre 1696. & le 15e. de Janvier de l'année suivante, il prit le bonnet de Docteur avec un applaudiffement général. Il étoit dans sa 37e. année. Peu de temps après il fut choisi pour profeffer dans les Ecoles la matiere Médicale. La Faculté qui se félicitoit d'avoir acquis un membre d'un mérite si peu commun, lui donna toujours depuis des marques senfibles de son eftime. Les plus célebres Médecins s'empreferent de le produire; & M. Finot le pere, qui avoit pour lui une vénération singuliere, l'introduifit chez M. le Prince de Condé dont il étoit Médecin ordinaire. Ce Prince étoit alors malade; & en peu de temps la maladie devint dangereufe. Perfonne n'ofant le lui déclarer, M. Hecquet s'en chargea, & sa liberté lui valut un

redoublement d'eftime & de confian-PHILIPPE
ce de la part du Prince. Au com-HECQUET.
mencement de 1709. M. de Condé
étant tombé dans une nouvelle maladie dont il mourut le premier d'Avril
de la même année , M. Hecquet ne
ceffa point de faire auprès de lui les
fonctions d'un Médecin fage & inftruit , & celles d'un Chrétien plein de
zéle & de lumiere. Dès que le Prince
fut mort, Son Alteffe Séréniffime Madame la Princeffe de Condé , fa veuve , le choifit pour fon Médecin ordinaire , & celui de toute fa Maifon. M.
Hecquet a exercé cette fonction pendant 14. ans , c'eft-à-dire , jufqu'à la
mort de la Princeffe : & il fut en même temps Médecin ordinaire de Son
Alteffe Séréniffime , Madame la Du-
cheffe de Vendôme , & de toute fa
Maifon.

Ces Princeffes l'honoroient de toute leur confiance ; & on peut affûrer
qu'il la méritoit. Rien n'eft au-deffus
du zéle , de la fidélité & du definte-
reffement qu'il a apportés à leur fervice. Quand elles n'avoient aucun be-
foin de lui , il ne les voyoit qu'autant
que la bienféance le demandoit ou

PHILIPPE
HECQUET.

que les besoins d'autrui l'engageoient
à solliciter leur charité. Mais avoient
elles la plus légere incommodité, il
étoit plein d'attention & d'ardeur
pour les secourir, & pour prévenir
de plus fâcheux accidens. Comme il
ne séparoit jamais la qualité de Chrétien de celle de Médecin, il ne sçavoit
point les flater quand il trouvoit l'occasion de leur parler sur les devoirs
que la pieté n'éxige pas moins des
Grands que des petits. En voici un
exemple.

S'étant trouvé une fois chez Madame la Princesse pendant le Carême,
à l'heure de la collation, il vit avec
peine que l'on mettoit sur la table de
la friture & d'autres mets dont le
jeûne interdit l'usage à ce repas. Il s'en
expliqua librement ; sa décision fut
écoutée, & la Princesse fit desservir
tout ce qu'on lui disoit être contraire
à la loi du jeûne ; & depuis elle eut
plus d'exactitude à la faire observer.

La Science de M. *Hecquet*, & son
zéle pour le bien public, étoient si
connus, que lorsque le dérangement
des saisons, la disette des vivres, ou
quelqu'autre accident occasionnoient
des

des maladies populaires, les Magif- PHILIPPE
trats & ceux à qui le foin de la police HECQUET.
étoit confié, fe faifoient fouvent un
devoir de recourir à fes avis, de lui
demander fes vûes, fes confeils, foit
pour prévenir de plus grands maux,
foit pour arrêter ceux que l'on éprou-
voit. Il y a quelques années que la
néceffité de reparer les fontaines & les
canaux qui y conduifent l'eau, priva
les habitans du fauxbourg S. Jacques
de leur fontaine. Cette privation eut
des fuites, à caufe de la difficulté de
tirer de l'eau d'ailleurs pour fournir
aux befoins d'un fauxbourg fi peuplé.
M. *Hecquet* fut confulté, & donna les
avis qu'il croioit néceffaires. Mais ayant
vû qu'après les reparations faites, on
ne fe preffoit pas de rendre l'ufage de
la fontaine, il fit un Mémoire fur les
inconveniens & les dangers de la di-
fette d'eau en général, & en particulier pour le fauxbourg S. Jacques; &
l'on eut égard à fes raifons. Ce Mémoire n'a point été imprimé.

Plufieurs Hôpitaux bien informés
de ce zéle de M. *Hecquet* pour le
bien public, le demanderent avec em-
preffement pour leur Médecin. Il le

PHILIPPE
HECQUET.

fut pendant quelque temps de l'Hôpital de la Charité, & on l'a vû courir souvent plusieurs fois par jour au secours des malades de cet Hôpital, les préferer à ceux que le rang & la naissance distinguoient dans le monde, & s'épuiser lui-même pour les soulager. Il fut demandé avec la même ardeur pour être Médecin de l'Hôtel-Dieu: c'étoit un poste brigué, M. *Hecquet* ne l'ignoroit pas : mais il ne l'envisageoit point par ce qu'il peut avoir de flateur en lui-même, ou d'utile pour celui qui le remplit : il n'y voyoit que les devoirs qui y étoient attachés, & la difficulté de s'en bien acquitter: & il refusa cette place quelques instances que lui firent ses amis pour l'engager à l'accepter. Il auroit voulu pouvoir donner la même attention à chaque malade dans un lieu où la multitude en est innombrable, que celle qu'il apportoit quand il se chargeoit d'un particulier : & comme il sentoit bien que cela étoit impraticable, il aima mieux ne se point charger de cet emploi que de se voir exposé à ne le remplir qu'à demi. Par les mêmes raisons, il refusoit tous les jours de nou-

veaux engagemens, & faisoit, pour PHILIPPE
l'ordinaire, de longues visites à ceux HECQUET.
qu'il gouvernoit. On lui en fit un jour
une espéce de reproche en lui allégant
l'exemple de plusieurs Médecins qui
se conduisoient autrement. Je ne suis
point le Juge des autres, répondit-il;
je sçais qu'il y en a qui voyent beaucoup de malades; mais je vois peut être
plus de maladies. Il vit encore dans la
suite moins de malades particuliers;
& plusieurs années avant sa retraite,
il s'étoit presque borné à quelques
Communautés d'hommes & de filles,
dont il connoissoit le genre de vie, &
où l'on trouve pour l'ordinaire, peu
de malades en même temps. Mais il
leur donnoit ses soins avec tout le zéle,
toute l'application, tout le travail d'un
homme fort avide de gain; & cependant, malgré la modicité de sa fortune, il étoit si desinteressé, qu'il refusoit souvent ce qu'on lui offroit, ou
qu'il taxoit lui-même ses visites à un
prix très-modique.

Il étoit si éloigné de toute vûe d'ambition, que lorsque M. Fagon à qui
il s'étoit attaché par inclination, &
pour profiter de ses lumieres, fut de-

H ij

PHILIPPE
HECQUET.
venu premier Médecin du Roi, il le
vit beaucoup plus rarement, & prefque jufqu'à s'en faire oubler, fi fon
mérite eût pû l'être. Les honneurs qu'il
fuyoit, vinrent le chercher : il fut un
des trois Médecins fur qui l'on jetta
les yeux pour fucceder à M. Fagon,
& s'il eût voulu employer le crédit de
fes amis, il pouvoit parvenir à la premiere dignité de fa Profeffion. Il ne fit
aucune démarche, & il fe réjouit de
ce qu'on l'avoit laiffé à fa place.

Ses amis auroient peut-être dû fup-
pléer à fon indifference. Au moins
auroient-ils fait pour lui ce qu'il avoit
fait lui-même pour beaucoup d'autres.
On ne pourroit nommer perfonne
qui ait eu recours à lui inutilement.
Il n'y a point de jeune Médecin fur-
tout, qui n'ait toujours trouvé auprès
de lui, non feulement un accès libre
& aifé, mais même une tendreffe de
pere. Il les éclairoit dans leurs études
par fes confeils, il les dirigeoit dans
leurs lectures, il leur prêtoit fes Livres ; il en donnoit même fouvent
à ceux qui pouvoient en profiter,
& qui n'avoient pas le moyen
d'en acheter. On pourroit en citer

plufieurs exemples que fes Confreres
n'ont point ignorés. Il avoit le même
zéle & la même affection pour les Médecins de Province. Il s'offroit avec
joie d'être en quelque forte ici leur
commiffionnaire. il ne fe contentoit
pas de leur indiquer les livres dont ils
devoient fe fournir, de leur marquer
en quoi ils étoient plus ou moins utiles ; il fe chargeoit de leur acheter
ces Livres & de les leur envoyer ; c'eft
un fervice qu'il a rendu en particulier à MM. le Dran, de Bordegaraye
Carrel, lorfqu'ils étoient à la Marti-
nique ; & à MM. Allyot & Nogués
pendant leur féjour à S. Domingue.
Pendant plus de 20. ans il a montré le
même zéle pour M. Hallays Docteur
Médecin de la Faculté de Paris, aggré-
gé au College des Médecins de la Rochelle. On trouve dans les Lettres
qu'il lui a écrites, un grand nombre
d'avis utiles, d'inftructions fages fur
differens fujets, mais principalement
fur l'étude de la Médecine theori-
que & pratique, fur le choix des Livres, tant anciens que modernes,
qui peuvent être les plus utiles à un
Médecin. Il étoit dans un pareil com-

PHILIPPE
HECQUET.

PHILIPPE merce de lettres avec MM. Fagon,
HECQUET. Dodart, Helvetius pere & fils, Bou-
din, Burlet ; & dans le pays étranger
avec MM. Ruyfch, Baglivi, Pitcarn,
Torti, Garelli, premier Médecin de
l'Empereur. Les grands hommes fi
diftingués eux-mêmes dans leur Profeffion, fe faifoient honneur d'être
en relation avec M. *Hecquet.* Plufieurs
même ne font pas difficulté de l'appeller dans leurs lettres *l'Hippocrate de la
France.*

La Faculté de Médecine de Paris
qui avoit pour lui les mêmes égards,
& l'on pourroit dire, la même vénération, voulut lui en donner des marques en l'élifant pour fon Doyen le 5e.
de Novembre 1712. Il eut beaucoup
de peine à accepter cet honneur, il le
refufa même d'abord avec une forte
d'opiniâtreté qui fit peine à fes amis,
& il ne fe rendit qu'après les plus vi-
ves inftances. C'eft l'ufage que chaque
Doyen fait frapper un jetton avec fon
portrait. On pria le nouveau Doyen
de n'y point déroger, & de donner
cette fatisfaction à fa compagnie. Mais
comme il refufoit d'y confentir, parce qu'il ne s'étoit point fait peindre,

& qu'il ne pouvoit s'y réfoudre , on
ufa d'adreffe pour le tirer , & l'on
obtint enfuite à force de follicitations
& de prieres , qu'il fit frapper fon jetton. Le 31. de Janvier 1713. il voulut fe démettre du Décanat, prétextant
fa mauvaife fanté ; mais la Faculté qui
fe faifoit honneur d'avoir un Doyen
de fon mérite , refufa unanimement
d'y confentir. Quelques jours auparavant , la Faculté lui avoit témoigné
combien elle lui étoit attachée. Un de
fes membres avoit parlé de fon refpec-
table Doyen d'une maniere defobli-
geante dans un difcours public. La
Faculté dans une affemblée du 27. de
Janvier 1713. délibera en conféquence fi l'on obligeroit ce Médecin à lui
faire réparation Mais M. *Hecquet* refufa, comme Doyen , de conclure , &
celui qui l'avoit offenfé devint depuis
fon ami.

Pendant le même Décanat qui dura
2. ans, M. *Hecquet* fit tout ce que fon
zéle & fon amour pour fa Faculté pu-
rent lui fuggérer de plus utile & de
plus honorable. Il en maintint les
Statuts , il en recommanda l'exacte
obfervation ; & afin de les remettre de-

PHILIPPE
HECQUET.
vant les yeux , il les fit réimprimer
en 1714. *in-12.* en conféquence d'u-
ne déliberation arrêtée dans une affemblée de la Faculté du Mardi 2ᵉ. de
Janvier de la même année. C'eft le
Recueil intitulé : *Decreta , ritus , ufus ,
ac laudabiles faluberrimi Medicorum
Parifienfium ordinis confuetudines.* Il y
joignit le petit Ouvrage du fçavant
Gabriel Naudé fur l'antiquité & la dignité de l'Ecole de Médecine de Paris,
& plufieurs Eloges de quelques Médecins célébres prononcés par le même. Ce fut auffi fous fon Décanat , &
à fa repréfentation, que l'on commença à travailler au nouveau difpendiai-
re de remedes , ou à la nouvelle Phar-
macopée , qui ne put paroître qu'en
1732. fous le Décanat d'Hyacinthe-
Theodore Baron. M. *Hecquet* étant
Doyen avoit conçu un autre projet :
c'étoit de faire conftruire un nouveau
bâtiment pour les Ecoles de Médecine,
qui répondent peu en effet à la dignité
de cette Faculté,& dont il fit faire une
defcription exacte qui en repréfentoit
le mauvais état, & à laquelle il joignit
le deffein d'un nouveau bâtiment, tra-
cé par M. Bulet de Chamblin habile
Architecte ;

Architecte : mais par differentes rai- PHILIPPE
ſons qu'il eſt inutile de rapporter , HECQUET.
ce projet n'a point eu d'exécution.

Les infirmités que M. *Hecquet* avoit
alleguées pour engager la Faculté à lui
permettre de ne point achever ſon
Décanat , devinrent beaucoup plus
ſérieuſes depuis qu'il l'eut fini. Il continua cependant à rendre au public
tout le ſervice dont il fut capable , &
ce ne fut que ſur la fin de 1726. qu'il
prit la réſolution de ſe retirer. Dès que
les Carmelites du fauxbourg de ſaint
Jacques dont il étoit Médecin depuis
plus de 30. ans ; en furent informées ,
elles le preſſerent de ſe retirer auprès
d'elles , & y ayant conſenti , elles lui
firent préparer un petit appartement
dans la cour extérieure de leur maiſon.
M. *Hecquet* y entra le 24. Fevrier 1727.
& c'eſt-là où il a paſſé les dix dernieres
années de ſa vie , uniquement occupé
de la priere & de l'étude ; à répondre
aux conſultations qu'on lui adreſſoit de
toute part ; à rendre aux Carmelites
les mêmes ſervices qu'il leur avoit rendus depuis tant d'années , & à recevoir les viſites des pauvres à qui il
donnoit ſes avis & qu'il mettoit en

Tome XLI.   I

PHILIPPE
HECQUET.
état de les fuivre par les fecours d'argent qu'il leur fourniffoit. Le monaftere le nourriffoit, & il vivoit à cet
égard comme les Religieufes : faifoit
toujours maigre. C'étoit un genre de
vie auquel il s'étoit accoutumé depuis
25. ans. Il s'étoit retranché depuis le
même temps tout ufage du vin. Une
vie fi pénitente, jointe à une application forte & continuelle, & à de
grandes infirmités, l'épuiferent enfin
à la fin du mois de Mars 1727. il
fentit que fes forces dépériffoient, &
que fa fin n'étoit pas loin. Il ufa avec
foumiffion des remedes que fes connoiffances lui indiquoient : ils furent
inutiles. Sa vûe fe troubla : il eut recours à plufieurs faignées qui lui donnerent une efpece de foulagement qui
dura peu. La fiévre le reprit le 10e.
d'Avril au foir. Le 11e. au matin il
reçut les Sacremens de l'Eglife avec
cette pieté & cette foi qui l'avoient
toujours animé dans tous les exercices
de la vie Chrétienne. Il mourut le même jour fur les 6. heures & demie
du foir, âgé de 76. ans & deux mois.
Par fon teftament il laiffe à la Faculté
de Médecine de Paris environ cent

volumes de Médecine, tant *in - fol.* Philippe
qu'*in*-4°. pour joindre à la donation Hecquet.
de douze à treize cent autres vol. qu'il
lui avoit déja faite, & à celle de plus
de deux mille autres vol. laissés à la
même Faculté, par feu M. Picoté de
Beleftre, Docteur en Médecine, dans
le deffein de commencer à former une
Bibliotheque à l'usage de la Faculté.
M. *Hecquet* fut inhumé dans le bas
de l'Eglise des Carmelites, où on lit
son Epitaphe, composée par le célebre M. Rollin.

M. Hecquet avoit une lecture im-
menfe, & un profond fçavoir. Outre
les anciens Médecins dont il avoit
lû les écrits avec attention, dont il
avoit fait des extraits étendus accom-
pagnés de fes refléxions, il avoit donné la même application à la lecture de
tout ce que les Médecins modernes
ont pû écrire en Latin ou en François
fur quelque fujet que ce foit concernant leur Profeffion. Il ne paroiffoit
rien d'eftimable en ce genre qu'il ne fe
hâtât d'en enrichir fa Bibliotheque,
& il donnoit au cabinet tout le temps
qu'il pouvoit juftement enlever aux
autres occupations. Il avoit toujours

beaucoup pris sur son sommeil pour faire de plus grands progrès dans ses études; & on l'a vû passer jusqu'à 24. nuits de suite sans se coucher, pour approfondir des questions particulieres qui devoient entrer dans les ouvrages dont il vouloit faire part au public. On ne pouvoit presque lui parler d'aucun Livre de Médecine écrit en Grec, en Latin, ou en François, qu'on ne le trouvât prêt d'en rendre un compte si exact, qu'on voyoit bien qu'il les avoit tous lûs avec refléxion; & le jugement qu'il en portoit, étoit presque toujours celui que l'on devoit en porter. La multitude des Ouvrages qu'il a fait imprimer lui-même, font voir qu'il avoit mis toutes ses lectures à profit, C'est dommage qu'il se trouve peu d'ordre & de méthode dans la plûpart, & qu'il ait si fort négligé son style quand il a écrit en François. On lui a reproché aussi d'avoir été trop vif dans ses écrits, & trop attaché à ses propres sentimens; & il avouoit quelquefois qu'il craignoit de donner à l'humeur & au tempérament ce que la vérité seule est en droit d'exiger. Mais d'un autre côté, il n'a jamais défendu un sentiment,

ni foutenu un fyftême , qu'il n'ait cru PHILIPPE
fincérement que c'étoit celui qu'il fal- HECQUET.
loit défendre & foutenir , toujours
difpofé à fe rétracter fi on lui eût montré évidemment qu'il fe trompoit. On
fçait de ceux qui l'approchoient de près,
que fa journée étoit auffi reglée que
celle du Religieux le plus exact ; qu'il
n'étoit jamais confulté fur quelque
maladie dangereufe, ou dont les fymp-
tômes lui paroiffoient obfcurs , qu'il
n'eût recours à la priere avant que de
donner fa décifion ou fes conjectures.
Il ne ceffoit d'exhorter fes confreres à
fe conduire avec la même attention
& la même vigilance , toutes les fois
qu'ils vifitoient un malade , & à donner les premiers en toute occafion l'e-
xemple de la modeftie & de l'amour
pour la Religion. Les défauts contrai-
res lui étoient fi fenfibles , qu'il n'en
parloit jamais qu'avec la plus vive
douleur ; & l'on voit par un petit
écrit qui s'eft trouvé parmi fes papiers,
intitulé , *Le Tombeau de la Médecine* ,
combien ces défauts , ceux fur - tout
qui pouvoient bleffer la Religion ,
l'affligeoient.

I iij

PHILIPPE · Catalogue de ses Ouvrages.
HECQUET. 1. *Explication Physique & Méchanique des effets de la saignée & de la boisson dans la cure des Maladies, avec une réponse aux mauvaises plaisanteries que le Journaliste de Paris a faites sur cette explication de la saignée. in-12. A Chamberi,* 1707. ce petit Ouvrage contient 3. piéces : 1°. *Explication Physique & Méchanique des effets de la saignée :* C'est une These sur la saignée composée par M. *Hecquet,* soutenue le 26 de Janvier 1695. & traduite par lui-même en François ; une autre de ses Theses sur la boisson, soutenue le 13. d'Octobre de la même année ; & qu'il a aussi traduite en notre Langue. 3°. Un Extrait de la premiere These, tel qu'on le lit dans le Journal des Sçavans, & une Réponse à cet Extrait. Ce petit Recueil paroît imprimé à *Chamberi,* parce que l'Auteur n'avoit pû obtenir un privilege pour le faire imprimer à *Paris.*

2. *De l'Indécence aux hommes d'accoucher les femmes, & de l'obligation aux meres de nourrir leurs enfans, in-12.* 1708. *A Trevoux,* M. *Hecquet* ne montre pas moins de piété que de

science dans ces deux Dissertations. PHILIPPE M. de *la Motte*, célèbre Chirurgien à HECQUET Valogne, & quelques autres ont attaqué la première.

3. *Traité des dispenses du Carême*, *dans lequel on découvre la fausseté des prétextes qu'on apporte pour les obtenir*, *en faisant voir par la Méchanique du corps les rapports naturels des alimens maigres avec la nature de l'homme. in-*12. *A Paris*, Fournier, 1709. deuxiéme édition, *ibid.* en 2. volumes *in-*12. augmentée de deux Dissertations *sur les Macreuses & sur le Tabac.* C'est un des meilleurs Ouvrages de M. *Hecquet.* Il est également utile aux Médecins, aux Confesseurs, & même aux fidéles qui aiment la lumiere.

4. *De la digestion*, *& des maladies de l'estomach*, *suivant le système de la Trituration & du broyement*, *sans l'aide des Levains ou de la fermentation*, *dont on fait voir l'impossibilité en santé & en maladie*, *in-*12. *Paris*, *Fournier*, 1712. deuxiéme édition, *Paris* chez *Cavelier*, 2. vol. *in*-12. 1729. augmentée d'un discours préliminaire, d'une Réponse à M. *Sylva* sur la saignée, & de cinq Lettres, dont deux sur *la Re-*

vulsion, la troisiéme sur *la Saignée*, la quatriéme sur le *Kermès mineral*, & la cinquiéme sur *les maladies des yeux.*

5. *De purganda Medicina à curarum sordibus.* in-12. *Paris*, *Cavelier*, 1714. Cet Ouvrage passe pour le chef-d'œuvre de M. *Hecquet.*

6. *An, ut virginitatis, sic virilitatis certa indicia.* Thèse soutenue le Jeudi 5e. de Janvier 1713. il est certain qu'elle est de M. *Hecquet*, quoiqu'elle porte un autre nom ; de même que la Traduction Françoise qui en parut peu après *in-4°.*

7. *Novus Medicinæ conspectus, cum appendice de Peste.* in-12. *Paris*, *Cavelier*, 2. vol. 1722.

8. *Traité de la Peste, avec les moyens de s'en préserver & d'en guérir, le danger des baraques & infirmeries forcées.* Ibid. 1722. *in-*12.

9. *Observations sur la saignée du pied, & sur la purgation au commencement de la petite verole, des fiévres malignes, & des grandes maladies ; preuves de décadence dans la pratique de la Médecine, confirmées par de justes raisons de doute contre l'inoculation.* Ibid. 1724. *in-*12.

10. *Hippocratis aphorifmi, ad mentem* PHILIPPE *ipfius, artis ufum, & corporis mechanif-* HECQUET. *mi rationem expofiti.* Ibid. 1724. 2. vol. *in-*12. Cet Ouvrage a été traduit en François par feu *Jean Devaux*, ancien Prévôt de S. Côme, & cette traduction a paru en 1726. *Ibid.*

11. *Lettre en forme de Differtation pour fervir de Réponfe aux difficultés fur le livre de la faignée du pied.* Ibid. 1725. *in-*12.

12. *Refléxions fur l'ufage de l'Opium, des Calmants & des Narcotiques, pour la guérifon des maladies.* Ibid. *in-*12. 1726. C'eft proprement une Apologie de l'*Opium* contre deux célébres Médecins Etrangers, MM. *Stall* & *Hoffman.*

13. *Remarques fur l'abus des purgatifs & des amers au commencement & à la fin des maladies ; & fur l'utilité de la faignée dans les maladies des yeux, dans celles des vieillards, des femmes, des enfans :* avec deux Lettres Latines, l'une *fur la génération des Infectes,* & l'autre *fur le mufcle uterin* découvert par M. *Ruyfch.* Ibid. 1729. *in-*12.

14. *La Médecine Théologique,* ou *la Médecine créée, telle qu'elle fe fait*

voir ici sortie des mains de Dieu, Créateur de la nature, & régie par les loix. Ouvrage où s'explique l'Hygieine par les principes du méchanisme ; puis par de semblables notions tirées des Sciences les plus propres à perfectionner la Médecine ; l'on y développe les idées des vrayes causes des maladies, de l'ordre auquel elles appartiennent, & de leurs vrais remedes. Ibid. 2. vol. *in*-12. 1733. On a joint à la fin du 2. vol. neuf Theses Latines de l'Auteur déja imprimées séparément. La première du 26. de Janvier 1695. *si les fonctions de l'œconomie animale sont opérées par des fermens.* La deuxième du 13. Octobre de la même année, *si c'est dans l'usage convenable des alimens qu'il faut chercher la guérison des maladies chroniques.* La troisieme du 12. Janvier 1696. *Que les maladies ne tirent point leur origine des sérosités, mais que celles-ci sont seulement la suite des maladies.* La quatriéme du 6. Fevrier 1698. *contre ceux qui prétendent que la Médecine a peu de remedes.* La cinquiéme du 7. Fevrier 1704. *sur la saignée.* La sixiéme du 21. Fevrier 1704. *Que l'on ne doit point interdire la boisson aux malades.* Les 3. dernieres

ont été ſoutenues en 1712. 1723. & HHILIPPE
1732. La 1re. *ſi les maladies en général* HECQUET.
ſont cauſées par le dérangement de la tri-
turation des ſolides. La 2e. *Que la loi*
du Carême eſt une image de l'inſtitution
du Créateur & des loix de la nature. La
3e. *Si la Chimie peut venir à bout des*
maladies que la Chirurgie ne ſçauroit
guérir.

15. *Le Brigandage de la Médecine*
dans la maniere de traiter les petites ve-
roles & les plus grandes maladies par
l'émetique, la ſaignée du pied, & le
Kermès mineral, avec un traité de la meil-
leure maniere de guérir les petites vero-
les par des remedes & des obſervations
tirées de l'uſage. 2e. *partie, ou aprés*
avoir prouvé ce brigandage par les effets,
l'on donne le plan de mémoires Acadé-
miques, pour ramener la Médecine à
ſes regles, & la contenir dans ſes loix :
3e. partie, intitulée : *Le brigandage de*
la Médecine reformé, ou la ſaignée du
pied, le Tartre émetique, & le Kermès
mineral diſciplinés. in-12. 1733. *A*
Utrecht, à Paris, chez *Alix.*

16. *Lettre Apologetique touchant le*
brigandage de la Médecine. Ibid. *in-*
12. Cette Lettre n'eſt pas moins vive

Philippe Hecquet. que l'Ouvrage même dont on y entreprend l'Apologie.

M. Hecquet ne voyant dans le phénomene des *Convulfions* qui paroît depuis quelques années, qu'une maladie réelle dans les unes, les effets d'une imagination déreglée dans d'autres, de la fourberie & de l'impofture dans plufieurs, entreprit de les faire connoître pour ce qu'il les croyoit, & c'eft fur cela que roulent les écrits fuivans qui coulerent de fa plume avec la plus grande rapidité.

17. *Le Naturalifme dés Convulfions dans les maladies de l'Epidémie Convulfionnaire.* 1re. partie. *Le Naturalifme des Convulfions démontré par la Phyfique, par l'Hiftoire naturelle, & par les événemens de cette œuvre : & démontrant l'impoffibilité du divin qu'on lui attribue dans une. lettre fur les fecours meurtriers.* 2e. partie. *Le mélange dans les Convulfions, confondu par le Naturalifme.* 3e. partie. *in-*12. 1733. *à Soleure,* fi on en croit le titre.

18. *La caufe des Convulfions finie, & l'œuvre des Convulfions tombée. in-*12. fans date, & fans marque de lieu de l'impreffion. (Mais cet écrit eft de 1734.)

19. *Réponse à la Lettre à un Confes-* PHILIPPE *seur touchant le devoir des Médecins &* HECQUET *des Chirurgiens, au sujet des Miracles & des Convulsions.* Datée du 15. Mai 1733.

20. *Lettre sur la Convulsionnaire en extase,* ou *la vaporeuse en rêve,* 1736. *in-*12.

21. *La succeuse Convulsionnaire,* ou *la Psylle miraculeuse.* 1736. *in-*12.

22. *Réponse à la Lettre d'un Docteur en Médecine de la Faculté de * * (* sur le même sujet *)* 1736. *in-*12.

23. *Le Naturalisme des quatre Requêtes. (* contre les Requêtes presentées par plusieurs filles attaquées de Convulsions. *)* 1736. *in-*12.

M. Hecquet a laissé beaucoup d'autres écrits manuscrits sur la même matiere. Comme il s'interessoit à tout, il avoit écrit quelques années auparavant, en faveur du Miracle opéré sur la Dame la Fosse, les deux Lettres suivantes.

24. *Deux Lettres d'un Médecin de Paris, à un Médecin de Province sur un Miracle arrivé (* le 31. Mai 1725. jour du S. Sacrement *) sur une femme du fauxbourg S. Antoine.* 1725. *in-*8°.

M. *Hecquet* avoit fait une 3e. & une 4e. Lettre, principalement contre le Ministre *Saurin*, qui avoit combattu le miracle dans son *Etat du Christianisme en France* : Ces deux Lettres auroient mérité d'être rendues publiques. Les écrits suiv ns n'ont paru que depuis la mort de M. *Hecquet*.

25. *La Médecine naturelle, vûe dans la Pathologie vivante ; dans l'usage des Calmans & des différentes saignées des veines & des arteres, rouges & blanches, spontanées ou artificielles, & dans les substituées par les sang-sues, les scarifications, les ventouses.* 2. vol. *in-*12. *Paris, Cavelier,* 1738. Il donne dans le 2e. vol. les *Tableaux des maladies sur le plan de cette Médecine naturelle Calmante,* & un Essai de méthode pour les guérir.

26. *Le brigandage de la Chirurgie, ou la Médecine opprimée par le brigandage de la Chirurgie* Premiere partie. *Le brigandage de la Pharmacie.* Seconde partie. *A Utrecht, (Paris, Alix.*) 1738. *in-*12. Au commencement de la premiere partie, on trouve une Lettre d'un Médecin de la Faculté de Paris (M. *Hecquet* lui-même) *sur*

ce que c'est que le brigandage de la Mé- PHILIPPE
decine. Cette Lettre très-injurieuse aux HECQUET
Chirurgiens , avoit déja paru impri-
mée *in-8°.* du vivant de l'Auteur en
1736.

27. *La Médecine , la Chirurgie & la
Pharmacie des Pauvres.* On imprime
cet Ouvrage.

* Cette vie a été faite en partie sur
les Ouvrages même de M. *Hecquet* ,
& en partie sur plusieurs mémoires
manuscrits , & sur un grand nombre
de ses Lettres aussi manuscrites.

THOMAS HEARNE.

THOMAS HEARNE , naquit THOMAS
l'an 1678. en Angleterre , mais HEARNE,
on ignore le lieu précis.

Après ses premieres études , on
l'envoya à *Oxford* où il a passé presque toute sa vie , occupé à tirer de
l'obscurité plusieurs piéces anciennes ,
& à publier differens Ouvrages.

Sous le regne de *Guillaume* III. il
fit un écrit pour justifier ceux qui
avoient prêté serment de fidélité à ce
Prince , mais il ne voulut pas permet-

THOMAS
HEARNE.
tre qu'on l'imprimât ; en quoi il agit prudemment, car il devint ensuite un des plus determinés non - Jurants d'Angleterre : ce qui l'empêcha en 1715. d'exercer quelques emplois que l'Université d'Oxford lui avoit donnés.

La publication de ses Livres, dont il faisoit seulement imprimer un petit nombre ; & qu'il vendoit fort cher, lui fit gagner environ un millier de Livres sterling, mais il n'en sçut pas jouir ayant toujours mené une vie mesquine & solide.

Il mourut le 10. Juin 1735. âgé de 57. ans.

Catalogue de ses Ouvrages.

1. *Table des choses les plus remarquables, qui se trouvent dans la traduction Angloise de Joseph, faite par Roger l'Estrange* (en Anglois) *Londres* 1702. *in-fol.* Cette traduction a été depuis imprimée *in-octavo*, avec la table de *Hearne.*

2. *Reliquiæ Bodleianæ, ou quelques Ecrits posthumes de Thomas Bodley* (en Anglois) *Londres* 1703. *in-8°.* Hearne a tiré des Manuscrits les pieces qui composent ce volume, & un de ses amis les a fait imprimer.

3.

3. *C. Plinii Cæcilii ſecundi Epiſtolæ &* THOMAS
Panegyricus cum variis lectionibus & an- HEARNE.
notationibus. Accedit vita Plinii ordine
Chronologico digeſta. Oxoniæ, è Theatro
Sheldoniano 1703. *in-*8°.

4. *Eutropii Breviarium Hiſtoriæ Ro-*
manæ; cum Pæani Metaphraſi Græca.
Meſſala Corvinus de Auguſti progenie.
Julius Obſequens de prodigiis. Anonymi
Oratio funebris Græ. Lat. in Imp. Fl.
Conſtantinum, Conſtantini M. filium.
Cum variis lectionibus & annotationi-
bus. Oxonii. 1703. *in-*8°.

5. *Indices tres locupletiſſimi in Cy-*
rilli Hieroſolymitani Opera Gr. Lat. A
la fin dës Oeuvres de *S. Cyrille* imprimés à *Oxford* en 1703. *in-fol.*

6. *Ductor Hiſtoricus : ou Abregé de*
l'Hiſtoire Univerſelle avec une introduc-
tion à l'étude de cette Hiſtoire (en Anglois) *Tome* 1. *Oxford.* 1704. *in-*8°.
2e. *Edition. Ibid.* 1705. *in-*8°. Il en a
paru de nouvelles en 1714. & 1724. à
l'inſçu de l'Auteur.

7. *Tome* 2e. *Oxford* 1704. *in-*8°.
Ce tome a été réimprimé trois fois à
Londres à l'inſçu de l'Auteur. Il vouloit en donner un troiſiéme, mais la
traduction Angloiſe de l'*Introduction*

Tome XLI. K

THOMAS
HEARNE.

à *l'Histoire* de *Puffendorf* ayant paru alors, il ne crut pas devoir aller plus loin, parce que ce qu'il avoit préparé ne contenoit presque que ce qui étoit contenu dans cette Introduction.

8. *Table des quatre parties du Préservatif contre le Socinianisme*, du Docteur *Edouard*. (en Anglois) *Oxford* 1704. *in-8°.* A la suite de cet Ouvrage. Il dreſſa cette table à la priere de l'Auteur.

9. *Table de l'Histoire de la Rebellion par Mylord Clarendon* (en Anglois.) Dans l'Edition de cette Hiſtoire faite à *Oxford* en 1704. *in-fol.* & dans les ſuivantes.

10. *M. Juniani Justini Historiarum ex Trogo Pompeio libri* 44. *Manuſcriptorum codicum collatione recogniti annotationibuſque illuſtrati. Oxonii* 1705. *in-8°.*

11. *T. Livii Patavini Historiarum ab Urbe condita*, *libri qui ſuperſunt*, *MSS. Cod. collatione recogniti*, *annotationibuſque illuſtrati. Oxonii* 1708. *in-8°.* ſix vol.

12. *Lettre ſur quelques Antiquitez*, *trouvées entre Windſor & Oxford. Avec la liſte des Peintures*, *qui ſont dans la*

Gallerie voisine de la Bibliotheque Bod- THOMAS
leienne. (en Anglois) *Hearne* ayant HEARNE.
envoyé cette piece à un de ses amis,
celui-ci la fit imprimer à *Londres* en
1708. dans un Recueil Anglois. *in-*
8°. intitulé: *Mémoires pour les Curieux.*
On en trouve une autre édition plus
correcte que cette 1re. mais sous la liste
des Peintures, à la fin du 5e. volume
de l'Itineraire de *Lelande Hearne* revit
depuis l'Ouvrage, & le fit réimprimer en 1725. *in-*8°. mais il n'en fit tirer que cent exemplaires.

13. *La vie d'Alfred le Grand, par
Jean Spelman ; publiée sur le MS. original de l'Auteur, qui est dans la Bibliotheque Bodleienne. A quoi l'on a
joint plusieurs remarques historiques, &
un discours sur une ancienne Inscription
Romaine, trouvée depuis peu près de
Bath.* (en Anglois) *Oxford* 1710. *in-*
8°.

14. *L'Itineraire de Jean Leland ;
publié sur le MS. original & sur des co-
pies autentiques.* (en Anglois) *Oxford*
1710. 1711. 1712. *in-*8°. neuf vol.
l'Editeur n'a fait tirer que 120. exemplaires de cet Ouvrage, qui est ac-
compagné de ses observations, & de

THOMAS celles de diverses autres personnes
HEARNE. sçavantes.

15. *Henrici Dodwelli de Parma
equestri Woodwardiana Dissertatio. Accedit Thomæ Neli Dialogus inter Regi-
nam Elizabetham & Robertum Dud-
leium, Comitem Leycestriæ, & Academiæ Oxoniensis Cancellarium, in quo
de Academiæ ædificiis præclare agitur.
Oxonii* 1713. *in-8°.*

16. *Joannis Lelandi Antiquarii de
rebus Britannicis Collectanea. Ex auto-
graphis descripsit ediditque Thomas
Hearnius, qui & Appendicem subjunxit,
totum opus in sex volumina distributum
notis & indice adornavit. Oxonii* 1715.
in-8°. six volumes. On n'en a tiré
que 156. exemplaires, pour autant de
souscripteurs, suivant la coutume de
l'Auteur.

17. *Acta Apostolorum Græco-Latine,
litteris majusculis. E Codice Laudiano,
characteribus uncialibus exarato, & in
Bibliotheca Bodleiana asservato descripsit, ediditque Thomas Hearnius, A.M.
Oxoniensis, qui & Symbolum Apostoli-
cum ex eodem codice subjunxit. Oxonii*
1715. *in-8°.* On n'en a tiré que 120.
exemplaires. L'Editeur s'emporte dans

ſa Préface avec beaucoup de violence THOMAS
contre le Docteur *Mill*, quoique ce HEARNE,
Sçavant homme l'eût tiré de la baſſeſſe
& de la miſere, & l'eût entretenu dans
ſon College pendant pluſieurs années,
comme on le lui reproche dans l'*Hiſtoire Critique de la République des Lettres.* Tom. 10. p. 376.

18. *Joannis Roſſi, Antiquarii War-
wicenſis Hiſtoria Regum Angliæ. E codice MSS. in Bibliotheca Bodleiana
deſcripſit, notiſque & indice adornavit
Thomas Hearnius. Accedit Joannis Lelandi Antiquarii Nænia in mortem
Henrici Duddelegi Equitis ; cui præfi-
gitur teſtimonium de Lelando amplum &
præclarum, hactenus ineditum. Oxonii*
1716. *in-*8°. Il n'en a été tiré que 60.
exemplaires.

19. *Titi-Livii Foro-Julienſis Vita
Henrici V. Regis Angliæ. Accedit Sylloge Epiſtolarum à variis Angliæ Principibus ſcriptarum. E Codicibus MSS.
deſcripſit ediditque Thomas Hearnius,
qui & Appendicem & notas ſubjecit.
Oxonii* 1716. *in-*8°.

20. *Alvredi Beverlacenſis Annales,
ſive Hiſtoria de geſtis Regum Britanniæ
libris IX. E Codice pervetuſto calamo*

THOMAS
HEARNE.
exarato defcripfit , ediditque Thomas Hearne , qui & præfatione , notis , atque indice illuftravit. Oxonii 1716. in-8°. On n'en a tiré que 148. exemplaires.

21. *Guilielmi Roperi vita D. Thomæ Mori Equitis aurati , lingua Anglica contexta. Accedunt Mori Epiftola de Scholafticis quibufdam Trojanos fe appellantibus ; Academiæ Oxonienfis Epiftolæ , & Orationes aliquammultæ ; Anonymi Chronicon Goditovianum , & feneftrarum depictarum Ecclefiæ parochialis de Fairford in agro Glocestrienfi explicatio. E Codice vetuftiffimo defcripfit , ediditque , notifque etiam adornavit Thomas Hearnius. Oxonius 1716. in-8°.* Il n'en a été tiré que 148. exemplaires.

22. *Guilielmi Camdeni Annales rerum Anglicarum & Hibernicarum , regnante Elizabetha , tribus voluminibus comprehenfi. E præclaro Smithiano , propria Auctoris manu correcto , mulifque magni momenti additionibus locupletato , eruit ediditque T. Hearne. Oxonii 1717. in-8°.*

23. *Guilielmi Neubrigenfis Hiftoria , five Chronica rerum Anglicarum libris quinque. E Cod. MS. pervetufto uber-*

rimis additionibus locupletata, longeque THOMAS
emendatius quam antehac edita. Studio HEARNE.
atque induſtria T. Hearnii, qui & præ-
ter Joannis Picardiæ annotationes, ſuas
etiam notas & ſpicilegium ſubjecit. Ac-
cedunt Homiliæ tres Guilielmo à Viris
eruditis aſcriptæ, partim è Codice præ-
claro antedicto, partim è Codice antiquo
Lambethano nunc primum editæ. Oxonii
1719. *in-*8°. 3. vol. Parmi les nottes
d'*Hearne*, on trouve une differtation
fort longue & très curieufe fur la belle
Rofemonde.

24. *Thomæ Sprotti Chronica. E Codi-*
ce antiquo deſcripſit, ediditque T. Hear-
nius, qui & alia quædam Opuſcula,
Nicholai ſpeciatim Cantilupi Hiſtorio-
lam de antiquitate & origine Univerſi-
tatis Cantabrigienſis è Codd. MSS. à ſe
ipſo itidem deſcripta ſubjecit. Oxonii
1719. *in-*8°.

25. *Recueil de difcours curieux écrits*
par de fçavans *Antiquaires* fur diverfes *Antiquités d'Angleterre* (en Anglois)
Oxford 1720. *in-*8°.

26. *Textus Roffenſis. Accedunt Pro-*
feſſionum antiquorum Angliæ Epiſcopo-
rum formulæ de Canonica obedientia
Archiepiſcopis Cantuarienſibus præſtan-

da, & Leonardi Hutteni Differtatio, Anglice confripta de Antiquitatibus Oxonienfibus. E Cod. Mff. defcripfit, ediditque Th. Hearnius. Oxonii 1720. in-8°.

27. *Roberti de Avefbury Hiftoria de Mirabilibus geftis Eduardi III. Accedunt 1. Libri Saxonici qui ad manus Joannis Jofcelini venerunt 2. Nomina eorum qui fcripferunt hiftoriam gentis Anglorum, & ubi extant per Joannem Jofcelinum. E Codd. Mff. defcripfit ediditque Th. Hearnius, qui & Appendicem fubnexuit. Oxonii 1720. in-8°.*

28. *Joannis de Fordun Scotichronicon genuinum; una cum ejufdem fupplemento ac continuatione. E Cod. MS. eruit ediditque Th. Hearnius, qui & Appendicem fubjunxit totumque opus in quinque volumina diftinctum præfatione atque indicibus adornavit. Oxonii 1722. in-8°.*

29. *L'Hiftoire & les Antiquités de Glaftenbury, aufquels font ajoutez. 1°. La fondation & les obligations de la Chantrerie de Sherington, fondée dans l'Eglife de S. Paul à Londres. 2°. Une Lettre du Docteur Plot au Comte d'Arlington fur la ville de Tetford. Avec une Préface*

Préface & un Appendix. (en Anglois) THOMAS
Oxford 1722. *in-8°.* HEARNE.

30. *Hemingi Chartularium Ecclesiæ
Wigornensis. E Cod. MS. descripsit
ediditque Th. Hearnius. Quin & eam
partem libri de Dosmeday, quæ ad Ecclesiam pertinet Wigorniensem, aliaque
ad Operis (duobus voluminibus com-
prehensi) nitorem facientia, subnexuit.*
Oxonii 1723. *in-8°.*

31. *Chronique de Robert de Glocester
transcrite d'un Manuscrit de la Bibliotheque de Harley; avec un glossaire, &
une continuation de la Chronique, par le
même Auteur, tirée d'un MS. de la Bibliotheque Bottonienne.* (en Anglois)
Oxford 1724. *in-8°.* Deux vol. Cet
Ouvrage est en vers.

32. *Chronique de Pierre Langtoft,
depuis la mort de Cadwalader, jusqu'à
la fin du Regne d'Edouard I. éclaircie
& augmentée par Robert de Brunne;
tirée d'un Manuscrit. A laquelle sont
ajoutés outre un glossaire* 1°. *Un état des
biens qui appartenoient à l'Abbaye de
Glastenbury dressé par ordre du Roi
Henri VIII. Lorsqu'elle fut supprimée.*
2°. *Une description de l'Hôpital de sainte
Marie Madeleine de Scroby dans le*

Tome XLI. L

*Comté de Nottingham, par Jean Slacke,
Directeur de cet Hôpital.* 3⁰. *Deux Traités
d'un Anonyme, l'un sur la Conquête du
Comté de Sommerset, & l'autre sur l'amas
de pierres appellé Stone - Henge.* (en
Anglois) *Oxford* 1725. *in-8⁰.* deux
vol. Ce n'est point proprement l'Ouvrage de *Langtoft* qu'on voit ici, c'est
une traduction Angloise fort barbare,
faite sur le François de cet Auteur par
de Brunne.

33. *Joannis, Confratris & Monachi
Glastoniensis Chronica, sive Historia de
rebus Glastoniensibus. E Cod. MS. Mem-
branaceo antiquo descripsit ediditque Th.
Hearnius, qui & ex eodem codice His-
toriolàm de antiquitate & augmentatio-
ne vetusta Ecclesia S. Maria Glastoniensis præmisit, multaque excerpta è Ri-
chardi Beere, Abbatis Glastoniensis,
Terrario hujus Cœnobii subjeci. Accedunt quædam eo spectantia, ut Appendix, in qua, inter alia, de S. Ignatii
Epistolarum codice Mediceo, & de Johannis de Mathematici celeberrimi vita atque scriptis agitur. Oxonii* 1726. *in-8⁰.*
deux vol.

34. *Adami de Damerham Historia de
rebus gestis Glastoniensibus. E Cod. MS.*

perantiquo defcripfit primufque in lucem THOMAS
edidit Th. Hearnius. Quin & præter HEARNE.
alia, in quibus Differtatio de infcriptione
perveteri Romana, Ciceftriæ nuper re-
perta, Gulielmi Malmesburienfis librum
de antiquitate Ecclefiæ Glaftonienfis, &
Edmundi excerpta aliquammulta fatis
egregia è Regiftris Wellenfibus præmifit.
Oxoniæ 1722. *in-*8°. deux vol.

35. *Thomæ de Elmham vita & gefta*
Henrici Quinti, Anglorum Regis. E
codd. MSS. defcripfit & primus luci
publicæ dedit Th.Hearnius.Oxonii 1727.
*in-*8°.

36. *Liber Niger Scaccarii. E codice,*
calamó exarato, defcripfit, & nunc
primus edidit Thom. Hearnius, qui &
cum duobus aliis MSS.contulit,Welhelmi-
que etiam Worceftrii Annales rerum
Anglicarum, antheac itidem ineditos,
fubjecit. Oxonii 1728. *in - *8°. deux
Tomes.

37. *Hiftoria vitæ & Regni Ricardi*
II. Angliæ Regis, à Monacho quodam.
de Evefham confignata. Accefferunt,
præter alia, Joannis Roffi biftoriola de
Comitibus Warwicenfibus, Joannis Be-
rebloci Commentarii de rebus geftis Oxo-
næ, ibidem commorante Elizabetha Regi-

THOMAS HEARNE.

na, & D. Ricardi Wynni, Baroneti, Narratio historica de Caroli, Walliæ Principis, famulorum in Hispaniam itinere A. D. 1623. E cod. MS. nunc primum edidit Th. Hearnius. Oxonii 1729. in-8°.

38. *Joannis de Trokelowe Annales Eduardi II. Henrici de Blaneforde Chronica, & Eduardi II. vita à Monacho quodam Malmesburiensi fuse enarrata. E Cod. MS. nunc primus divulgavit Th. Hearnius, qui & præter Appendicem in qua, inter alia, Ordinationes Collegii Oreliensis, monumenta quædam vetera ab Edmundo Archere communicata subunxit. Oxonii 1729. in-8°.*

39. *Thomæ Caii, Collegii Universitatis regnante Elizabetha Magistri, vindiciæ Antiquitatis Academiæ Oxoniensis, contra Joannem Caïum Cantabrigiensem. In lucem ex Autographo emisit Th. Hearnius, porro non tantum Antonii à Wood vitam à se ipso conscriptam, & Humphredi Humphreys, Episcopi nuper Herefordiensis de viris claris Cambro-Britannicis observationes, sed & reliquias quasdam ad familiam religiosissimam Ferrariorum de Gidding parva in agro Huntingdoniensi pertinentes*

subnexuit. Oxonii 1730. *in*-8°. deux vol.

40. *Walteri Hemingfort Canonici de Gisseburne, Historia de rebus gestis Eduardi I. Eduardi II. & Eduardi III. Accedunt, inter alia, Eduardi III. Historia per Anonymum; Narratio de processu contra Reginaldum Peacockium, autore Johanne Whethamstedio; Excerpta historica è Thomæ Gascoignii Dictionario Theologico; Libellus de Caroli I. ab urbe Oxoniensi fuga sive discessu; Notitiaque Domorum Religiosarum in Diœcesi Batho-Wellensi. E Codd. MSS. nunc primus publicavit Th. Hearnius. Oxonii* 1731. *in*-8°. deux vol.

41. *Duo rerum Anglicarum veteres scriptores; videlicet Thomas Otterbourne, & Joannes Whethamstede ab origine gentis Britannicæ usque ad Eduardum IV. E Codd. MSS. antiquis nunc primus eruit Th. Hearnius. Accedunt inter alia liber de vita & Miraculis Henrici VI. per Joannem Blakmannum &c. Oxonii* 1732. *in*-8°. deux vol.

42. *Chronicon, sive Annales Prioratus de Dunstaple, una cum excerptis è Cartulario ejusdem Prioratus. Thomas Hearnius è Codd. MSS. descripsit pri-*

L iij

THOMAS
HEARNE.
mus atque vulgavit cum Appendice. Oxonii 1733. in-8°. deux Tomes.

43. *Benedictus , Abbas Petroburgenfis , de vita & geftis Henrici II. & Ricardi I. E Cod. MS. defcripfit , & nunc primus edidit Th. Hearnius. Oxonii 1735. in-4°. deux vol.* C'eft-là le dernier Ouvrage qu'il a donné au Public. Il a eu foin de mettre à la fin de chacun la lifte exacte de ceux qu'il avoit compofés. Ils roulent prefque tous fur l'Hiftoire d'Angleterre , qu'il a tâché d'éclaircir par les pièces qu'il a tirées de l'obfcurité , & par les remarques curieufes qu'il y a jointes. Il en promettoit encore plufieurs autres, mais fa mort en a privé le Public. Au refte tout ce qu'il a donné , eft imprimé magnifiquemeur. Il n'a point mis dans la lifte de fes Ouvrages celui-ci qui fut publié à fon infçu & contre fon gré.

44. *Défenfe de ceux qui prêtent ferment de fidelité au Roi à préfent regnant.* (en Anglois) 1731. *in-8°.* J'en ai parlé plus haut.

V. La Bibliotheque raifonnée Tome 15. p. 485.

GERARD TITIUS.

GERARD TITIUS, naquit à Quedlinbourg en Allemagne, le 17. Decembre 1620. de *Martin Titius*, en Allemand *Tietze*, Miniftre de ce lieu & de *Salome Stiffer*.

Il fit fes premieres études dans fa patrie, & perdit dans ce temps-là en un mois fon pere & fa mere.

Chrétien Simonis, Senateur de *Quedlinbourg*, qui devint fon tuteur, prit un foin particulier de fon éducation, & l'envoya à *Jene*, où il employa deux années à l'étude. La diminution de fon bien, caufée par les troubles qui regnoient alors, ne lui permettant plus de demeurer dans ce lieu, il fe retira chez *George Titius*, Archidiacre d'*Afchefleben* dans la Principauté d'*Anhalt*, fon oncle, & y demeura trois ans, qu'il paffa à fe perfectionner dans les Belles-Lettres & la Philofophie, par la lecture des livres, que fon pere lui avoit laiffés

Au bout de ce temps il alla étudier en Théologie à *Helmftadt*. Geor-

GERARD *ge Calixte*, Profeſſeur de cette Uni-
TITIUS. verſité, lui ayant trouvé de la capacité
& du mérite, le prit chez lui, & le
donna pour compagnon d'études à ſon
fils *Frederic Ulric.*

Ses études finies, il ne demeura pas
long-temps ſans emploi ; il fut d'a-
bord Profeſſeur extraordinaire en Langue Hebraïque à *Helmſtadt*, enſuite
Conrad Horneius, Profeſſeur en Théologie dans cette ville, étant mort en
1649. il fut choiſi pour lui ſucceder
dans ce poſte.

Titius, reçut la même année le degré de Maître ès Arts & la ſuivante
1650. celui de Docteur en Théologie.
Il remplit depuis juſqu'à ſa mort la
Charge de Profeſſeur avec beaucoup
d'application.

Il mourut le 7. Juin 1681. âgé de
60. ans. Il s'étoit marié, plus de trente
ans auparavant, & avoit épouſé *Do-
rothée Agnès Bremer*, fille d'un Avocat de *Wolfenbutel*, dont il avoit eu
ſix enfans.

Catalogue de ſes Ouvrages.

1. *De ſimplicibus Entis affectionibus,
uno, vero bono, hujuſque cognato per-
fecto. Helmſtad.* 1649. *in-*4°.

2. *Diſputatio de gratuita juſtificatione* GERARD *hominis peccatoris coram judicio Dei.* TITIUS. *Ibid.* 1650. *in-4°.* C'eſt la Theſe qu'il ſoutint ſous *George Calixte*, pour recevoir le degré de Docteur en Théologie.

3. *Programma ad auſcultationem Epiſtolæ Paulinæ ad Romanos. Ibid.* 1650. *in-4°.*

4. *Oratio de graviſſimis corruptelis, quibus in Occidente Eccleſia Chriſti ultimis & ſequioribus præſertim eſt oppreſſa, habita, cum ei Profeſſio Theologica ordinaria demandata eſſet. Ibid.* 1650. *in-4°.*

5. *De ſupremo judicio & æterna beatitudine. Ibid.* 1650. *in-4°.*

6. *Theſes Theologicæ de S. Scriptura. Ibid.* 1650. *in-4°.*

7. *De Angelis. Ibid.* 1651. & 1665. *in-4°.*

8. *De Meritis operum. Ibid.* 1651. *in-4°.*

9. *De peccato ejuſque differentiis atque cauſis. Helmſtad.* 1652. *in-4°.*

10. *Exercitationes Academicæ, quibus pleraque inter Pontificios & Proteſtantes controverſa excutiuntur; & Erhardus S. R. I. Comes Truchſes de*

GERARD TITIUS. *Werzhausen , S. Cæs. Maj. Camerarius & Colonellus à puriore Ecclesia devius ostenditur. Ibid. 1652. in-4°.*

11. *Exercitatio de Controversiis quæ circa Eucharistiam inter Catholicos Protestantes , & Pontificios intercedunt. Ibid. 1652. in-4°.*

12. *De Jesu Christo Mundi Salvatore. Ibid. 1653. in-4°.*

13. *In primum & secundum Motiva Ill. Hassiæ Landgravii Ernesti nomine ab Adriano & Petro de Wallenburg consignata , Animadversiones Theologicæ. Ibid. 1653. in-4°.*

14. *Responsio ad 12. postulata Jodoci Keddii Jesuitæ ; una cum discussione Parænescos ejusdem , quâ Postulata sua contra Protestantium Responsiones defendere laborat. Helmstadii 1653. in-4°.*

15. *Declaratio locorum quorumdam Epitomes Theologicæ D. Georgii Calixti.* Avec cet Abregé dans les Éditions de *Brunswic* 1653. *in - 80. d'Helmstad.* 1661. *in-4°.* & dans d'autres.

16. *Examen de la Pierre de touche Papistique d'Hildesheim , pour connoître la vraye & fausse Eglise , qui a paru depuis quelque temps sous le nom de Conrad Hennies.* (en Allemand) *Helmstad.*

1653. *in-40.* L'Auteur caché ſous le GERARD
nom d'*Hennies* eſt *Othon Sonneman.* TITIUS.
Celui-ci ayant prétendu que *Titius*
étoit tombé en des erreurs conſidera-
bles dans ſon *Examen*, notre Auteur
lui repliqua par l'Ouvrage ſuivant.

17. *Courte réfutation d'Othon Sonne-*
man, ou découverte de quelques préten-
dues erreurs groſſieres, qu'il lui a attri-
buées. (en Allemand) *Helmſtad.* 1654.
*in-*4°.

18. *De principio fidei Chriſtianæ, ſeu*
Canonica ſcriptura Helmſt. 1654. *in-*
40.

19. *De Miniſtris Eccleſiæ. Ibid.* 1655.
in 4°.

20. *De homine ad imaginem Dei*
condito, ejus lapſu, conditione poſt lap-
ſum. Ibid. 1655. *in-*4°.

21. *De Magiſtratu & rebus Civili-*
bus. Ibid 1655. *in-*4°.

22. *Laudatio funebris in obitum Geor-*
gii Calixti habita ; cum Programmate.
Helmſtad. 1656. *in-*4°.

23. *De Conciliis. Ibid.* 1656. *in-*40.

24. *De Statu animarum ſeparatarum.*
Ibid. 1657. *in-*4°.

25. *De viribus humanis, ſive libere*
hominis poſt lapſum arbitrio, converſione,

GERARD
TITIUS.

perseverantia, ejusdem certitudine, Dissertatio Theologica. Ibid. 1657. in-4°.

26. *Réfutation d'un Ecrit Papistique calominieux, qui est intitulé : Relation véritable de la conduite que George Calixte a tenu dans sa derniere maladie, où l'on examine dans quelle Religion il est mort (en Allemand) Ibid. 1657. in-4°.*

27. *Ostensio summaria, quod Pontificii dogmata sua sibi peculiaria non possint unanimi Scriptorum Ecclesiasticorum è quinque prioribus post natum Servatorem saeculis superstitum consensu probare. Helmstad. 1658. in-4°. It. Editio secunda priori correctior, & insertis passim testimoniis & argumentis auctior. Ibid. 1663. in-4°.*

28. *Vindicatio Augustanae Confessionis, ab impactis ipsi à Roberto Cardinale Bellarmino per summam injuriam, libello cui Indicii de formula Concordiae titulum fecit, XXII. Mendaciis. Ibid. 1658. in-4°.*

29. *Theses Theologicae, orthodoxam Christianae fidei doctrinam breviter complexae, XII. disputationibus publicis propositae. Ibid. 1658. in-4°.*

30. *De quatuor Novissimis. Ibid. 1660. in-4°.*

31. *De Beatitudine ac damnatione* GERARD
æterna ex Mischnajoth & Commentariis TITIUS.
Rabbinorum considerata. Ibid. 1660. *in-*
4°.

32. *Castigatio Animadversionis Viti*
Erbermanni in Ostensionem summariam.
Ibid. 1660. *in-*4°.

33. *De perspicuitate S. Scripturæ,*
ejus interpretatione & lectione omn.bus
permittenda, Ibid. 1661. *in-*4°.

34. *De æterna quorumdam hominum*
electione ad vitam æternam, & repro-
batione quorumdam ab eadem. Helmstad.
1661. *in-*4°.

35. *De Theopaschitarum hæresi. Ibid.*
1661. *in-*4°.

36. *Vindiciæ Lutheranæ, Melchioris*
Cornæi Appendici pro disputatione Pitz-
liputzlii cum anima Monopista opposita.
Ibid. 1661, *in-*4°.

37. *De S. Scripturæ ad Militantis*
Ecclesiæ plenam informationem apta per-
fectione & de traditionibus Pontificiorum:
Ibid. 1662. *in-*4°.

38. *De Christiana morum doctrina.*
Ibid. 1662. *in-*4°.

39. *De universali Redemptione om-*
nium & singulorum hominum per Chri-
stum, Ibid. 1661. *in-*4°.

GERARD
TITIUS.

40. *Repetitio Doctrinæ Protestantium,
quod Corpus & Sanguis Domini nostri
Jesu Christi cum pane & vino in Sacrâ
Cœnâ ore communicantium accipiantur:
cum confutatione Epistolæ Joh. Vorstii,
quâ ille Warneri Freundii homiliam
Germanicam de hoc ipso argumento conscriptam vellicare laboravit. Helmst.*
1662. *in-*12.

41. *De Verbi Divini authentica. Ibid.*
1663. *in-*12.

42. *De pœnitentia & absolutione Sacerdotali. Ibid.* 1663. *in-*4o.

43. *De veris falsisque Ecclesiæ notis.
Ibid.* 1663. *in-*4o.

44. *De Prædestinatione credentium ad
vitam æternam, & reprobatione incre-
dulorum. Ibid.* 1663. *in-*4o.

45. *De merito Christi pro omnibus &
singulis hominibus præstito. Ibid* 1663.
*in-*4o.

46. *Responsum Joh. Vorstii verbosæ
Epistolæ priori, super illius libello, quem
pro homilia Werneri Freund de vera &
reali præsentia Corporis & Sanguinis
Christi evulgaverat. Ibid.* 1664. *in-*4o.

47. *De Orthodoxa fidei Christianæ
doctrina. Ibid.* 1664. *in-*4o.

48. *De insufficientia mere naturalis*

Religionis ad confequendam vitam æter- GERARD
nam & neceffitate revelationum divina- TITIUS.
rum fupernaturalium; contra Ed. Hel-
bertum. Ibid. 1667. *in-*4°.

49. *De Pactis, Legali & Evangelico ;*
& de juftificatione. Ibid. 1670. *in-*4°.

50. *De Papa & de Papatu Romano.*
Helmftad. 1672. *in-*4°.

51. *De Jefu Chrifti Officio Propheti-*
co , Sacerdotali , Regio. Ibid. 1673. *in-*
quarto.

52. *De doctrina Sacramentorum No-*
vi Teftamenti , Ibid. 1673. *in-*4°.

53. *De Minifterio Ecclefiaftico , & in*
fpecie de Miniftrorum Ecclefiæ vocatione
ordinatione & conjugio. Ibid. 1674. *in-*
4°.

54. *Viri cujufdam in fcriptis Calixtinis*
probe verfati plenior repræfentatio Confi-
lii Calixtini de ftudio Concordiæ Eccle-
fiafticæ. Avec *Frid. Ulrici Calixti Pie-*
tatis Officium erga Parentem fuum ,
contra Abrah. Calovium. Helmftad.
1675. *in-*4°. Cet Ouvrage eft de Titius.

55. *De Hærefi Photiniana. Ibid.* 1675.
in 4°.

56. *De Phrafibus , five locutionibus*
Veterum Ecclefiæ Doctorum , quibus pro
fucandis novitatibus fuis Romano-Ponti-

GERARD
TITIUS.

ficiæ Ecclesiæ Doctores hodie abutuntur. Helmstad. 1676. *in-4°.*

57. *Disputatio de pœnitentia relapsorum, & potestate Clavium Ecclesiæ à Christo commissa* Ibid. 1677. *in-4°.*

58. *Animadversiones exegeticæ ad Scripturæ Sacræ insigniora loca.* Ibid 1715. *in-4°.* Cet Ouvrage est fort imparfait, aussi ne l'avoit-il pas destiné à l'impression.

59. *De morte & Christiana præparatione ad eam Commentatiuncula.* Ibid. *in-4°.* J'ignore la date de cet Ouvrage, aussi-bien que des 12. Dissertations suivantes.

60. *De Judice Controversiarum.* Ibid. *in-4°.*

61. *De Deo uno & trino.* Ibid. *in-4°.*

62. *De Divinitate Christi contra Socinianos.* Ibid. *in-4°.*

63. *De peccatorum culpa & reatu.* Ibid. *in-4°.*

64. *De errore Flacii circa peccatum originis.* Ibid. *in-4°.*

65. *De Ecclesia.* Ibid. *in-4°.*

66. *De Sacrificio Missæ.* Ibid. *in-4°.*

67. *De regimine sacro civili.* Ibid.

68. *De fide justificante.* Ibid. *in-4°.*

69.

69. *De SS. Cœna Domini. Ibid. in-* GERARD
4°.   TITIUS.

70. *De quæstione : an homo nondum
renatus in actionibus mere spiritualibus
polleat libero arbitrio. Ibid. in-*4°.

71. *De confessione peccatorum auricu-
lari. Ibid. in-*4°.

*V. Henrici Meibomii Programma in
funere Gerhardi Titii.* Dans les *Memoriæ Theologorum Henningi Witten,*
Decade 16. p. 2079.

JEAN RAY.

JEAN-RAY, naquit l'an 1628. à
Black-Notley, dans le Comté d'Es-
sex en Angleterre.

Son pere, quoique de basse naissance, & Serrurier de profession, l'envoya étudier à *Cambridge*, où il fut
membre du College de la Trinité, &
reçut le degré de Maître ès Arts. De
toutes les Sciences, ausquels il s'y appliqua, aucune ne lui plut davantage
que la Botanique, & il la cultiva dès-lors
avec soin, parcourant tous les environs
de cette Ville, pour connoître les
Plantes qui s'y trouvoient.

Tome XLI.   M

Il étoit cependant deftiné au Miniftere., & il étudia dans cette vûe en
Théologie, & fut ordonné Prêtre de
l'Eglife Anglicane par le Docteur *San-
derfon* , qui étoit alors Evêque de
Lincoln ; mais il n'exerça prefque
point les fonctions de Miniftre, ai-
mant mieux fe livrer à fon goût particulier pour la Botanique.

Depuis l'an 1658. jufqu'en 1673. il
fit differens voyages en Angleterre, en
Ecoffe, & en Irlande, pour s'inftruire
des chofes naturelles particulieres à
ces pays. Il accompagna auffi *François
Willughby* dans ceux qu'il fit dans les
Pays-Bas, en Allemagne, en Italie,
& en France,& fçut les mettre à profit
pour augmenter fes connoiffances.

Mais voyant enfin, que tous ces
voyages ne l'enrichiffoient point, il
retourna en Angleterre & s'y maria
en 1673. Ce fut apparemment vers
ce temps qu'il fut reçu dans la Societé
Royale de *Londres*.

Il demeura dans le Comté de *War-
wic* pendant quatre années, au bout
defquelles renonçant à toutes vûes
d'ambition pour ne s'occuper que de
fes études cheries , & fe contentant

du peu qu'il avoit, il ſe retira avec JEAN
ſa femme à *Black - Notley*, ſa patrie, RAY.
où il vécut toujours depuis.

Il y mourut en 1705. âgé de 77. ans.

Catalogue de ſes Ouvrages.

1. *Catalogus Plantarum circa Canta-
brigiam naſcentium ; in quo exhibentur,
quotquot hactenus inventæ ſunt, quæ vel
ſponte proveniunt, vel in agris feruntur :
una cum ſynonymis ſelectioribus, locis
natalibus, & obſervationibus quibuſdam
oppido raris. Adjiciuntur in gratiam
Tyronum Index Anglico-Latinus, index
locorum, etymologia nominum, & explicatio quorumdam terminorum. Canta-
brigiæ.* 1660. *in-*8°. On voit par ce
titre, que l'Auteur n'a rien oublié pour
rendre ſon livre utile. L'Ouvrage a été
fondu depuis dans celui qu'il a donné ſur toutes les Plantes de l'Angleterre.

2. *Catalogus Plantarum Angliæ &
Inſularum adjacentium, tùm indigenas
tùm in agris paſſim cultas complectens.
In quo præter Synonyma, facultates quoque ſummatim traduntur : una cum obſervationibus & experimentis novis Medicis & Phyſicis. Londini* 1670. *in-*8°. It.
Ibid. 1678. *in-*8°.

JEAN
RAY.

3. *Nomenclator Classicus, sive Dictionarium trilingue, Anglicanum, Latinum, Græcum, secundum locos communes. Londini* 1672. 1689. 1696. *in-8°.*

4. *Observationes Topographicæ, Ethicæ & Physiologicæ, factæ in itinere per Belgium, Germaniam, Italiam & Galliam. Item Catalogus Stirpium in exteris Regionibus observatarum, quæ vel non omnino, vel parce in Anglia proveniunt.* (en Anglois) *Londini* 1673. *in-8°.* On trouve encore dans cet Ouvrage plusieurs choses sur l'Histoire Litteraire & les Sçavans des Pays, que l'Auteur avoit visités.

5. *Recueil de mots Anglois, qui ne sont pas communément en usage, avec leur signification & leur origine.* [en Anglois] *Londres* 1674. *in-1 2.* It. 2e. *Edition augmentée. Ibid.* 1691. *in-12.*

6. *Francisci Willughbei Ornithologiæ libri tres, in quibus Aves omnes, hactenus cognitæ, in methodum naturis suis convenientem redacta accurate describuntur. Cum figuris. Londini* 1676. *in-fol.* Cet Ouvrage a été mis en ordre, corrigé & publié par *Jean Ray.* It. traduit en Anglois avec un *Appendix* contenant trois Traités de *Ray.*

1ª. *De Aucupio , junĉta deſcriptione di-* J E A N
verſi generis tendicularum. 2ª. *De Inſtru-* R A Y.
ĉtione Avium Cantantium. 3ª. *De re Ac-*
cipitraria. Londini 1678. *in-fol.*

7. *Recueil de Proverbes Anglois ,*
auſquels ſont joints quelques autres Ecoſ-
ſois & Hebraïques. [en Anglois]
Cambridge 1678. *in-8°.*

8. *Methodus Plantarum nova , brevi-*
tatis & perſpicuitatis cauſa ſynoptice in
tabulis exhibita ; cum notis generum ,
tum ſummorum , tum ſubalternorum cha-
raĉteriſticis , & obſervationibus nonnul-
lis de ſeminibus Plantarum. Londini
1682. *in-8°.* It. *Emendata & auĉta.*
Accedit Methodus Graminum , junco-
rum & Cyperorum ſpecialis. Londini
1703. *in-8°.* It. *Amſtelod.* 1710. *in-8°.*

9. *Hiſtoria Plantarum , ſpecies ha-*
ĉtenus editas , aliaſque inſuper multas
noviter inventas & deſcriptas complec-
tens. Tomus I. Londini 1686. *in-fol.*
Tomus II. Cui acceſſit Nomenclator
Botanicus Anglo-Latinus. Londini 1688.
in-fol. Tomus III. qui eſt ſupplementum
duorum præcedentium. Acceſſit P. Geor-
gii Joſephi Camelli Hiſtoria Stirpium
inſulæ Luxonis & reliquarum Philippi-
narum ; item D. Joſephi Pitton Tourne-

fort *Corollarium Institutionum Rei Her-
bariæ. Londini* 1704. *in-fol.*

10. *Francisci Willughbei de Historia
Piscium libri IV. recogniti, coaptati,
suppleti, librisque duobus prioribus aucti
à Joanne Raio. Oxonii* 1686. *in-fol.*

11. *Fasciculus Stirpium Britannica-
rum. Londini* 1688. *in-8°.*

12. *Synopsis Methodica stirpium Bri-
tannicarum ; additis notis generum cha-
racteristicis, specierum descriptionibus,
& Virium Epitome. Londini* 1690. *in-
8°.* It. *Editio.* 2ª. *Auctior. Londini*
1696. *in-8°.* It. *Editio* 3ª. *Ibid.* 1724.
in-8°. L'Editeur de cette troisiéme
Edition y a ajouté près de 450. Plantes nouvellement découvertes.

13. *La Sagesse de Dieu dans les Ouvrages de la Création.* [en Anglois]
Londres 1691. *in-8°.* Il s'est fait plusieurs éditions de cet Ouvrage, dont
la 6e. est de l'an 1714. & la 7e. de
1717. Il a été traduit en François,
sous ce titre : *L'existence & la Sagesse
de Dieu manifestées dans les œuvres de
la création. Utrecht* 1714. & 1729. *in-
8°. Gaspar Calvoer* en a aussi donné
une traduction Allemande, accompagnée de ses notes, à *Goslar* en 1717.
in-4°.

14. *Diſcours mêlés ſur la diſſolution* JEAN. *& les changemens du Monde.* [en An- RAY. glois] *Londres* 1692. *in-*8°. It. augmen- tée ſous ce titre : *Trois Diſcours Phy-* *ſico - Théologiques.* 1. *Sur le premier Chaos & la Création du Monde.* 2. *Sur le Déluge univerſel, ſes cauſes & ſes effets.* 3. *Sur la diſſolution & l'embraſe- ment du monde.* [en Anglois] 3e. *Edi- tion augmentée. Londres* 1713. *in-*8°. It. *traduits en Flamand. Rotterdam* 1719. *in-octavo.*

15. *Synopſis methodica Animalium Quadrupedum & Serpentini generis , vulgarium notas characteriſticas , rario- rum deſcriptiones integras exhibens; cum hiſtoriis & obſervationibus Anatomicis perquam curioſis. Præmittuntur nonnulla de Animalium in genere ſenſu , genera- tione , diviſione , &c. Londini* 1693. *in-*8°.

16. *Recueil de voyages curieux , divi- ſé en deux volumes; dont le premier con- tient le voyage de Leonard Rawollf en quelques contrées de l'Orient , comme la Syrie , la Paleſtine , ou la Terre-Sainte , l'Armenie , la Meſopotamie , l'Aſſyrie , la Chaldée , &c. Le ſecond , qui traite de quelques endroits de la Grece , de*

JEAN RAY.

l'Asie Mineure, de l'Egypte, de l'Arabie heureuse & Pétrée, de l'Ethiopie, de la Mer Rouge, &c. est tirée des Observations de MM. Belon, & de Vernon, & des Docteurs Spon, Smith, Huntington, & autres. A quoi sont ajoutés trois Catalogues des Arbres, des Arbrisseaux & des Plantes, qui croissent dans le Levant, par Jean Ray [en Anglois] *Londres* 1693. *in*-8°. * *Ray a eu soin de revoir ces* Relations.

17. *Stirpium Europæarum extra Britannias nascentium Sylloge. Londini* 1694. *in*-8°.

18. *Epistola ad D. Rivinum de methodo Plantarum. Londini* 1696. *in*-8°.

19. *Dissertatio de variis Plantarum Methodis. Ibid.* 1696. *in*-8°.

20. *Methodus Insectorum. Londini* 1705. *in*-8°.

21. *Historia Insectorum. Opus Posthumum; cui subjungitur Appendix de Scarabæis Britannicis, auctore M. Lister. Londini* 1710. *in*-4°.

22. *Synopsis methodica Avium & Piscium. Opus Posthumum, in quo multas species in ipsius Ornithologia, Ichthyologia desideratas adjecit; methodumque*

* Se trouve à Paris, chez Briasson.

suam

quam Piscium Naturæ magis convenien- JEAN
tem reddidit. Londini 1713 *in* 8°. RAY.
Recueil de Lettres Philosophiques,
écrites par M. Ray & d'autres person-
nes. On y a joint celles de M. François
Willughby. [*en Anglois*] *Londres*
1718. *in-*8°. Ce Recueil de Lettres,
qui roulent sur l'Histoire Naturelle a
été publié par *Guillaume Derham.*
Exhortation à une vie sainte,
fondée sur le bonheur qu'elle procure en
ce monde & en l'autre. [en Anglois]
Londres 1719. *in-*8°.

V. A. Jussieu Botanographorum Elo-
gia. Bibliotheque Angloise tom. 4. *p.*
40.

PHILIPPE NAUDE'.

PHILIPPE NAUDE', naquit PHILIPPE
à *Metz*, le 28. Decembre 1654. NAUDE'
Vers l'âge de douze ans, il fut demandé pour servir à la Cour d'*Eise-*
nach en qualité de Page, & pour tenir compagnie aux jeunes Princes. Il
s'y fit fort aimer, & ce fut-là qu'il
apprit l'Allemand, qui dans la suite
lui fut très-utile. Il l'apprit même

PHILIPPE
NAUDE'.

assez bien pour devenir Auteur en cette Langue.

Il ne demeura cependant à *Eisenach* qu'environ quatre ans, son pere alla l'y rédemander lui-même, & l'ayant obtenu, quoiqu'avec peine, il le ramena à *Metz*.

On n'avoit ni le dessein, ni les moyens de le pousser aux études, mais le jeune *Naudé* s'y appliqua de lui-même; & sans avoir jamais eu de Précepteur, qui lui ait enseigné un seul mot de Latin, ni de Professeur, qui l'ait guidé en Théologie ou dans les Mathématiques, sa passion pour les Livres & pour l'étude fut si forte, qu'elle surmonta tous ces obstacles, & qu'elle lui fit faire des progrès tres-considerables, mais qu'il ne connoissoit pas alors lui-même, & dont il ne prévoyoit pas pouvoir tirer aussi bon parti qu'il le fit dans la suite.

Comme il professoit la Religion Calviniste, il sortit de France à la révocation de l'Edit de *Nantes* en 1685. Il étoit alors marié & avoit un fils âgé seulement de neuf mois. Le même jour que le temple fut fermé, il quitta *Metz*, & tout ce qu'il y avoit de biens & de

parens, n'emmenant que ſa femme & PHILIPPE
ſon fils, avec leſquels, après bien des NAUDÉ.
fatigues & des périls, il arriva à *Sar-*
bruck. De-là ſe rendit à *Hanau*, où il
ſéjourna environ deux ans, au bout
deſquels il alla s'établir à *Berlin.*

Pendant qu'il déliberoit ſur ce qu'il
pourroit entreprendre pour gagner ſa
vie, il acquit la connoiſſance & l'amitié de M. *Langerfeld*, qui étoit Mathématicien de la Cour, & qui enſei-
gnoit les Pages. Ce ſçavant homme
ayant reconnu la capacité de *Naudé*
dans les Mathématiques, l'exhorta à
Profeſſer cette Science. *Naudé*, qui
ſe défioit de ſes forces, & qui n'ayant
jamais enſeigné, ni vû donner de leçons, craignoit de s'expoſer, ne ſe
rendit qu'avec peine aux inſtances de
Langerfeld, qui lui procura d'abord
quelques diſciples. Celui-ci étant mort
peu d'années après, *Naudé* lui ſuccé-
da en 1696. tant dans la charge de
Mathématicien de la Cour & d'Infor-
mateur des Pages, que dans celle de
Profeſſeur en Mathématiques dans l'A-
cadémie des Sciences.

Dès l'année 1687. le Collège illuſtre
de Joachim l'avoit appellé à y enſei-

PHILIPPE
NAUDÉ.

gner l'Arithmétique, & les Principes des Mathématiques.

En 1690. il fut établi Secretaire-Interprête. En 1701. la Societé des Sciences l'aggrégea à son Cours. Enfin lorsqu'en 1704. le Roi de Prusse fonda l'Académie des Princes, *Naudé* y fut attaché par Patente particuliere, comme Professeur en Mathématique.

Il mourut à *Berlin* au mois de Mars 1729. âgé de 74. ans; laissant une famille assez nombreuse.

C'étoit un homme d'un caractére très-estimable, & d'une probité reconnue. Quoique les Mathématiques fussent sa Profession, la Théologie étoit son étude favorite. Aussi a-t-il beaucoup plus écrit en Théologie qu'en Mathématiques.

Catalogue de ses Ouvrages.

1. *Géometrie.* [en Allemand] *Berlin in-4°.* Je ne sçai quand a paru cet Ouvrage qu'il a fait pour l'usage de l'Académie des Princes.

2. *Méditations saintes. Berlin* 1690. *in-8°.*

3. *Morale Evangelique. Ibid.* 1699. *in-8°.* deux tomes.

4. *La souveraine perfection de Dieu*

dans *ses divins Attributs*, & *la parfaite* PHILIPPE
integrité de l'Ecriture, *prise au sens des* NAUDÉ.
anciens Réformés, *défendue par la droite*
raison contre toutes les objections du Ma-
nicheisme, *répandues dans les Livres*
de M. Bayle. Par P. N. D. L. S. R.
D. B. E. P. E. M. D. L. A. I. [C'est-
à-dire *Philippe Naudé de la Société*
Royale de Berlin, & *Professeur dans*
l'Académie Illustre.] *Amsterdam* 1708.
in-8°. Deux tomes. L'air triomphant
que prend *Naudé* dans cet Ouvrage,
lui a suscité un adversaire Anonyme,
qui ne l'a pas épargné dans une bro-
chure, publiée sous ce tire : *Lettre à*
M... sur le Traité de la souveraine Per-
fection de Dieu, *par un Auteur d'un*
nom à seize lettres in-12. pp. 43. *Nau-*
dé lui répondit, aussi-bien qu'à quelques autres personnes qui l'avoient
attaqué, par l'Ouvrage suivant.

5. *Recueil des Objections, qui ont été*
faites jusqu'à présent contre le Traité de
la souveraine perfection de Dieu,
avec les Réponses. Amsterdam. 1709.
in-12. pp. 195.

6. *Examen de deux Traités nouvel-*
lement mis au jour par M. de la Placette,
dont le premier a pour titre : Réponse

à une Objection , qu'on applique à
divers sujets , &c. Avec une addition , où l'on examine le dogme de
la Promotion Physique ; *& le second
éclaircissemens* sur quelques difficultés,
qui naissent de la consideration de la
liberté nécessaire pour agir morale-
ment. Avec une addition , où l'on
prouve contre *Spinosa* , que nous som-
mes libres , *Amsterdam* 1713. *in-*12.
deux vol.

7. *Examen impartial de la Théologie
Mystique* [en Allemand] *Zerbst.* 1713.
*in-*8°. Ce lieu de l'impression n'est
pas le véritable ; ce fut l'Imprimeur ,
qui , par je ne sçai quelle raison , voulut cacher à l'insçu de *Naudé* , & son
nom , & celui du lieu où il impri-
moit.

8. Comme à la fin de l'Ouvrage
contre *la Placette* , *Naudé* avoit ajouté des Remarques sur le Traité *des
sources de la Corruption* , & sur le Catechisme de M. *Osterwald* , on vit
bien-tôt courir en manuscrit une Lettre Apologetique en faveur de M.
Osterwald contre ces Remarques. Cette Lettre étant parvenue à *Naudé* en
1716. il la fit imprimer à *Berlin* avec
la réponse.

9. *Entretiens Solitaires. Berlin,* 1717. PHILIPPE
in-8°. C'eft un Ouvrage de pieté tra- NAUDÉ.
duit en partie du Hollandois de *Guil-*
laume Teclinck.

10 *Réfutation du Commentaire Phi-*
lofophique ; *ou folution générale & ren-*
verfement de tous les Sophifmes que
l'Auteur y employe à deffein d'établir en
tous lieux une tolérance fans bornes ,
pour l'exercice public de toutes les erreurs
& les héréfies , dont l'efprit humain peut
être capable. Berlin 1718. *in-8°.* deux
tomes.

11. *Traités de la Juftification. Leyde*
1736. *in-*12. C'eft un Ouvrage pofthume, mais qu'il avoit achevé.

V. Son Eloge dans la Bibliotheque
Germanique , Tome 36. p. 177.

CLAUDE GRUGET.

CLAUDE GRUGET, ne nous eft CLAUDE
connu que par fes Ouvrages , GRUGET.
& par le peu de chofes qu'en difent
du Verdier & *la Croix du Maine.*

Il étoit Parifien , & il en prend la
qualité dans le titre de toutes fes traductions. On voit par l'Epître Dédi-

CLAUDE GRUGET. catoire de celle des *Dialogues d'honneur de Possevin,* adressée à *Louis de Bourbon,* Prince de *Condé,* & datée du 20. Août 1557. qu'il étoit alors Secretaire de ce Prince.

Comme il possédoit fort-bien les Langües Espagnole & Italienne, il employoit ses heures de loisir à traduire en François des Ouvrages écrits en ces deux Langues ; & il en auroit publié un plus grand nombre qu'il n'a fait, si la mort ne l'eût enlevé dans la fleur de sa jeunesse, comme *du Verdier* nous l'apprend.

Nous ignorons l'année de sa mort : mais comme son dernier Ouvrage est de 1560. & qu'il y avoit déja dix ans qu'il avoit commencé à en donner au Public, il est à croire, qu'il n'a été gueres au delà de cette année.

Catalogue de ses Ouvrages.

1. *Les Epîtres de Phalaris, Tyran Agrigentins en Sicile, mit en vulgaire François, par Claude Gruget, Parisien.* Paris, Jean Longis 1550. *in-*8°. feuil. 71. It. Avec quelques autres pieces sous ce titre : *Les Epîtres de Phalaris & d'Isocrates, avec le Manuel d'Epictete. Le tout traduit du Grec en François.*

Anvers 1558. *in-*16. feuil. 186. La traduction des Epîtres d'*Ifocrates* eft de *Louis de Matha.* Celle du Manuel d'*Epictete* eft d'*Antoine du Moulin*, qui eft auffi le Traducteur des *Senten-ces des Philofophes de Grece*, ajoutées à cette édition. Ainfi *la Croix du Maine* s'eft trompé, quand il a dit abfo-lument, fur la fimple infpection du titre, que *Gruget* avoit traduit en François les Epîtres de *Phalaris* & d'*Ifocrates* avec le Manuel d'*Epictete*; il n'auroit pas parlé ainfi s'il avoit vû les titres particuliers de ces traduc-tions, qui portent les noms de leurs Auteurs.

2. *Les Dialogues des Meffire Speron Sperone Italien, traduicts en François.* Paris, *Etienne Groulleau* 1551. *in-*8°. feuil. 129. Ces Dialogues, qui rou-lent fur differens fujets de Morale & de galanterie, font au nombre de dix.

3. *Les diverfes leçons de Pierre Mef-fie, Gentilhomme de Seville, contenant variables & mémorables hiftoires, mifes en François.* Paris, *Etienne Groulleau* 1554. *in-*8°. It. de *nouveau revûes, corrigées, & augmentées de la* 5e. *partie, & de trois Dialogues touchant la nature*

La CLAUDE GRUGET.

CLAUDE
GRUGET.

du Soleil, de la Terre & des Météores.
Paris 1560. *in-8°.* Les trois Dialogues,
font auffi traduits de l'Efpagnol de
Pierre Meffie. It. *Lyon* 1577. *in-8°.*
Antoine du Verdier a ajouté à cette
édition fept livres de *diverfes leçons,*
qui fe trouvent dans les éditions fuivantes. It. *Paris, Nicolas Bonfons,*
1583. *in-16.* feuil. 616. It. *Lyon* 1584.
in-8°. It. *Tournon* 1603. *in-8°.* It.
Avec fept Dialogues de Pierre Meffie,
dont les quatre derniers ont été de nou-
veau traduicts en cette édition. *Tournon*
1609. *in-8°.* Je ne fçai fi ces quatre
Dialogues n'ont point paru dans quelqu'une des éditions précedentes. *Louis*
Guyon a donné une fuite des diverfes
leçons de *Pierre Meffie* & de *du Ver-*
dier en trois volumes *in-8°.* *Gruget*
marque dans l'Epître Dédicatoire de
fa traduction, qu'il a été aidé par un
de fes Coufins qui porte fon nom ;
c'est *François Gruget,* dont je parlerai
plus bas.

4. *Les Dialogues d'honneur de Mef-*
fire Jean-Baptifte Poffevin, Mantouan,
efquels eft amplement difcouru & refolu
de tous les points de l'honneur entre toutes
perfonnes ; mis en François par Claude

Gruget. Paris, *Jean Longis* 155.7 *in-*
4°. feuil. 238. *Du Verdier* met une édition faite à *Lyon in-*4°. par *Guillau-*
me Rouille la même année 1557. Il
est à présumer qu'elle n'est pas diffe-
rente de celle que j'ai rapportée, &
de celle que *la Croix du* Maine met
chez *Vincent Sertenas.*

5. *Le plaisant jeu des Eschecs renou-*
vellé, avec instruction pour facilement
l'apprendre & le bien jouer, traduit de
l'Italien. Paris, *Guillaume le Noir* 1560.
*in-*8°.

6. *L'Heptameron, ou Histoire des*
Amans fortunés des Nouvelles de Mar-
guerite de Valois, Royne de Navarre,
remis en son vrai ordre, confus aupara-
vant en sa premiere impression, par *Clau-*
de Gruget. Paris, *Gilles Robinet* 1560.
*in-*40. It. *Paris* 1574. *in-*16. It. *Lyon,*
Loys Cloquemin 1578. *in-*16. pp. 812.
Ces premieres éditions ont été suivies
d'un grand nombre d'autres.

V. *Les Bibliotheques Françoises de*
la Croix du Maine & de Du Verdier.

LOUIS MEIGRET.

LOUIS
MEIGRET

LOUIS MEIGRET, étoit natif de *Lyon* ; c'est la seule particularité que nous sçachions de lui. Il ne nous est connu que par ses Ouvrages, & par les efforts qu'il fit pour introduire une nouvelle Ortographe dans la Langue Françoise.

La meilleure partie de sa vie s'est passée à composer, & à traduire en François divers Ouvrages ; & ce qu'on a de lui s'étend depuis 1540. jusqu'en 1558. Comme on n'entend plus parler de lui après cette derniere année, il est à présumer qu'il ne la passa pas de beaucoup.

Catalogue de ses Ouvrages.

1. *Le second Livre de Caïus Plinius Secundus sur l'Histoire des Oeuvres de Nature , traduit de langue Latine en Françoise par Loys Meigret. Paris, l'Angelier* 1540. *in*-8°. It. *derechef, par lui corrigé tant de langage que de sens. Paris , Chrétien Wechel.* 1552. *in*-8°. feuil. 96.

2. *Le livre du Monde fait par Aris*

tote & envoyé à *Alexandre le Grand*, L o u i s
traduit en François par *Meigret. Paris* , Meigret
Denys Janot 1541. *in-8º. La Croix du*
Maine s'eſt trompé , quand il a attribué à *Platon* ce livre du Monde.

3. *Traité touchant le commun uſage de*
l'Ecriture Françoiſe , *fait par Loys*
Meigret , *Lyonnois* , *auquel eſt débattu*
des faultes & abus en la vraye & an-
cienne puiſſance des lettres. Paris 1542.
in-40. pp. 56. non chiffrées. *La Croix*
du Maine marque une édition faite
en 1545. à *Paris. Meigret* commença
dans cet Ouvrage à vouloir introduire
dans la langue Françoiſe une Ortographe entierement conforme à la pro-
nonciation. Mais ſon ſyſtême n'a pas
fait fortune ; Il fut même attaqué dès-
lors par *Guillaume des Autels* , qui publia contre lui ſous le nom de *Glau-*
malis de Vezelet un *Traité touchant*
l'ancienne Ecriture de la langue Fran-
çoiſe & de ſa Poëſie , *contre l'Ortho-*
graphe des Meygreiiſtes. Lyon in-16.

4. *Les troiſieme & quatriéme livres de*
Lucius Moderatus Columella , *traitans*
du labeur des vignes , *traduits en Fran-*
çois. Paris , *Denis Janot* , 1542. *in-8º.*

5. *La troiſiéme Oraiſon d'Iſocrates*

LOUIS faite en la personne de *Nicocles* , *Roi de*
MEIGRET *Chipre* , touchant le devoir des Subjets à
leur Prince. Paris , Chrétien Wechel
1544. *in-*80.

6. *Les trois Livres de Marc-Tulle
Ciceron des Offices ou devoirs de bien
vivre.* Paris , Chrétien Wechel 1547.
*in-*4°.

7. *Le Menteur ou l'incrédule de Lu-
cian* , traduit de Grec en Françoes par
Louis Meigret , *Lionnoes* , aveq une
écriture q'adrant à la prolacion Françoese , è les réfons. *Paris Chrétian Wechel 1548. in-*4°. pp. 56. L'Epître aux
Lecteurs , qui va jufqu'à la page 29,
tend à juftifier fa nouvelle Ortographe,

8. *Le Tretté de la Grammere Françoe-
fe* , fet par *Louis Meigret* , *Lionoes.* Paris , Chrétien Wechel 1550. *in-*4°. feuil.
143.

9. *Réponfe à l'Apolojie de Jaqes Pelletier.* Paris , Chreft. Wechel 1550. *in-*
40. *Pelletier* étoit du fentiment de
Meigret , qu'il falloit écrire comme
on parle ; mais ils ne s'accordoient pas
dans l'exécution , comme il paroît par
un Ouvrage de *Pelletier* , intitulé :
*Dialogues de l'Orthographe è prononcia-
tion Françoese. Avec une Apologie à*

Loys Meigret. Poitiers 1550. *in-*8°. C'eft LOUIS
à cet Ouvrage que *Meigret* répond ici. MEIGRET

10. *Défenfe de Louis Meigret touchant fon Orthographe Françoife contre
les Cenfures & calomnies de Glaumalis.
Paris* 1550. *in-*40. On a vû ci-deffus au
n°. 3. Que *Guillaume des Autels* avoit
attaqué l'Ortographe de *Meigret*, qui
lui répondit par cette *Défenfe Des
Autels* revint auffi-tôt à la charge, &
publia une *Replique de Guillaume des
Autels aux furieufes Défenfes de Louis
Meigret. Lyon* 1551. *in-*80. Ce nouvel
Ouvrage en attira un autre de *Meigret*, qui y oppofa le fuivant.

11. *Réponfe de Louis Meigret à la
dézefperée repliqe de Glaomalis de Vezelet, transformé en Gyllaome des Ao-
tels. Paris Chr. Wechel* 1551. *in-*4°. pp.
95. Cet Ouvrage termina cette difpute. *Meigret* fe defabufa apparemment de fon Ortographe, puifqu'il
ne s'en eft point fervi dans les Ouvrages qu'il donna depuis au Public.

12. *Les cinq premiers Livres des
Hiftoires de Polybe Megalopolitain,
avec trois parcelles du premier, une
du feptiéme, une du huitiéme & une du
feiziéme. Paris, Etienne Groulleau* 1552.

LOUIS MEIGRET. *in-8°. It. Autrefois traduit & mis en lumiere par Louis Meigret, & derechef revûs, corrigés, & rendus plus entiers par lui sur l'exemplaire Grec. Auſquels de nouveau ſont ajoutées les ſubſequentes parcelles des livres 9, 10, 11, 12, 13, 14, 15, 17, toutes traduites par lui ſur l'exemplaire Grec. Enſemble le deſſein du Camp. des Rômains, extrait de la déſcription de Polybe. Lyon, Jean de Tournes 1558. in-fol.* Cette ſeconde édition eſt le dernier Ouvrage que je trouve de la façon de *Meigret*, & le ſeul que je connoiſſe, où ſon nom ſoit écrit *Meigret*.

13. *Diſcours touchant la Création du Monde, & d'un ſeul Créateur par raiſons naturelles. Paris, André Wechel 1554. in-4°.*

14. *Les deux Livres de Robert Valturin touchant la diſcipline militaire, tranſlatés de langue Latine en Françoiſe. Par Loys Meigret. Paris, Charles Perier 1555. in-folio.*

15. *L'Hiſtoire de C. Criſpe Saluſte de la conjuration de L. Serge Catilin; avec la premiere harangue de M. T. Ciceron contre icelui: enſemble la guerre Juguſthine, avec l'invective de Portius Latro contre ledict Catilin. Paris, Cri-ſtien*

tien Wechel in-fol. J'ignore la date de L o u i s
cette édition. It. *Lyon, Jean de Tour-* MEIGRET
nes 1556. *in-*16.

16. *Les quatre Livres d'Albert Durer,
de la proportion des parties & pourtraits
des corps humains, traduits de Latin.
Paris, Charles Perier* 1557. *in-fol.*

*V. Les Bibliotheques Françoifes de
Du Verdier & de la Croix du Maine.*

JEAN KIRCHMANN.

JEAN KIRCHMANN, naquit J. KIRCH-
à *Lubec* le 18. Janvier 1575 de MANN.
Gerard Kirchmann, Marchand de cette Ville, & de *Gefa Huneriger.*

Il étudia dans fa patrie jufqu'à l'â-
ge de 18. ans & fe rendit enfuite à
Francfort fur *l'Oder*, où il paffa quatre
années, pendant lefquelles il fut fort af-
fidu aux leçons, & au travail de fon
Cabinet, s'éloignant avec beaucoup
de foin des débauches ordinaires aux
Ecoliers des Académies.

Il alla après étudier dans l'Académie d'*Iene*, & enfuite dans celle de
Strafbourg. Il demeura deux ans dans
cette derniere, où il s'appliqua avec

Tome XLI. O

beaucoup d'ardeur à perfectionner ses
connoissances.

Il souhaitoit après cela voyager dans
les pays étrangers ; mais le peu de
bien qu'il avoit ne lui permettoit pas
de satisfaire ses desirs. Cependant cet
obstacle fut bien-tôt levé. *Henri Wit-
zendorff,* Bourguemaistre de *Lunebourg,*
instruit de sa sagesse & de sa prudence,
le chargea d'accompagner son fils,
qu'il envoyoit voyager en France &
en Italie, & *Kirchmann* profita avec
plaisir d'une occasion si favorable.

Ils furent de retour en Allemagne
en 1602. & *Kirchmann* s'étant arrêté
à *Rostoch,* y fit tellement connoître
sa capacité, que dès l'année suivante 1603. on lui donna une Chaire
de Professeur en Poësie. L'Ouvrage
qu'il composa en 1604. *de funeribus
Romanorum,* lui fit beaucoup d'honneur, & lui acquit la réputation d'un
sçavant homme.

Il se maria la même année, & épousa *Emerence Schel,* fille d'un Senateur
de *Rostoch,* dont il eut quatre enfans,
trois garçons, & une fille.

Comme il étoit connu pour un
homme qui sçavoit fort bien élever la

jeuneſſe, on lui envoyoit beaucoup J.KIRCH-
d'Ecoliers des autres Villes d'Allema- MANN.
gne. Sa réputation en ce genre le fit
ſouhaiter dans ſa patrie ; ainſi la place
de Recteur de l'Ecole de *Lubec* ayant
vaqué, on la lui offrit, & il l'accepta
volontiers. Il en prit poſſeſſion en
1613. & la remplit juſqu'à la fin de
ſa vie avec une extrême application,
quoiqu'il eut le déplaiſir d'être expoſé à beaucoup de jugemens deſavan-
tageux, à l'occaſion des deſordres des
Ecoliers ; mais il mépriſoit tout cela,
ne ſongeant qu'à faire ſon devoir, le
mieux qu'il lui étoit poſſible.

Il mourut le 20. Mars 1643. âgé de
68. ans, & le 4. Mai ſuivant ſon Oraiſon funebre fut prononcée dans l'Au-
ditoire de *Lubec* par *Jacques Stolter-*
fhot, ſon gendre, qui avoit épouſé *Do-*
rothée ſa fille aînée.

Catalogue de ſes Ouvrages.

1. *De funeribus Romanorum libri IV.*
Hamburgi 1605. *in-*8°. It. *Cum Appen-*
dice. Lubecæ 1623. 1637 *in-*8°. It.
Francofurti 1672. *in-*8°. On a ajouté
dans cette édition le *Funus Paraſiticum*
Nicolai Rigaltii, ſeulement pour groſ-
ſir le volume ; car cet Ouvrage n'a

O ij

J.KIRCH- gueres de rapport à celui auquel on
MANN. l'a joint. Il se trouve cependant encore
dans l'édition suivante. It. *Lugd. Bat.*
1672. in-12. Avec des figures de *Ro-*
main de Hooge.

2. *In funere Pauli Merulæ, Historia-*
rum Professoris in Academia Batavorum
Oratio. Rostochii 1607. in-4°. It. *Lugd.*
Bat. 1672. in-12. & la suite de l'Ouvrage précedant. It. dans les *Memoriæ*
Philosophorum Henningi Witten. tom.
2. p. 6.

3. *Gratulatio ad Carolum ad Ducem*
Megapolitanum. Rostochii 1605. in-4°.

4. *De ira cohibenda Disputatio. Rosto-*
chii 1611. in-40.

5. *Oratio funebris Amplissimo Viro Ja-*
cobo Bordingo, Consul. Reip. Lubecensis
scripta. Rostochii 1616. in-40.

6. Εὐχαρις ήριον *de Pacificatione Boit-*
zenburgensi ad Legatum Ordinum unita-
rum Belgii Provinciarum. Lubecæ 1620.
in-4°.

7. *Oratio de vita & obitu Georgii*
Stampelii Ecclesiæ Lubecensis Superin-
tendentis. Ibid. 1622. in-40.

8. *De Annulis liber singularis. Lube-*
cæ 1623. in 8°. It. *Sleviæ 1657. in-80.*
Cette édition s'est faite par les soins

de *Jean Kirchmann*, fils de l'Auteur. J. KIRCH-
It. *Accedunt Georgii Longi*, *Abrahami* MANN.
*Gorlæi ; & Henrici Kornmanni de iiſ-
dem tractatus abſolutiſſimi. Lugd. Bat.
1672. in-12. It. Francofurti 1672. in-
8o.* Cet Ouvrage eſt eſtimé, de même
que celui *de funeribus Romanorum.*

9. *Genethliacon Illuſtriſſimi Principis
Adolphi Friderici, Ducis Megapolitani,
primogenito folio ſcriptum. Lubecæ* 1624.
in-4°.

10. *Rudimenta Rhetorica. Bremæ* 1652.
in-12.

11. *Rudimenta Logicæ Peripateticæ.
Lubecæ* 1669. *in-8°.* Réimprimé pluſieurs fois depuis.

12. *Tabulæ Logicæ & Rhetoricæ. Ibid.
in-fol.*

13. *Epiſtola ad Michaëlem Piccartum.*
Cette Lettre qui eſt datée de *Lubec* le
29. Septembre 1616. ſe trouve dans les
Amœnitates litterariæ de Schelhorn. tom.
4. p. 528.

14. *Commentarii Hiſtorici duo hactenus inediti ; alter de Regibus vetuſtis
Norvagicis ; alter de profectione Danorum
in Terram Sanctam circa annum* 1185.
*ſuſceptam, eodem tempore ab incerto
Auctore conſcriptus : cura olim & opera*

J.KIRCH-
MANN.

Joh. Kirchmanni è MS. Bibliotheca Lubecensis protracti, nunc primum editi ab hujus Nepote, Bernhardo Caspare Kirchmanno J. V. D. Amstelod. 1684. in-8°. Jean Kirchmann se disposoit à publier ces deux Ouvrages avec des notes, lorsqu'il mourut : son petit fils a suppléé en quelque chose à son défaut en les donnant au Public ; mais il n'y a point ajouté de notes.

V. Son Oraison funebre par Jacques Stolterfhot., dans les Memoriæ Philosophorum Henningi Witten. Tome I. p. 516. Bayle, Dictionnaire.

FERDINAND UGHELLI.

FERD.
UGHELLI.

FERDINAND UGHELLI, naquit à Florence le 21. Mars 1595. d'une bonne famille de cette ville.

Après avoir fait ses études d'Humanités, il entra dans l'Ordre de Cîteaux, où il se distingua d'une maniere particuliere.

On l'envoya achever ses études à Rome, & il y eut pour Maître François Piccolomini, & Jean de Lugo, tous deux Jesuites, dont le premier fut

dans la fuite Général de fon Ordre,
& le fecond devint Cardinal.

Il paffa depuis en differens Monaf-
teres, où il fut chargé de divers emplois. Retourné à *Rome*, il forma le
deffein de fon *Italia Sacra*, & y travailla depuis avec application, autant que fes occupations le lui per-
mettoient. Car outre la dignité d'Abbé
à laquelle il avoit été élevé, il fut
Théologien du Cardinal *Charles de
Medicis*, & Confulteur de la Congrégation de l'*Index*. Il préfida fouvent aux Chapitres de fon Ordre, &
fut plufieurs fois élu Général de la
Congrégation d'Italie; mais il réfufa
toujours conftamment d'accepter cette dignité, fe contentant d'être Abbé du Monaftere des Trois Fontaines à *Rome*, & Procureur de fa Province; emplois qu'il a confervé jufqu'à la fin de fa vie.

Le Pape *Alexandre* VII. le mit au
nombre de fes Prélats domeftiques,
& lui donna une penfion, que *Clé-
ment* IX. fon fucceffeur, augmenta jufqu'à la fomme de cinq cens écus.

On lui offrit plufieurs fois des Evêchés, mais il s'excufa toujours de les
accepter.

FERD.
UGHELLI.

Il mourut à *Rome* le 19. Mai 1670. âgé de 75. ans, & fut enterré avec cette Epitaphe.

D. O. M.

Ferdinando Ughello, hujus Monasterii Abbati.

Mirare nostri grande sæculi decus, virtutibus, laboribus, & modestia; cui debet Italia Sacros Antistites: Qui traxit è mortis sepuchro tot viros, perire mortis in sinu numquam potest.

Obiit 14. *Cal. Junii ann.* 1670. *ætatis* 75.

Franciscus\, Episcopus Ostiensis, de suo, cæterisque Episcopatibus B. M. P.

Plusieurs Evêques d'Italie en considération de son *Italia Sacra*, lui firent faire un service solemnel dans leurs Eglises.

Catalogue de ses Ouvrages.

1. *Italia Sacra, sive de Episcopis Italiæ & Insularum adjacentium, rebusque ab iis præclare gestis, deductâ serie ad nostram usque ætatem, Opus singulare. Auctore Ferdinando Ughello, Florentino, Abbate SS. Vincentii & Anastasii ad Aquas salvias, Ordinis Cisterciensis.* Romæ in-fol. neuf volumes, dont le premier est de l'an 1643. & le dernier de

de 1662. It. *Editio secunda aucta & * FERD.
emendata cura & studio Nicolai Coleti , UGHELLE.
Ecclesiæ S. Moysis Venetiarum Sacer-
dotis alumni. Venetiis in-fol. dix volumes , dont le premier est de l'an
1717. & le dernier de 1722. Cette
seconde Edition est fort augmentée &
perfectionnée, & onamis dans le dixiéme volume des Tables fort amples ,
qui manquoient dans la premiere. Mais
il y a un nombre prodigieux de fautes
d'impression , qui la défigurent extrêmement. Au reste l'Ouvrage a été fait
avec soin , & il s'y trouve bien des
choses singulieres , qui ne sont point
ailleurs. On en a donné un abregé ,
suivant la premiere édition , sous ce
titre :

Italia Sacra R. P. Ferdinandi Ughel-
li restricta , aucta , veritati magis com-
mendata , opera & studio D. Julii Am-
brosii Lucentii, ejusdem Ordinis Abbatis.
Opus singulare , tribus tomis novissime
distinctum , subsequente quarto , in quo
Ecclesiarum origines , Urbium conditio-
nes , jura , Principum donationes , &
recondita Monumenta proferuntur , cum
certis notis & præclaris animadversioni-
bus. Romæ. 1704. *in-fol.* Je n'ai vû

Tome XLI. P

que le premier volume de cet Ouvrage ; & je ne ſçai ſi les trois autres ont
été publiés.

2. Il a fait quelques additions aux
Vies des Papes de *Ciaconius* ; & ces
additions ſe trouvent dans l'édition
de 1630. publiée ſous ce titre : *Al-*
phonſi Ciaconii vita & geſta ſummorum
Pontificum ; cum additionibus Andreæ
Victorelli , Operam conferentibus Ferdi-
nando Ughello , Hieronymo Alexandro,
Luca Wadingho , & Cæſare Becillo.
Roma 1630. in-fol.

4. *Cardinalium Elogia , qui ex S.*
Ordine Ciſtercienſi floruere. Florentiæ
1624. in-fol.

4. *Columnenſis Familiæ Cardinalium*
Imagines ad vivum expreſſæ & æri inciſæ,
ſummatimque Elogiis exornatæ à Ferdi-
nando Ughello. Roma 1650. in-4°.

5. *Difeſa della Nobiltà Napoletana,*
contro il libro di Franceſco Elio Marche-
ſi , tradotta dal Latino di Carlo Borrel-
li. In Roma 1655. in-8°.

6. *Albero & Iſtoria della familia de'*
Conti di Marſciano. In Roma 1667. in-
folio.

7. *Genealogia de' Capiſucchi. In Ro-*
ma 1653. in-fol.

V. fon Eloge par Jules Lucenti à la FERD.
tête de la 2e. édition de fon Italia Sacra. UGHELLE.
C'eft par une faute d'impreffion qu'on
y a mis fa naiffance en 1594. *Biblio-*
theca fcriptorum Ordinis Ciftercienfis
per Carolum de Vifch. p. 108. *Leonis*
Allatii Apes Urbanæ p. 96 *Jules Ne-*
gri, Iftoria d' Scrttori Fiorentini. L'article que cet Auteur en donne n'eft
qu'une fuite de fautes; d'ailleurs la
plupart de fes Ouvrages y font ou-
bliés.

PHILIPPE MEYER.

P HILIPPE MEYER , naquit à PHILIPPE
Arras avant l'an 1567. d'*Antoine* MEYER.
Meyer, Principal du College de cette
Ville , & d'*Ifabelle Rofe.*

Il s'appliqua aux Belles-Lettres & à
la Poëfie à l'exemple de fon pere , &
lorfqu'il l'eut perdu en 1597. il fut
fon fucceffeur dans la principalité du
College d'*Arras.*

Il remplit cette place jufqu'à la fin
de fa vie,& mourut dans cette ville en
1637. âgé de plus de 70. ans. Il fut
enterré dans le Cimetiere de *S. Ni-*

PHILIPPE
MEYER.

caisé auprès de son pere , & de *Jacques Meyer* , son grand-oncle.

On n'a de lui, que les piéces de
Poësie suivantes.

1. *Mahometi Arabis Pseudo-Prophetæ vita , Carmine Heroico.*

2. *Epicedium Alexandri Farnesii ,
Parmæ & Placentiæ Ducis.* Atrebati
1594. *in*-4°.

3. *Elogia Principum aliquot bellica
laude illustrium.*

4. *Panegyricus de Caleto expugnato.*

5. *Epinicium de Atrebato ab Henrico
IV. Galliarum Rege frustra tentato.* Les
Bibliothecaires des Pays-Bas ne nous
marquent point si tous ces Ouvrages
sont imprimés.

*V. Sweertii Athenæ Belgicæ. Valerii
Andreæ Bibliotheca Belgica.*

PIERRE KIRSTENIUS.

P. KIRS-
TENIUS.

PIERRE *KIRSTENIUS* , naquit
à *Breslau* en Silesie le 25. Decembre 1577. de *Pierre Kirstenius* , Marchand de cette Ville , & de *Marthe
Meusling.*

Il les perdit l'un & l'autre dans sa

premiere jeuneſſe ; mais ſes Tuteurs P. KIRS-
ſuppléerent à leur défaut , & eurent TENIUS.
grand ſoin de ſon éducation. Dès l'â-
ge de dix ans , il ſçavoit déja les principes de la Doctrine Chrétienne , de
la langue Latine , & l'Arithmetique.
On l'envoya alors à *Poſnanie* en Pologne , pour y apprendre la langue du
Pays ; & il en vint à bout en ſix
mois d'étude. Ses Tuteurs , qui le
deſtinoient au commerce , vouloient
lui faciliter par-là le moyen de com-
mercer avec la Pologne. Mais à ſon
retour de ce pays , il ſe tourna tout
entier du côté des Lettres , pour leſquelles il avoit des diſpoſitions naturelles.

Il reprit l'étude de la langue Latine,
à laquelle il joignit celle de la Grecque , de l'Hebraïque & de la Syriaque. Comme il ſe deſtinoit particulierement à la Médecine , il s'appliqua
avec ſoin à la Phyſique , à l'Anatomie,
& à la Botanique , avant que de ſe
donner tout entier à cette Science.

Le deſir de ſe perfectionner dans les
connoiſſances qu'il avoit acquiſes dans
ſa patrie, l'en fit ſortir pour aller viſiter
les Académies les plus célébres d'Alle-

P. Kirs-
tenius. magne. Il paſſa quatre années dans celles de *Leipſic*, de *Wittemberg*, & d'*Iene*, & après avoir reçu le degré de Maître-ès-Arts, il ſe rendit en France & enſuite dans les Pays-Bas, où il étudia en Médecine, ſous les plus habiles Profeſſeurs qu'il y trouva.

Ayant entendu dire, que pour ſe diſtinguer dans la Pratique de la Médecine, il falloit poſſeder parfaitement *Avicenne*, & ſçachant que la Traduction Latine des Oeuvres de ce Médecin étoit fort mauvaiſe, il réſolut d'apprendre l'Arabe, pour l'entendre par lui-même, auſſi bien que les autres Médecins, qui avoient écrit en la même langue; & il fut confirmé dans cette penſée par *Joſeph Scaliger* & *Iſaac Cuſaubon*, qui le jugerent capable de réuſſir dans cette étude.

La paſſion qu'il conçut pour cette langue, ne l'empêcha pas de continuer ſes voyages, qu'il voulut finir, avant que de s'y donner tout de bon. S'étant rendu à *Baſle*, il y prit le degré de Docteur en Médecine à l'âge de 24. ans, c'eſt-à-dire en 1601. Il voyagea enſuite en Italie, en Eſpagne, en Angleterre & même en Grece &

en Afie, non-feulement pour connoî- P. KIRS-
tre le génie & les mœurs de chaque STENIUS.
nation, mais encore pour acquerir de
nouvelles connoiffances par rapport à
la Médecine.

De retour dans fa patrie après fept
années de voyages, il alla faire un
tour à *Jene* pour y revoir fes amis.
Ayant trouvé dans cette Ville un parti
qui lui convenoit, il s'y maria, &
époufa *Barbe Schroter*, dont il eut huit
enfans.

Quelque temps après, c'eft-à-dire
en 1610. les Magiftrats de *Breflau* le
rappellerent dans cette Ville, pour
avoir la direction de leur College &
l'infpection des Ecoles particulieres.
Il remplit ces deux poftes avec beaucoup de capacité & de fruit, jufqu'à
ce qu'une maladie fâcheufe l'obligea
de renoncer à cette pénible Charge,
dont il étoit d'ailleurs affez dégoûté.

Il s'appliqua alors tout entier à la
Médecine, & à l'étude de l'Arabe,
à laquelle il donnoit tout le temps
qu'il déroboit à la Médecine, confa-
crant même à l'impreffion des Livres
Arabes toutes les épargnes de fon gain.

Quoiqu'il fût appellé par *Charles*

P iiij

Archiduc d'Autriche, Frere de l'Empereur *Ferdinand II.* par l'Empereur même, par l'Electeur de Saxe, & par d'autres Princes, pour être leur Médecin, il préfera toujours le travail de son Cabinet, & les services qu'il pouvoit rendre à sa Patrie, à tous les avantages qu'on lui offrit.

On ne sçait point les raisons qui l'engagerent dans la suite à se transplanter en Prusse avec sa famille. Ce changement lui donna occasion de se faire connoître au Chancelier de Suede, *Oxenstiern*, qu'il accompagna en Allemagne en qualité de son Médecin. Il étoit avec lui, lorsque la Ville d'*Erford*, l'appella pour professer la Médecine. S'étant rendu dans cette Ville pour prendre possession de ce poste, il alla faire un tour à *Hall* & à *Magdebourg* pour ses propres affaires; mais lorsqu'il voulut retourner à *Erford*, il trouva tous les chemins remplis de troupes ennemies, & fut obligé de retourner à *Magdebourg*, d'où il suivit *Oxenstiern* à *Meckelbourg*, & delà en Suede.

Il y fut fait en 1636. Professeur en Médecine à *Upsal*, & Médecin de la

Reine *Chriſtine*. Il commençoit dès- P. KIRS-
lors à reſſentir les infirmités de la vieil- TENIUS.
leſſe , & étoit déja fort caſſé. Auſſi ne
remplit-il ces poſtes que quatre ans.

Il mourut le 8. Avril 1640. âgé de
62. ans , & *Jean Locenius* prononça
ſon oraiſon funbre.

Catalogue de ſes Ouvrages.

1. *Grammaticæ Arabicæ. Liber* 1. *ſive*
Orthographia & Proſodia Arabica. Liber
2. *Etymologia Arabica. Liber* 3. *Synta-*
xis. Breſlæ 1608. *&* 1610. *in-folio.*

2. *Tria ſpecimina Charaɛɛerum Ara-*
bicorum ; nempe Oratio Dominica, Pſal-
mus 50. *& ſurata prima Alcorani. Breſ-*
læ 1609. *in-fol.*

3. *Decas Sacra Canticorum & Car-*
minum Arabicorum ex aliquot Manuſ-
criptis ; cum Latina ad verbum inter-
pretatione. Acceſſit quoque ſchema , prio-
re luculentius , charaɛɛerum Arabicorum.
Ibid. 1609. *in-8º.*

4. *Vitæ quatuor Evangeliſtarum ex*
antiquiſſimo Codice Mſ. Arabico erutæ.
Breſlæ 1609. *in-fol.*

5. *Liber ſecundus Canonis Avicennæ,*
typis Arabicis ex Mſ. editus , & ad
verbum in Latinum tranſlatus , notiſque
textum concernentibus illuſtratus. Ibid.

P. Kirs- Tenius.

1610. *in-fol. George-Jerôme Welschius*, qui étoit fort habile dans la langue Arabe, méprisoit fort cette traduction de *Kirstenius*, & vouloit qu'on lui sçût gré de n'en avoir pas traduit davantage.

6. *Liber de vero usu & abusu Medicinæ. Breslæ* 1610. *in-8°.* It. *Traduit en Allemand. Francofurti* 1611. *in-8°.*

7. *Oratio introductoria in Gymnasio Vrastislaviensium habita. Breslæ* 1610. *in-*4°. C'est le discours qu'il prononça, lorsqu'il fut installé dans la Charge de Recteur du College de *Breslau.*

8. *Epistola ad Guilielmum Fabricium Hildanum.* Cette Lettre, qui est datée de *Breslau* le 27. Fevrier 1610. est la 84. de la Centurie de Lettres, qui se trouve à la suite des Oeuvres de *Guillaume Fabrice*, imprimées à *Francfort* en 1646. *in-fol.*

9. *Nota in Evangelium* S. *Matthæi ex collatione textuum Arabicorum, Syriacorum, Ægyptiacorum, Græcorum & Latinorum. Breslæ* 1611. *in-fol.*

10. *Epistola* S. *Judæ ex MS. Heidelbergensi Arabico ad verbum translata, additis notis ex textuum Græcorum & Versionis Latinæ vulgaris collatione. Ibid.* 1611. *in-folio.*

11. Υποτύπωσις, *ſive infirmatio Me-* J. KIRS-
dicæ artis ſtudioſo perutilis, aliquandiu TENIUS.
in Pharmacopolio verſaturo, Gaſpari
Peuceri, édita è MS. Petri Kirſtenii,
cum ejus Præfatione. Upſaliæ 1638. *in-*
octavo.

V. *Oratio funebris Petri Kirſtenii à*
Johanne Loccenio. Upſaliæ 1640. *in-4°.*
& dans les Memoriæ Medicorum Hen-
ningi Witten p. 112. *Joannis Schefferi*
Suecia litterata, cum Hypomnematis
Johannis Molleri.

GEORGE KIRSTENIUS.

GEORGE KIRSTENIUS, na- G. KIRS-
quit à *Stetting*, Ville de Pome- TENIUS.
ranie le 20. Janvier 1613. de *Nicolas*
Kirſtenius Boulanger de cette Ville, &
d'*Anne Loefflers.*

Après avoir fait ſes premieres études dans ſa patrie, il paſſa à *Hall*
pour les continuer. Lorſqu'il eut dix-
ſept ans, il ſe diſpoſa à aller à *Leipſic*
étudier dans l'Académie de cette Ville, mais les courſes fréquentes des troupes en ces quartiers-là l'en empêcherent. Il ſe rendit donc à *Jene*, & paſſa

G. KIRS-
TENIUS.

enfuite à *Strasbourg* où il demeura quatre années entieres, occupé de l'étude de la Philosophie & principalement
de la Médecine, à laquelle il avoit
résolu de se fixer. Il y soutint deux
Theses sur cette derniere Science, l'une
de Lactatione & de Lactis generatione,
& l'autre *de vulneribus capitis*.

Il étoit à *Tubinge* appliqué aux mêmes études, lorsqu'il apprit la mort
de son pere; il ne retourna pas cependant pour cela dans sa patrie, sa mere
souhaitant qu'il continuât ses études
Académiques.

Pour répondre à ses intentions, il
profita d'une occasion qu'il trouva
d'aller à *Leyde*; mais il n'y demeura
que six mois, au bout desquels la
peste l'en chassa. Il passa l'hyver à
Francker & à *Groningue*, & au commencement de l'Eté il passa à *Utrecht*,
où il assista à l'ouverture de l'Académie de cette Ville.

De retour à *Leyde*, il continua à s'y
appliquer à la Médecine & aux Sciences qui en dépendent, sous *Schrevel*,
Hearnius, *Falckenburg*, *Walæus*, &
Vorstius. Il y fit sur-tout de grands
progrès dans la Botanique, & y sou-

tint deux Theſes ſous *Walæus*, l'une G. Kirs-
de Symptomatibus viſus & auditus, & tenius.
l'autre *de Symptomatibus Olfaßtus &*
Taßtus.

Son deſſein étoit après avoir paſſé
cinq années à *Leyde*, d'employer encore quelque temps à voyager dans
les autres pays. Mais les Conſeils de
Chriſtophe Albinus, Médecin de *Stettin*,
l'en détournerent, & il prit, ſuivant
ſon avis, le bonnet de Docteur en
Médecine à *Leyde*. On lui offrit alors
des poſtes en differens endroits ; mais
les prieres de ſa mere le déterminerent
à ſe fixer à *Stettin*, & il obtint par la
protection d'*Oxenſtiern*, Chancelier
de Suede, une Chaire de Profeſſeur en
Médecine dans le College Royal de
cette Ville.

Il la remplit avec beaucoup d'application, ſans négliger la pratique de
la Médecine, juſqu'à l'an 1660. qu'il
mourut le 4e. Mars âgé de 47. ans.
Freher s'eſt trompé en mettant ſa
mort au onze de ce mois, qui fut le
jour de ſes funerailles.

Il avoit épouſé en 1652. *Elizabeth*
Rochlin, dont il avoit eu deux enfans.

G. KIRS-
TENIUS.

Catalogue de ſes Ouvrages.

1. *Oratio de Medicinæ dignitate & præſtantia, contra Platonem & Plinium.* Stetini 1647. *in-*4°.

2. *Diſquiſitiones Phylologicæ.* Stetini *in-*4°.

3. *Adverſaria & Animadverſiones in Johannis Agricolæ Commentaria in Poppium & Chirurgiam parvam.* Stetini 1648. *in-*4°.

4. *Diſputatio Anatomica de Natura & conſtitutione Anatomia.* Ibid. 1649. *in-*40.

5. *Diſputatio de generatione Lumbricorum in corpore humano.* Lugd. Bat. *in-*4°. C'eſt la Theſe qu'il ſoutint lorſqu'il fut reçu Docteur.

V. *Le Programme funebre ſur ſa mort par Henri Schavius, Docteur en Médecine, dans les Memoriæ Medicorum Henningi Witten* p. 209. *Pauli Freheri Theatrum Virorum Doctorum.* Tom. 2. p. 1387.

LOUIS ABELLY.

LOUIS
ABELLY.

LOUIS ABELLY, naquit à Paris, d'une honnête famille l'an 1603.

Après avoir pris le bonnet de Doc- Louis
teur en Théologie de la Faculté de ABELLY.
Paris, il fut fait Curé de *S. Joffe* dans
la même Ville.

M. *de Perefixe* Evêque de *Rhodez*,
ayant été transferé au mois d'Avril
1662. à l'Archevêché de *Paris*, *Abelly*
fut nommé pour lui succeder dans
l'Evêché de *Rhodez*, & il fut sacré
par ce Prélat au mois de Septembre
1664.

Cette Ville est trop éloignée de
Paris, pour que le séjour en fût agréa-
ble à *Abelly*, qui avoit paffé la plus
grande partie de sa vie avec les personnes de Lettres. Ce fut en partie ce
qui l'engagea à se démettre de l'Epifcopat deux ans après, c'est-à-dire en
1664. Il revint alors à Paris, & établit sa demeure à *S. Lazare*, chez les
Peres de la Miffion, où il compofa
plufieurs Ouvrages.

Il mourut en ce lieu le 4. Octobre
1691. âgé de 88. ans.

Catalogue de ses Ouvrages.

1. *Medulla Theologica ex Sacris
Scripturis, Conciliorum, Pontificumque
Decretis & fanctorum Patrum ac Doc-
torum placitis expreffa. Parif.* 1650. *in-*

LOUIS ABELLY.

12. deux tomes. C'est la premiere édition, qui a été suivie d'un grand nombre d'autres en même forme. Cet Ouvrage a été cause que *Boiléau des Preaux* a nommé l'Auteur dans le 4. chant de son *Lutrin*, le *Moeleux Abelly*. Il déplut à plusieurs personnes ; ce qui a produit ce bon mot de M. *le Camus*, depuis Cardinal, rapporté dans le *Menagiana*. Comme on parloit de la Moelle d'*Abelly*, il dit : *la Lune étoit en décours, quand il fit cela.*

2. *Tradition de l'Eglise touchant la dévotion des Chrétiens envers la sainte Vierge. Paris* 1652. *in-8°.* It. 2e. Edition. *Ibid.* 1662. *in-8°.* It. *Augmentée. Ibid.* 1672. *in-8°. Bayle* prétend que cet Ouvrage fit plaisir aux Protestans, qui s'en servirent pour l'opposer à l'*Exposition* de M. *Bossuet.*

3. *Sentimens & Maximes du bienheureux François de Sales, Evêque de Geneve, touchant la véritable pieté, & les moyens de parvenir à la perfection du Chrétien. Paris* 1653. *in-*12.

4. *De l'Obéissance & soumission qui est dûe à Notre S. P. le Pape en ce qui regarde les choses de la Foi. Paris* 1654. *in-8°.* It. *Caen* 1686. *in-*12. Cet Ouvrage

vrage eft un effet du zéle qui animoit
l'Auteur contre le Janfenifme , de
même que plufieurs autres qu'il a publié dans la fuite.

5. *Sacerdos Chriſtianus ; ſeu ad vitam Sacerdotalem pie inſtituendam Manu-ductio. In qua quidquid ad Chriſtiani Sacerdotis mores & actus debitè compo-nendos , juxta Sacrorum Canonum nor-mam , & ſanctorum Patrum doctrinam requiritur , breviter ac dilucide , & quam maximè ad praxim accommoda-te proponitur. Pariſ.* 1656. *in* - 4°. It. *Roma* 1658. *in*-12. It. *Pariſ.* 1685. *in-* 12.

6. *Præcipuorum Conſecrationis Epiſ-copalis rituum Myſticus & Moralis ſen-ſus. Pariſ.* 1656. *in*-12.

7. *Defenſe de la Hierarchie de l'E-gliſe & de l'Autorité legitime du Pape & des Evêques , contre un libelle Anony-me ; avec des reflexions ſur la relation des déliberations du Clergé touchant la Conſtitution d'Innocent X. Paris* 1659. *in*-4°.

8. *Les Lettres de S. François Xavier, traduites en François. Paris* 1660. *in-* 8°.

9. *Traité des Heréſies , contenant les*

Tome XLI. Q

Louis
Abelly.

causes des heréfies, & les mœurs & les artifices des Herétiques depuis la publication de l'Evangile jusqu'à préfent. Paris 1661. in-4°.

10. *La vie du vénérable serviteur de Dieu Vicent de Paul, Inftituteur & premier Supérieur Général de la Congrégation de la Miffion. Divifée en trois livres. Paris 1664. in-4°.* Cette édition eft préferable aux fuivantes, dans lefquelles on a retranché plufieurs chofes que l'Auteur y avoit fait entrer fur le Janfenifme. It. *Paris 1668. 1684. 1698. in-4°.* It. traduite en Italien par *Dominique Acami. Rome 1677. in-4°.* Cet Ouvrage déplut à quelques perfonnes à caufe de ce que l'Auteur avoit dit fur le Janfenifme, & il fut attaqué par un Ecrit intitulé : *Défenfe de feu M. Vincent de Paul contre le faux difcours de fa vie, publiè par M. Abelly. Paris 1668. in-4°.*

11. *Abelly* répondit par un Ouvrage, dont j'ignore le titre, & qui fut refuté par une *Replique à l'Ecrit publiè par M. Abelly pour défendre fon Livre de la vie de M. Vincent. Paris 1669. in-4°.*

12. *Défenfe de l'honneur de la fainte*

Mere de Dieu, contre un attentat de l'Apologiste de Port - Royal. Avec un projet d'examen de son Apologie. Paris 1666. *in* 12.

13. *Eclaircissement des vérités Catholiques touchant le très - Saint Sacrement de l'Eucharistie ; contre un Livre intitulé :* Réponse aux deux Traités de la Perpétuité. *Paris* 1667. *in-* 12.

14. *Episcopalis sollicitudinis Enchiridion , ex insignium Antistitum, præsertim D. Caroli Borromæi Theoria & praxi collectum. Paris.* 1668. *in-*4°.

15. *Les fleurs de la solitude Chrétienne , ou Méditations sur divers sujets de pieté , propres pour les exercices spirituels des Retraites. Paris* 1673. *in-* 12.

16. *Sentimens des Peres & des Docteurs de l'Eglise, touchant les excellences , les prérogatives , & le culte de la sainte Vierge ; ou Réponse aux Avertissemens salutaires , &c. Paris* 1674. *in-* 8°. Cet Ouvrage ayant été attaqué dans une *Lettre à M. Abelly touchant son livre des excellences & prérogatives de la sainte Vierge* 1674. *in* 4°. *A-belly* y répondit par le suivant.

17. *Réponse de M. Abelly à la Lettre qu'on lui a écrite au sujet des Aver-*

188 *Mém. pour servir à l'Hist.
tissemens. Paris* 1674. *in-*8°.

18. *Les vérités principales & plus
importantes de la Foi & de la Justice
Chrétienne expliquées clairement & mé-
thodiquement. Derniere édition.* Paris
1675. *in-*4°.

19. *Eclaircissement utile pour la paix
des ames & le soulagement des conscien-
ces touchant la nécessité de la Contrition
ou la suffisance de l'Attrition, pour l'effet
du Sacrement de Pénitence. Paris* 1675.
*in-*12.

20. *Le Visiteur Spirituel des Religieuses. Paris* 1676. *in-*12.

21. *La conduite de l'Eglise Catholique touchant le culte du très-Saint Sacrement de l'Eucharistie. Paris* 1678.
*in-*12.

22. *Couronne de l'Année Chrétienne,
ou Méditations sur les plus importantes
vérités de l'Evangile. Paris* 1679. *in-*
12. *quatre volumes.* It. *Bourdeaux*
1684. *in-*12. *quatre vol.* Il y a eu des
éditions précedentes.

23. *Considerations sur l'Eternité. Paris* 1684. *in-*12. It. *Bruxelles* 1710. *in-*
12.

24. *Idée d'un véritable Prêtre, en la
vie de François Renar, Prêtre, Direc-*

teur des Religieufes de faint Thomas.
Paris 1691. *in*-12.

25. *Opufcules Spirituels.* J'ignore la
date de cet Ouvrage, & des fuivans,
qui font rapportés par *Du Pin* dans fa
Table des Auteurs Ecclefiaftiques.

26. *Manuel de Prieres.*

27. *Inftruction fommaire pour la con-
feffion.*

28. *Inftitution Chrétienne.*

29. *De la Vénération & du culte qui
eft dû aux neuf Ordres des Anges.*

30. *Vies de S. Joffe & de S. Fiacre.*

31. *Avis Spirituels.*

32. *Affurance du Salut.*

33. *Adreffe au Salut.*

V. *Gallia Chriftiana* Tom. I. *Bayle*,
Dictionnaire.

VALERE ANDRE'.

VALERE-ANDRE', naquit à
Derfchel, bourg du Brabant dans
le quartier d'*Anvers*, le 17. Novembre 1588.

Il commença fes études dans fa patrie, & alla les continuer à *Anvers*,
où il fut pendant trois ans Secretaire

VALERE
ANDRE'.
du P. *André Schott*, qui le conduisit dans l'étude de la langue Grecque. Il apprit aussi dans la même Ville les principes de l'Hebraïque du P. *Jean Hay*, Jesuite Ecossois.

Après avoir fait sa Philosophie à *Douay*, il retourna à *Anvers*, & y vécut quelque temps auprès d'*Aubert le Mire* & de *François Schott*.

L'année suivante, il fut appellé à Louvain pour y être Professeur en langue Hebraïque, & il prit possession de cette place le 27. Mars 1612.

Il s'appliqua depuis à la Jurisprudence, & s'étant fait recevoir Docteur en Droit à *Louvain* le 22. Novembre 1621. il y fut fait l'année 1628. Professeur Royal des Constitutions Impériales.

Enfin le 31. Août 1636. il fut choisi pour avoir la conduite de la Bibliotheque de l'Académie, qui étoit nouvellement établie.

Quelques-uns ont crû qu'il mourut peu de temps après avoir donné la seconde édition de sa *Bibliotheca Belgica*, c'est-à-dire, peu après l'an 1643. mais ils se trompent. Il donna encore depuis en 1650. une seconde édition de ses

Fasti Academici studii Lovaniensis. Il VALERE vivoit même encore en 1652. puisque ANDRE' M. *Huet*, qui passa cette année à *Louvain*, marque dans le Commentaire de sa vie, qu'il l'y vit & fit amitié avec lui. Mais comme on n'entend plus parler de lui depuis ce temps, il est à présumer qu'il n'alla gueres plus loin.

Catalogue de ses Ouvrages.

1. *Petri Nannii in Artem Poëticam Horatii Commentarius Posthumus, quem ex Prælectionibus ejus descripsit & supplevit Valerius Andreas.* Dans l'Edition d'*Horace* avec le Commentaire de *Lævinus Torrentius. Antuerpiæ, Plantin* 1608. *in-*4°.

2. *Catalogus Clarorum Hispaniæ scriptorum, qui Latine disciplinas omnes Humanitatis, Jurisprudentiæ, Philosophiæ, Medicinæ, ac Theologiæ illustrando, etiam trans Pyrenæos evulgati sunt. Nunc primum ex omnibus Nundinarum Catalogis ac Bibliothecis diligenter collectus, opera Valerii Andreæ Taxandri. Moguntiæ* 1607. *in-*4°. pp. 107. Ce n'est ici qu'une simple liste de Livres rangés par l'ordre Alphabetique des noms des Auteurs. Elle ne peut être que fautive, étant faite seulement sur des

VALERE ANDRÉ. Catalogues. *Valere André* la fit fous la direction d'*André Schott* auprès duquel il étoit alors, comme on le voit par la Préface de la *Bibliotheca Hispana nova* de *Nicolas Antonio ;* c'eſt pour cela que quelques Auteurs l'ont attribué à *Schott*, avec d'autant plus de vraiſemblance, que *Valere-André* n'en a pas fait mention dans la liſte de ſes Ouvrages qu'il a donnée à la fin de ſa *Bibliotheca Belgica.* Mais l'Ouvrage eſt ſi peu de choſe & ſi imparfait, qu'il n'a pas daigné, apparemment en parler. Il y a pris la qualité de *Taxander*, parce qu'il étoit du Brabant, appellé par les Anciens *Taxandria.* Il a pris depuis celle de *Deſſelius*, du lieu où il étoit né.

3. *Orthographiæ ratio ab Aldo Manutio collecta primò, multis aucta ; cum libello de ratione interpungendi ac diſtinctionum notis. Duaci* 1610. *in*-12.

4. *Vita Petri Opmeeri.* A la tête de l'*Opus chronographicum orbis univerſi* de cet Auteur. *Antuerpiæ* 1611. *in fol.*

5. *Imagines Doctorum Virorum è variis gentibus Elogiis brevibus illuſtratæ. Valerius Andreas Deſſelius Brabantus publicabat. Antuerpiæ* 1611. *in*-12. pp. 96.

non chiff. chaque page contient le
portrait en bois de quelque Sçavant,
avec quelque chose de sa vie en quatre
ou cinq lignes au bas. *Valere-André* n'a
point fait entrer cet Ouvrage dans la
liste qu'il a donnée des siens, comme n'en valant pas la peine.

6. *Collegii Trilinguis Buslidiani in
Academia Lovaniensi exordia & pro-
greſſus, & linguæ Hebraïcæ encomium
publice pronunciatum 6. Kal. Aprilis
1612. ab Andrea Valerio Deſſelio in
Profeſſionis auſpiciis. Lovanii 1614 in-
4°. pp. 71.* Je ne sçai pourquoi *Valere
André* est appellé ici par une transpo-
sition de nom *Andreas Valerius.* Son
discours d'installation finit à la page
30. & est suivi des éloges que divers
Auteurs ont donnés à ce College de
Louvain. On voit ensuite à la p. 43.
*Vitæ & scripta Profeſſorum Collegii Tri-
linguis Buslidiani ab Andrea Valerio
breviter commemorati.*

7. *De Toga & Sago, sive litterata
armataque militia Diſſertatio. Coloniæ
1618. in-8°.* It. *Accedit Panegyris dicta
D. Yvoni, Jurisconsultorum & Advoca-
torum tutelari. Lovanii 1625. in-8°.*

8. *Notationes ad Ovidii Pœmation*

VALERE
ANDRE'.

in Ibin. Avec *Jacobi Pontani Electa in Ovidii Metamorphoses. Antuerpiæ* 1618. *in-fol.*

9. *Erycii Puteani Bruma , sive chimonopægnion de laudibus Hyemis ; cum fig. Raphaëlis Sadulerii & notis Val. Andreæ. Monachii* 1619. *in-8°.* It. *Lovanii* 1622. *in-8°.*

10. *Bibliotheca Belgica , de Belgis vita scriptisque Claris. Præmissa Topographica Belgii totius , seu Germaniæ inferioris descriptione. Lovanii* 1623. *in-8°.* It. *Editio renovata , & tertia parte auctior. Lovanii* 1643. *in-4°.* Cette Bibliotheque est fort bien faite , quoiqu'il y ait quelques fautes ; ce qui est presque inévitable dans ces sortes d'Ouvrages. On l'a réimprimé en 1739, sous ce titre *Bibliotheca Belgica , sive variorum in Belgio vita scriptisque illustrium Catalogus ; librorumque nomenclatura continens scriptores à Clariss. viris Valerio Andreâ , Auberto Miræo , Francisco Sweertio , aliisque recensitos usque ad annum MDCLXXX. Curâ & studio J. F. Foppens Brux. S. T. L. Metr. ac Prim. Eccl. Mechl. Canonici grad. ac Penit. in-4°. 2. vol. Bruss.* 1739. Se trouve à Paris, chez Briasson,

11. *Henrici Kinschotii Responsa, si-* VALERE *ve Concilia Juris, & alia opera; cura* ANDRE'. *Valerii Andreæ. Lovanii* 1533. *in-fol.*

12. *Fasti Academici studii Generalis Lovaniensis. Lovanii* 1635. *in-4°.* It. *Editio iterata accuratior & altera parte auctior. Lovanii* 1650. *in-40.* C'est une faute de n'avoir point mis de Table à cet Ouvrage, dont l'utilité diminue beaucoup par cette omission.

13. *Oratio auspicalis pro Bibliotheca Lovaniensi.* Dans *Erycii Puteani Auspicia Bibliothecæ publicæ Lovaniensis. Lovanii* 1639. *in-4°.* Ce discours fut prononcé le premier Octobre 1636. à l'ouverture de cette Bibliotheque.

14. *Joannis Rami J. C. Commentarii Methodici ad Regulas Juris utriusque; Tractatus de Analogia Juris & facti. Oratio Apologetica pro Jurisprudentia. Cura Valerii Andreæ. Lovanii* 1641. *in-4°.*

15. *Erotemata Juris Canonici. Coloniæ Agrip.* 1660. *in-12.* It. *Editio* 4a. *cum animadversionibus G. A. Struvic. Jenæ* 1709. *in-8°.*

V. *Valerii Andreæ Bibliotheca Belgica* p. 852.

FRANÇOIS JUNCTINI.

FRANÇOIS JUNCTINI, naquit à *Florence* le 7. Mars 1523.

Il entra de bonne heure dans l'Ordre des Carmes, où il fut ordonné Prêtre, & reçu Docteur en Théologie ; il passa même par les Charges & parvint à celle de Provincial.

Après avoir demeuré plusieurs années dans cet Ordre, il s'en dégoûta, & l'ayant abandonné, il vint en France, où il renonça même à la Religion Catholique. Mais les remontrances charitables de quelques personnes dévotes le remirent dans la suite en quelque maniere dans le bon chemin. Il abjura puliquement ses herésies dans l'Eglise de sainte Croix à *Lyon*, & il donna pendant quelque temps lieu de croire, qu'il avoit dessein de travailler à l'avantage de l'Eglise Catholique. Mais il ne songea pas à retourner dans son Ordre, ni à rétracter les Livres qu'il avoit composés sur l'Astrologie Judiciaire, pour laquelle il avoit une prévention extraordinaire. Il s'appli-

qua même juſqu'à la fin de ſa vie à cette prétendue Science

Il demeura preſque toujours à *Lyon*
depuis ſon arrivée en France , & il
y fut long-temps Correcteur d'Impri-
merie chez les *Junctes*. Il donna enſuite dans la Banque , fit le commerce
de papier , & prêta à interêt. Il amaſſa
par ce moyen ſoixante mille écus, dont
on ne trouva cependant rien après ſa
mort. Il avoit fait un legs de mille
écus aux *Junctes* ; mais cette marque
d'amitié ne leur ſervit de rien par l'en-
levement furtif de tout ce qu'il avoit
amaſſé.

Il mourut vers l'an 1590. âgé d'environ 67. ans.

Catalogue de ſes Ouvrages.

1. *Tractatus judicandi revolutiones*
Nativitatum. Lugduni 1570. in - 8°.
C'eſt le premier Ouvrage de ſa façon ,
que je connoiſſe. Il paſſa apparemment
vers ce temps-là d'Italie à *Lyon*.

2. *Franciſci Junctini ſpeculum Aſtro-*
logiæ , quod attinet ad Judiciariam ra-
tionem Nativitatum , atque annuarum
revolutionum. Ejuſdem Tabulæ reſolutæ
Aſtronomicæ de ſupputandis ſiderum mo-
tibus ſecundum obſervationes Nicolai Co-

R iij

F. Junc-
tini.

pernici, *Prutenicarumque Tabularum*
Lugduni 1573. *in-4°.* Avec de grandes
augmentations sous cet autre titre :
Speculum Astrologiæ, universam Ma-
thematicam Scientiam in certas classes
digestam complectens. Accesserunt Com-
mentaria absolutissima in duos posteriores
Quadripartiti Ptolemæi libros, innumeris
observationibus referta, & certissimis
Aphorismis [quatenus ex siderum posi-
tione liceat Christiano more aliquid con-
jicere] ex probatissimorum Astrologorum
scriptis depromptis, insignita. Lugduni
1581. *in-fol.* deux vol.

3. *Commentaria in Sphæram Joannis*
de Sacro Bosco accuratissima. Lugduni
1578. *in-8°.* pp. 597. Le Commentaire, qu'on voit ici, ne regarde que
les deux premiers chapitres de l'Ouvrage ; l'Épître est datée de *Lyon* le 1.
Juin 1577. & c'est cette année que
ce Commentaire parut, quoiqu'on y
ait mis par anticipation 1578.

4. *Commentaria in tertium & quar-*
tum Capitulum Sphæræ Joannis de Sa-
cro Bosco. Lugduni 1577. *in-8°.* pp.
476.

5. *Sphæra Joannis de Sacro Bosco*
emendata à Fr. Junctino, qui etiam in

rapite libri adjunxit Principia Geometri- F. JUNC-
va ad cognitionem Sphæricorum Elemen- TINI ,
torum neceffaria , ex variis Authoribus
decerpta. In calce libri habes fcholia Eliæ
Vineti. Lugduni , apud Philippum Tin-
ghium , Florentinum 1578. *in-*8°. pp.
107.

6. *Difcours fur ce que menace devoir*
advenir la Comete apparue à Lyon le 12.
de ce mois de Novembre 1577. *laquel-*
le fe voit encore à préfent. Par M. Fran-
çois Junctini , grand Aftrologue & Ma-
thématicien. Lyon François Didier 1578.
*in-*8°. It. *Paris , Gervais Mallot* 1577.
*in-*8°. pp. 16. Dans ce Difcours daté
de *Lyon* le 13. Novembre 1577. l'Auteur fuperftitieux en toutes manieres
prétend que les Cometes préfagent
des malheurs & des difgraces.

7. *Synopfis de reftitutione Calendarii.*
Lugduni. 1579. *in-*8°.

8. *Tractatio utilis & lectu digna de*
Cometarum caufis, effectibus, differentiis,
& eorumdem proprietatibus ex Fr. Junc-
tini voluminibus excerpta. Lipfiæ 1580.
*in-*8°. pp. 41. Ouvrage publié par une
perfonne auffi fuperftitieufe que lui.

9. *Defenfio bonorum Aftrologorum de*
Aftrologia Judiciaria , adverfus calum-

F. JUNC-
TINI.

niatores : *in qua simul declaratur quæsit si tista divinatio , & quomodo ab illicitis divinationibus differat.* Dans un Recueil intitulé : *De divinatione quæ fit per Astra diversum ac discrepans duorum Catholicorum S. Theologiæ Doctorum Judicium. Coloniæ* 1580. *in - 8°.* Depuis la p. 1. jusqu'à la p. 61.

10. *Discorso sopra il tempo dello innamoramento del Petrarca. Con la sposizione del sonetto* : Gia fiammegiava l'amorosa stella. *Per Francesco Giuntini. In Lione* 1580. *in-8°.* It. dans l'Edition des Poësies de *Petrarque* faite à *Venise* en 1585.

11. *Discours sur la Réformation de l'An* , faite par le Pape *Gregoire XIII. Avec les causes pour lesquelles ont été ôtez dix jours & le nombre d'Or. Lyon Benoist Rigaud* 1582. *in 8°.*

12. *Ephemerides Joannis Stadii. Quibus schemata & prædicationes annorum Mundi & Eclipsium Luminarium accesserunt ; auctore Franc. Junctino. Lugduni , Phil. Tinghi.* 1585. *in 4°.* L'Epître Dédicatoire de *Junctini* est datée de *Lyon* le 17. Juin 1584.

V. Possevini Bibliotheca Selecta tom. 2. *lib.* 15. *cap.* 15. *Nicolai Angeli Ca-*

ferrii Synthema Vetuftatis p. 58. *au* 7e. F. Junc-
Mars. Bayle , *Dictionnaire. Jules Ne*-TINI.
gri , *Iftoria de' Scrittori Fiorentini.* Ce
que cet Auteur en dit , eft très-impar-
fait , & rempli de fautes groffieres.

PATRICE ADAMSON.

PATRICE ADAMSON , naquit P. Adam-
vers le 15. Mars 1536. à *Perth* ,
Ville d'Ecoffe. *Wilfon* , fon gendre ,
dit dans fa vie qu'il étoit d'une honnête famille , *Parentibus ingenuis &
ftirpe honefta natus* ; un autre Auteur
fpécifie plus les chofes , & nous apprend qu'il étoit fils d'un Boulanger ,
nommé *Patrice Conftan* , dont il quitta le nom , lorfqu'il vint en France ,
pour prendre celui d'*Adamfon*.

Il fit fes premieres études dans fa
patrie , & paffa enfuite à l'Académie de *S. André* , où il fe perfectionna dans les Belles-Lettres , & s'appliqua à la Philofophie.

Il y enfeigna enfuite lui-même les
Humanités pendant quelques années ,
jufqu'à ce qu'il vint en France. L'Auteur Anonyme de fa vie , qui a pris à

P. Adam-tâche de le décrier, dit qu'il fut pen-
SON. dant quatre ou cinq ans Pasteur de l'E-
glise de *Sire*, mais que son revenu
ne pouvant suffire à ses débauches, il
abandonna son troupeau pour passer
en France ; *Wilson* ne rapporte rien
de cette particularité, qu'on peut regarder du moins comme douteuse.

Il passa en France avec *Jacques*
Mackgill, fils aîné d'un Seigneur E-
cossois, qu'il y conduisit en qualité
de Précepteur. Il passa deux années à
Paris, & employa ce temps à differentes études. Il alla ensuite à *Poitiers*,
où il se donna à la Jurisprudence, à
laquelle il alla après s'appliquer à *Pa-*
doue.

Revenant en France, il passa à *Ge-*
neve & s'y donna quelque temps à la
Théologie sous *Théodore de Beze*. Enfin après sept années d'absence, il se
rendit à Paris ; mais les troubles qui
y regnoient ne lui permettant pas d'y
demeurer, il se retira à *Bourges*, où
il se tint caché pendant sept mois.

C'est ainsi que *Wilson* raconte ses
voyages, qui sont traités de fabuleux
par l'Anonyme ; lequel prétend qu'il
n'alla pas plus loin que *Bourges*, où

fe terminerent toutes fes courfes. P. ADAM-

Wilfon dit tout de fuite, que s'é-SON.
tant retiré heureufement en Ecoffe,
il fut fait Archevêque de *S. André*
l'an 1576. l'Anonyme fait préceder
fon élevation à l'Epifcopat par les
particularités fuivantes. Il dit qu'arrivé en Ecoffe avec une légere teinture
de la Jurifprudence, il fe deftina au
barreau, & époufa la fille d'un Avocat; mais que ne réuffiffant point dans
cette Profeffion, & defefperant de
pouvoir la faire d'une maniere honorable & lucrative, il l'abandonna, &
revint au Miniftere; qu'on lui donna
par l'entremife d'*André Hay* la conduite de l'Eglife de *Pafle*, qu'il quitta dans la fuite pour s'introduire à la
Cour en qualité de Prédicateur, &
qu'il y fit fi bien qu'il parvint à l'E-
pifcopat.

Les differends des Epifcopaux & des
Prefbyteriens d'Ecoffe lui cauferent
bien des embarras & des chagrins.
Ceux-ci ayant eu le deffus, *Adamfon* fut obligé de retracter tout ce qu'il
avoit avancé jufques-là en faveur de
l'Epifcopat, & l'on a trois Actes fur ce
fujet, fignés de lui, & datés, les deux

F. ADAM-
SON.

premiers du 8. Avril 1591, & l'autre
du 10. Juin suivant.

Il ne survécut pas long-temps à cette démarche, & mourut la même année 1591. *Wilson* met sa mort vers le
15. Mars 1591. mais cette date ne
peut subsister avec celle des Actes que
le Synode Presbyterien l'obligea de
signer, & il doit y avoir faute, de même que dans ce qu'il ajoute qu'il étoit
alors âgé de 54. ans ; suivant son calcul *Adamson* devoit avoir alors 55.
ans.

Il laissa quelques enfans, & une
de ses filles épousa *Thomas Wilson*,
qui a écrit sa vie.

Catalogue de ses Ouvrages.

*Patricii Adamsoni Poëmata sacra,
cum aliis opusculis, studio ac industria
Thomæ Voluseni J.C. expolita & recognita. Londini. 1619. in-4°. Thomas
Wilson* est l'Editeur de ces Ouvrages
de son beau-pere, où il s'est caché
sous le nom de *Volusenus.* Ceux qu'on
trouve ici sont les suivans.

1. *Jobus, sive de Constantia liber* pp.
102. C'est un Poëme, qu'*Adamson*
composa à *Bourges* en 1572.

2. *Threnorum, sive Lamentationum*

Jeremiæ Propheta libellus, latino carmi- P. ADAM-
ne redditus pp. 19. Ce Poëme eſt de ſon.
l'an 1590.

3. *Apocalypſis S. Joannis Theologi,*
Latino carmine reddita pp. 57. Cette
verſion eſt datée du 1. Mai 1590.

4. *Ser. Principis, Henrici Stuardi,*
Illuſtriſſimi *Heroïs & Reginæ Mariæ*
ampliſſimæ filii Genethliacum à Patricio
Adamſono Parſiis conſcriptum & ibidem
typis audacius 25. *Junii ſexto à partu*
die 1566. pp. 11. Cette piece de vers
ſur la naiſſance de *Jacques VI.* Roi
d'Ecoſſe, a été réimprimée à *Amſter-*
dam en 1637. *in-*8°.

5. *Cathechiſmus Latino Carmine red-*
ditus, & in libros quatuor digeſtus. feuil.
36. daté du 15. Fevrier. 1572.

6. *De Papiſtarum ſuperſtitionibus inep-*
tis Carmen. Daté du 29. Août 1564.

7. *Confeſſio fidei & doctrinæ per Ec-*
cleſiam Reformatam Regni Scotiæ recep-
tæ; exhibitæ Ordinibus Regni ejuſdem
in publicis Parliamenti, ut vocant,
comitiis, & eorum communi conſenſu
approbatæ, uti certiſſimis fundamentis
verbi Dei innixæ & conſentaneæ ; per
Patricium Adamſonum deſcripta anno
1572. Cette piece eſt en Proſe.

8. *Selectiora quædam ex aliis permul-
tis Epigrammata.*

Ce sont-là toutes les piéces de ce Recueil dont les titres particuliers font
datés de l'année 1618. quoique le Général le soit de la suivante. Il faut
parler maintenant des autres Ouvrages
d'*Adamson.*

9. *De Sacro Pastoris munere tractatus brevis & accuratus ; opera Thomæ
Voluseni , J. C. recognitus & expoli-
tus. Londini* 1619. *in-*8°. pp. 76. *Wilson*, qui a pris encore ici le nom de
Volusenus , y a joint la vie de son beau-
pere.

10. *P. Adamsoni Palinodia.* Inserée
avec la vie d'*Adamson* à la suite d'*A-
melvini* Musæ. 1620. *in-*4°. pp. 45.
56. Cette Palinodie renferme les trois
Actes , dont j'ai parlé ci-dessus , que
l'Editeur a traduits de l'Anglois.

11. *Déclaration des Intentions du Roi
sur les derniers Actes du Parlement* (en
Anglois) *Edimbourg* 1584. *in-*4°. Il
retracte dans le troisiéme des Actes
marqués au n°. précedent cet Ouvrage , qu'il avoue être de lui.

*V. Sa vie par Wilson , & par l'Au-
teur Anonyme.*

NICOLAS GURTLER.

NICOLAS GURTLER ; né à
Bafle en Suiffe le 8. Décembre N.GURT-
1654. étoit fils aîné de *Nicolas Gurt-* LER.
ler Marchand , dans la même Ville ,
& de *Jeanne Coxe* (*Coccia*) fille, petite,
fille , & arriere - petite fille de Miniftres.

Les parens de *Nicolas Gurtler* dont
nous écrivons la vie , eurent un grand
foin de fon éducation ; il fit fes premieres études auprès d'eux & fut reçu
Maître ès Arts dans l'Académie de
Bafle fur la fin du mois de Juin 1672.

Il y étudia enfuite en Théologie
pendant quatre ans avec beaucoup d'af-
fiduité fous les Illuftres Profeffeurs
Jean-Rodolphe Weftein, *Jean Zuinger* ,
& *Pierre Werenfelz*, & y prit les leçons
de la Théologie Polemique , ou des
Controverfes , fous *Luc Garnler* auffi
Profeffeur & Pafteur de la même Ville,
qui lui aida particulierement à y faire
fes épreuves Académiques , dans lefquelles il fe diftingua fi fort , que dès
la troifiéme année de fes études de
Théologie , pendant les vacances que

N. Gurt-
ler.

les Profeſſeurs de cette Académie
prennent l'Eté, on lui confia le ſoin
d'y faire en leur place les leçons publiques de Théologie, dont il s'acquitta avec ſuccès. En ſorte qu'au mois
de Mars 1676. il fut approuvé &
reçu Miniſtre, après avoir ſoutenu a-
vec diſtinction ſa Theſe ordinaire,
dont la matiere fut *de l'Ordre des Dé-
crets de Dieu*; ayant pour préſident
Claude Werenfelz. Il commença enſuite à prêcher lorſque l'occaſion ſe préſen-
toit, & continua avec ferveur ſes études
principalement ſur l'Ecriture Sainte.

En 1678. il fit un voyage à *Geneve*
pour y entendre les Profeſſeurs de cette
Ville, & ſuivit quelque temps les leçons de *François Turretin*; delà il fit
un voyage en France & ſe rendit à
Saumur. L'Académie de cette Ville
avoit perdu en 1664. les célébres Profeſſeurs *Amyrault* & *Capel*, & *Joſué la
Place*, en 1665. & étoit regie par
Philippon d'Hauicourt, auſſi célébre
Profeſſeur en Théologie, dont *Gurtler* prenoit attentivement les leçons,
& qui depuis, par un hazard aſſez
ſingulier, après la diſperſion de l'A-
cadémie de *Saumur* ſe trouva ſon
Collegue

Collegue dans l'Académie de *Franc-* N. Gurt-
ker, où *Gurtler* fut appellé pour y LER.
profeſſer la Théologie avec lui.

Après que *Gurtler* eut employé environ ſix mois à ſon voyage de France, il revint à *Baſle* ſa patrie, où il
s'occupa à donner des leçons particulieres de Théologie, de Philoſophie,
d'Hiſtoire à de jeunes Etudians. Son
mérite ayant été bien tôt connu en
Allemagne, il fut appellé à *Herborn*
en 1685. pour y avoir ſoin des Ecoles, & y être Profeſſeur ordinaire d'E-
loquence & de Philoſophie : il ne né-
gligea point cependant la Théologie,
qui étoit ſon étude favorite ; en ſorte
que deux ans après, il fut fait Profeſſeur en ſecond de Théologie à *Ha-*
nau près de *Francfort*, où il fut appellé. L'année ſuivante, il parut avec distinction à l'Académie d'*Heidelberg*
dans les Diſputes & Diſcours publics
du troiſiéme Jubilé de cette Académie. M. *Louis-Jean Fabricius*, Paſteur,
& Profeſſeur en Théologie, Conſeil-
ler intime à la Cour d'Heidelberg,
conçut tant d'eſtime pour *Gurtler*,
qu'il s'employa beaucoup à lui pro-
curer une Chaire dans cette Ville ;

Tome XLI. S

N. GURT-
LER.

mais les conjonctures ne le permirent point alors.

Gurtler publia en 1691. pendant qu'il étoit à *Hanau*, son Histoire des Templiers, dont il donna une seconde Edition en 1702. avec des augmentations.

Ce fut dans la même Ville qu'en 1693. il épousa *Anne - Madeleine Baron*, veuve de *Jean - David de Philippe*, Médecin de ladite Ville, dont elle n'avoit eu qu'un fils qui vécut peu, & de son second mariage avec elle, notre Auteur a eu deux fils, Nicolas & Frederic, & une fille nommée Marie.

En 1696. Gurtler alla s'établir à *Brême*, où il étoit appellé pour être premier Professeur en Théologie & Recteur de l'Académie ; il y resta trois ans & demi, après lesquels trouvant cet emploi trop fatiguant, il accepta les offres avantageuses de la Ville de *Deventer*, qui le nomma Professeur en Théologie : il exerça cet emploi près de huit ans & fut ensuite appellé en 1705. à la Chaire de Théologie de *Franeker* en Frise, où deux ans après, par une distinction rare & particulie-

re, on lui augmenta de moitié ses
appointemens.

Il avoit publié à Basle en 1682. un
Dictionnaire Latin, Allemand, Grec
& François, lequel avant 1711. avoit
déja été imprimé trois fois.

Environ l'année 1707. il publia ses
Origines Mundi * dont il prétendoit
donner une deuxiéme Edition plus
parfaite, s'il n'avoit été prévenu par
la mort.

Tandis qu'il demeuroit à *Hanau* il
publia en 1694. un Corps ou Systême de
Théologie sous ce tirre ; *Institutiones
Theologicæ, quibus fundamenta reformatæ religionis ordine naturali succinctis
positionibus traduntur, Scripturæ Sacræ
testimoniis probantur, Consensu veteris
Ecclesiæ confirmantur, adversus placita
dissentientium summa fide ipsorum verbis
relata vindicantur, & ad pietatem &
consolationem ubique applicantur.* Cette
Edition parut *in-4°.* chez *Westein* ; les
Acta Eruditorum Lipsiensia en firent
un bon Extrait dans le mois d'Août
de ladite année, pag. 346. & suivantes.

L'on peut dire à la louange de cet
Auteur qu'il a dans ce Livre rempli ce

* Se trouve à Paris, chez Briasson.

S ij

qu'il y promet par le titre, en y expliquant la Théologie suivant la méthode des Coccéïens ; c'est-à-dire,
en suivant les differentes œconomies
des alliances de Dieu avec les hommes, & y expliquant les Types de l'Ancien Testament. L'on y voit régner
une grande équité en rapportant au
long & avec exactitude les passages
des adversaires qu'il y combat, ce qu'il
fait toujours avec douceur ; mais ce
qui est encore plus estimable dans ce
Livre, c'est la grande pieté que l'Auteur y marque par-tout ; puisque tous
ses Chapitres finissent par des reflexions & des méditations pour porter
ceux qu'il enseigne, à la sainteté & à
la vertu, qui est la vraye maniere
d'enseigner la Théologie, & doit être
un exemple pour tous les Professeurs
de cette Science, puisque la Théologie doit moins être employée à nous
rendre sçavans qu'à nous rendre Saints.
C'est ainsi, qu'en ont usé les Apôtres
lorsque par leurs Prédications & leurs
Ecrits ils ont annoncé, & enseigné la
Religion.

Ce Livre que Gurtler dit avoir com-
mancé & achevé dans l'espace de trois

ans & demi , ayant beaucoup contri- N.GURT-
bué à faire connoître le mérite de LER.
l'Auteur , les *Weſteins* en donnèrent
une ſeconde Edition à *Amſterdam* ; &
la troiſiéme a été imprimée à *Hall* en
1721. après la mort de l'Auteur , par
les ſoins de ſon fils aîné , qui y a joint
l'Oraiſon funebre de ſon pere faite
dans l'Académie de *Franeker* par M.
Jean Vanderwaeyen le jeune , Docteur
& Profeſſeur en Théologie , le 9. Octobre 1711. L'on a ajouté auſſi quelques
notes à cette Edition , que l'Auteur a-
voit laiſſées à ſon fils , qui a mis à tout
l'Ouvrage une ample Table , & qui a
promis au public de lui donner deux
Ouvrages que ſon pere lui a laiſſé en
manuſcrits , qui ſont *Exegeſis analytica in textus nonnullos propheticos veteris Teſtamenti* , & une explication du
Catéchiſme d'*Heidelberg* qu'il dictoit
à ſes Ecoliers. L'on eſt perſuadé que
le public recevra favorablement ces
Ouvrages. En 1731. l'on a fait une
troiſiéme Edition du Livre ci-deſſus
à *Marpurg* , chez *Philippe Caſimir
Muller* , laquelle Edition , ſi l'on s'en
fie au titre , eſt beaucoup augmentée ,
variis acceſſionibus aucta. Comme l'on

N. GURT-LER.

n'a pas vû encore cette Edition dont il est fait mention dans la Republique des Lettres de 1732. Tome premier pag. 120. L'on ne sçait si ces additions annoncées dans le titre concernent le corps de l'Ouvrage, ou si ce titre regarde seulement un abregé de Théologie de Mathias Martinius, qu'on a joint à l'Ouvrage Latin de Gurtler, sous ce titre *Mathiæ Martinii Epitome sanctæ Theologiæ methodice disposita.* M. J. Fabricius Professeur à *Helmstad* dans le premier Tome du Catalogue raisonné de sa Bibliotheque qu'il a commencé de publier à *Wolfembutel* en 1718. remarque que notre *Nicolas Gurtler* engagea les Libraires de *Francfort* à réimprimer les *Critici Sacri* d'Angleterre qui étoient fort chers, & à y ajouter un Supplément, dont Gurtler se chargea de faire le Recueil, & la Préface; ce qu'il exécuta; & cette Edition de *Francfort* parut en 1696. en neuf volumes *in-folio*, les Imprimeurs ayant réduit en sept vol. l'Edition d'Angleterre qui est en neuf, & les 8e. & 9e. vol. comprirent le Supplément des Traités qu'on ajoutoit à cette Edition, & qui ne se trouvent pas dans celle d'Angleterre.

Il fit part au public en 1698. de ſon *Explicatio brevis vocum Typico-propheticarum*, dont il alloit donner une ſeconde Edition fort augmentée, lorſqu'en 1711. la mort l'enleva.

En 1702 il fit imprimer *Vaticinio-rum & Oraculorum divinorum Syſtema*; Livre qu'on dit être eſtimé des connoiſſeurs. L'on a de lui quelques Diſ-ſertations ſur differens Paſſages de l'Ecriture & ſur quelques matieres de Théologie, tels ſont ſes *Dialogi Eu-chariſtici*, qu'il compoſa en 1699. & ſes *Sani Sermones*, qu'il avoit com-poſé & donné au public deux ans avant ſa mort, pour ſervir à l'uſage des Ecoles particulieres. L'on a encore de lui en cinq feuilles ſeulement, où il ne mit pas ſon nom, *Idea doctrinæ de conſcientia*, qui étoit le projet d'un grand Traité qu'il prétendoit donner au public. Il n'a pas mis ſon nom pareil-lement à *l'Hiſtoire de l'Egliſe de France* qu'il a publié en Allemand, non plus qu'à *la Défenſe du Catechiſme d'Heidel-berg*, & particulierement de l'article 80. qu'il compoſa & publia à la priere des Théologiens de cette Univerſité:

N. Gurt-
LER.

sur-tout de Messieurs *Fabrice* & *Miege* , lors des toubles qui s'éleverent en 1697. dans l'Université & dans les Eglises du Palatinat touchant cet article 80. dudit Catechisme. Où l'on croyoit que ce Catechisme s'exprimoit trop fortement sur le Sacrifice de la Messe , & dont on vouloit faire adoucir les expressions.

Au commancement du mois de Juin 1711. Gurtler ayant fini le temps de son Rectorat dans l'Académie de *Franeker* , dont il avoit parfaitement rempli les fonctions , il fit, suivant la Coutume, un discours qui n'a pas été imprimé , dont le sujet fut *de Corporum & spirituum hominumque & Angelorum harmonia divina , in terra & in Cœlo.*

Peu après ce Discours public , qui a été le dernier qu'il ait fait , il tomba malade : sa maladie ne parut point d'abord dangereuse, mais quoiqu'il fût naturellement d'un bon temperament, l'ayant depuis long-temps alteré par une trop grande application à l'Etude, il mourut d'épuisement entre les bras de sa famille, regretté de tous ceux qui le connoissoient, le 28. Septembre 1711.

1711. âgé de 57. ans neuf mois & dix jours. M. *Wanderweyen* son Collegue, comme nous l'avons remarqué, & qui ne lui a survécu que de quelques années, fit son Oraison funebre de laquelle nous avons tiré la plus grande partie des particularités rapportées ci-dessus.

* *Ce Mémoire a été communiqué par un sçavant d'un mérite rare & distingué, qui demeure en Bourgogne.*

JEAN BESLY.

JEAN BESLY, naquit l'an 1572. à *Fontenay-le-Comte*, ville du Poitou.

Il fit ses études d'Humanités & de Philosophie à *Poitiers*, & passa ensuite à *Toulouse*, où il s'appliqua à la Jurisprudence.

De retour à *Fontenay*, il suivit le Barreau, & s'y distingua dans la Profession d'Avocat. Son mérite & sa capacité lui procurerent un mariage avantageux, & il épousa *Catherine Brisson*, parente du fameux *Barnabé Brisson*.

Cette femme étant morte, il traita de la Charge d'Avocat du Roi au Siége Royal de *Fontenay*, & s'y fit recevoir. Après quoi il épousa en secondes noces *Claudine Bolé*.

Tome XLI. T

J. BESLY. Il fut député par la Province en 1614. aux Etats qui se tinrent cette année à *Paris*, & il profita de cette occasion pour faire connoissance avec les Sçavans les plus illustres qui y vivoient alors.

Se sentant chargé d'années & tourmenté par les douleurs de la pierre, il se démit de sa Charge d'Avocat du Roi en faveur de *Jean Besly* son fils, & obtint la qualité d'Avocat du Roi honoraire.

Il mourut à *Fontenay* le 18. Mai 1644. âgé de 72. ans. Le P. *le Long*, s'est trompé en mettant sa mort en 1641.

Il étoit fort versé dans les Antiquités de France, & ce que nous avons de lui fait voir qu'il étoit un Historien exact, profond, & judicieux.

Catalogue de ses Ouvrages.

1. *Commentaire sur les Hymnes de Ronsard.* On a eu tort de dire dans le Supplément du *Morery* de l'an 1735. que ce Commentaire n'avoit point paru. Il a été imprimé avec les Oeuvres de *Ronsard. Paris* 1604. *in - 12.* & quelques autres fois.

2. *Généalogie des Comtes de Poitou & Ducs de Guyenne. Paris* 1617. *in-fol.* en une feuille.

3. *Evêques de Poitiers, avec les preu-* J. BESLY.
ves. Paris 1647. *in-*4°. pp. 273. Cet
Ouvrage a été publié par J. *Besly* son
fils, aussi-bien que le suivant.

4. *Histoire des Comtes de Poitou &*
Ducs de Guyenne, contenant ce qui s'est
passé de plus mémorable en France depuis
l'an 811. *jusques au Roi Louis le jeune*
vérifiée par titres & par anciens Histo-
riens. Ensemble divers Traités Histori-
ques. Paris 1647. *in-fol.* Cette Histoire, à laquelle *Besly* a travaillé pendant quarante ans, a été revûe par
Pierre du Puy, comme il est marqué
dans la Préface. Les Pieces qui l'ac-
compagnent, & qui en font la seconde partie, sont les suivantes.

Préface sur la Table de la Généalogie
des Comtes de Poitou & Ducs de Guyen-
ne, publiée l'an 1617.

Ducs de Guyenne sous la première lignée
des Rois de France avec les preuves.

Rois de Guyenne depuis l'an 778.

Du Duc Hugues, dit l'Abbé, fils de
Charlemagne.

La vraye origine de Hugues Rois d'I-
talie, contre Gaspar Scioppius.

Nota in Stemma Gonzagicum Casp.
Scioppii.

J. BESLY. *Traité par lequel il est prouvé de quelle Lorraine Charles fils du Roi Louis d'Outremer étoit Duc.*

De Philippe I. Roi de France, de son mariage avec Bertrade de Montfort, comme il fut excommunié pour adultere, & absous avec condition.

Empeschemens du Mariage du Roi Philippe I. & de Bertrade de Montfort.

Premier Traité de la clause Regnante Christo, qui se trouve en la date de plusieurs titres, avec les preuves.

Second Traité de la clause, Regnante Christo, s'il est vrai que durant l'excommunication de Philippe I. On datoit les Actes publics. Regnante Propheta Jesu, ou Regnante Christo.

Remarques sur les Mémoires & Recherches de France & de la Gaule Aquitaine, qu'on attribue faussement au sieur de la Haye.

De l'Origine du mot de Roture & Roturier. Lettre sur le mot de Podium fagi.

5. Fragment d'une Lettre à *André du Chesne* écrite de *Fontenay* le 26. Juin 1617. Elle se trouve à la tête de Oeuvres d'*Alain Chartier*, publiées par *du Chesne*, à *Paris* 1617. in-4°.

6. *Præfatio ad Petri Tudebodi Sacer-*

dotis Sivracenſis Hiſtoriam de Hieroſo- J. MAG-
lymitano itinere. Dans le quatriéme GIO.
Tome des Hiſtoriens de France de *du
Cheſne.*

7. Lettre à M. l'évêque de *Poitiers*
ſur une inſcription, qui eſt à la clef de
la voûte du Chœur de l'Egiſe Cathédrale de cette Ville. Elle ſe trouve à la
ſuite des *Annales d'Aquitaines* de *Jean
Bouchet,* dans l'Edition de 1644. *in-fol.*

8. On voit un Sonnet de ſa façon
à la tête de l'*Hiſtoire Généalogique de
la Maiſon de France* , par *MM.* de
Sainte-Marthe.

9. Il a fait à la louange de *Nicolas
Rapin* dix vers François meſurés, qui
ont été inſerés dans le ſecond Livre
des vers meſurés de ce Poëte. On y
reconnoît ſans peine que la Poëſie n'é-
toit pas le talent de *Beſly.*

V. Joannis Beſlii Elogium , *Actore
Nicolao Marquino* , *Fonteniacenſi Juri-
dico.* Il a été imprimé à part *in-fol.* pp.
3. & mis depuis à la tête de l'*Hiſtoire des Comtes de Poitou.*

JUNIEN MAGGIO.

JUNIEN *MAGGIO* , en Latin
Junianus Maius , étoit natif de

T iij

J. Mac- de Naples & Gentilhomme.

gio.   Ayant pris du goût pour les Belles-Lettres, ils les enseigna dans sa Patrie vers la fin du 15. Siécle, & contribua beaucoup par ses leçons & par ses Livres à rétablir le bel usage de la langue Latine ; c'est la louange que *Sabellicus* lui a donnée. Il forma un grand nombre de disciples, entr'autres le fameux *Sannasar*, & *Alexandre ab Alexandro*.

Il se mêla aussi d'expliquer les songes & se distingua encore davantage parlà. Tous les matins sa maison étoit pleine de gens, qui lui alloient dire leurs songes, pour en apprendre l'interprétation, & il se trouvoit parmi eux des personnes de consideration. Il leur répondoit, non point d'une maniere ambigue & en peu de mots, comme font ordinairement ceux qui se mêlent de ce métier, mais clairement & amplement. Si l'on en croit *Alexandre ab Alexandro*, qui rapporte ceci, toutes ses réponses étoient comme des Oracles, & plusieurs personnes en s'y conformant se sont garantis de la mort & ont prévenu de grands chagrins, *Sannasar* en parle sur le même ton dans une de ses Elegies adressée

à *Maggio ;* mais *Martin Delrio ,* ſi J. MAG-
crédule d'ailleurs , traitant des ſonges GIO.
dans ſes *Diſquiſitiones Magicæ ,* regarde toutes ſes prédictions , comme des
jeux d'eſprit , auſquels la crédulité
ſeule pouvoit ajouter foi.

Au reſte on ignore les particularités
de ſa vie , & le temps de ſa mort.

Catalogue de ſes Ouvrages.

1. *Juniani Maii Parthenopei ad in-
victiſſimum Regem Ferdinandum Liber
de priſcorum proprietate verborum. Editum opus ſub Ferdinando Rege inclytæ
Neapolis. Impreſſere Matthias Moravus impreſſor ſolertiſſimus , & venerabi-
lis Monachus Blaſius Theologus. Opus
edidit Junianus Maius, cum annus ſæcu-
laris celebraretur , orbis fere terrarum
hominum inſolentia præter Italiam bello
turbulentiſſimus eſſet* 1475. *in-fol.* Cette
édition eſt fort belle & fort correcte.
On voit à la tête une Epître Dédicatoire de *Maggio* à *Ferdinand* I. Roi
de *Naples* , & une autre à la fin à *Henri ,* Archevêque d'*Acerenza* & Con-
feſſeur de ce Prince. It. *Tarviſii , Ber-
nardus de Colonia* 1477. *in-fol.* It. *Ibid.
Bartholomæus Confalonerius Brixienſis ,
impreſſor ſolertiſſimus impreſſit pridie Cal.*

J. Mag-
gio.

Aprilis 1480. *in-fol.* Cette édition eft
précedée d'une Epître de *Bartholomæus
Parthenius Gir. Francifco Throno Ludo-
vici F. Patritio Veneto* ; dans laquelle
il marque , qu'il a fait plufieurs additions à cet Ouvrage , & qu'il y a joint
les mots Grecs , qui manquoient aux
éditions précedentes. It. *Venetiis , per
Octavianum Scottum , III. Nonas Junii*
1482. *in-fol.* It. (*Neapoli*) 1490. *die*
23. *Februarii in-fol.* Avec la feule Epître au Roi *Ferdinand.* Cette édition
eft fort peu correcte. L'Ouvrage eft
un Dictionnaire Latin , dont les mots
font difperfés par ordre alphabetique.
On croit qu'il a pillé celui que *Chalcidius* le jeune qui enfeignoit les Belles-Lettres à *Rome* , avoit compofé
quelque temps auparavant , & que
c'eft de lui que *Volaterran* a voulu
parler dans le 21. Livre de fes *Commentarii Urbani* , lorfqu'il a dit :
*Chalcidius Græcorum non erat ignarus ,
nec imperitus Grammaticus , attamen
infans & abfque genio. Dictionibus in
primis invigilabat, Lexiconque condide-
rat , quod obitu ipfius fuperveniente
Jovinianus ejus difcipulus fibi vindicavit.*
D'un autre côté *Toppi* remarque que

Calepin a beaucoup profité du Livre de *Maggio*.

J. MAG-
GIO.

2. *Opus Epistolarum C. Plinii Ju-
nioris. Neapoli* 1476. *mense Julii Im-
pressit Matthias Moravus. Recognovit
Junianus Maius Rhetor publicus, summa cura summaque diligentia. in-fol.*

3. *Epistola ad Robertum Salviatum.*
Cette Lettre, qui est datée de *Naples* le
4. Juin 1490. se trouve parmi les œuvres de *Jean Pic de la Mirandole* p. 276.
de l'édition de *Basle* de 1601.

*V. Tritheme de scriptoribus Eccle-
siasticis. Toppi Bibliotheca Napolitana ,
& les additions de Nicodemo. Bayle ,
Dictionnaire.*

MARIO EQUICOLA.

M
ARIO EQUICOLA , étoit
natif d'*Alveto* , Bourg de l'A-
bruzze ; pays qu'il croyoit faussement
être celui des Peuples, nommés ancien-
nement *Æquicoli* , dont il a pris pour
ce sujet son nom d'*Equicola. Leandre
Alberti*, qui n'a fait attention qu'à ce
nom , l'a fait naître dans la Campa-
gne de *Rome* , quoiqu'il n'y ait point

M. EQUI-
COLA.

M. Equi-
cola.

de bourg appellé *Alveto.*

On ignore toutes les particularités de sa vie. *Bandel,* qui parle souvent de lui avec éloge, nous apprend, qu'il avoit été Précepteur & Secretaire d'*Isabelle d'Est,* femme de *François de Gonzague,* II. du nom, Marquis de *Mantoue.* C'est tout ce que nous sçavons de lui.

M. *de la Monnoye* dans ses notes manuscrites sur les Bibliotheques Françoises doute fort qu'il ait vécu au delà de 1520. & même qu'il ait été jusqu'à cette année ; mais son doute est mal fondé. Il vivoit encore en 1524. puisqu'on a une Lettre de *Celio Caleagnimi* du 10. Janvier de cette année, qui lui est adressée. C'est la 13e. du 8e. Livre.

Catalogue de ses Ouvrages.

1. *D. Isabella Estensis, Mantuæ Principis Iter in Galliam Narbonensem. per Marium Æquicolam. In-4°.* sans date ni nom de lieu.

2. *Epistola ad Maximilianum Sfortiam Mediolani Ducem de liberata Italia* 1513. *in-4°.*

3. *Chronica di Mantoua in-4°.* sans date ; mais apparemment de l'année

1521. puifque la Chronique y finit. M. EQUI=
It. Sous cet autre titre : *Dell' di Man-* COEA.
toua libri cinque fcritta in Commentarii
da Mario Equicola d'Alveto ; Riforma-
ta fecondo l'ufo moderno di ferivere Ifto-
rie per Benetto Ofanna , Mantuano.
2ᵃ. *impreffione. In Mantoua* 1608. *in-*
4°. pp. 305.

4. *Marius Æquicolus de Opportuni-*
tate. Neapoli 1507. *in-* 4°. C'eft un
Dialogue , à la tête duquel on voit
cette infcription. *Maius Æquicolus*
Olivetanus Eutyco Auguftino Nipho
Sueffano,. L'Auteur prend ici la qualité d'*Olivetanus*, parce qu'*Alveto*, dont
il étoit natif , s'appelloit auffi *Olive-*
tum , à caufe des Oliviers , dont le
pays étoit rempli.

5. *Libro di Natura d'Amore. In Ve-*
netia 1526. *in-8°*. It. *Riftampato & cor-*
retto. Ibid. 1536. *in-8°*. It. *Di nuovo*
con fomma diligenza riftampato , è cor-
retto da M. Lodovico Dolce. In Vine-
gia 1554. *in-*12. It. *Ibid.* 1562. 1583.
*in-*12. It. en François, fous ce titre : *Les*
fix Livres de Mario Equicola d'Alveto
de la nature d'Amour tant humain ,
que divin , & de toutes les differences
a'icelui ; mis en François par Gabriel

Chappuys. Paris 1584. *in-*8°. & 1589.
*in-*12. & *Lyon* 1598. *in-*12.

6. *Epistola Eloquentissimi Oratoris ac Poëtæ Clarissimi D. Marii Æquicolæ in sex linguis in-*4° pp. 5. C'est une Lettre, écrite d'abord en trois sortes de Latin, datée de *Mantoue* le 22. Novembre 1512. & en suite en trois sortes d'Italien, avec la date du jour précedent.

7. *Institutioni di Mario Equicola al comporre in ogni sorte di Rima della lingua volgare, con un erudissimo discorso della Pittura, è con molte segrete allegorie circa le Musé e la Poësia. In Milano* 1541. *in-*4°. pp. 50. non chiff. It. *In Venetia* 1555. *in*4°.

8. *Apologie de Marius Equicola, Gentilhomme Italien, contre les Médisans de la Nation Françoise, traduite de Latin en François. Par Michel Roté, Clerc d'Office de Madame Renée de France, Duchesse de Ferrare. Paris Vincent Sertenas* 1550. *in-*8°. Je ne sçai quand le texte Latin a été imprimé.

9. *Possevin* nous apprend dans son *Apparat*, qu'il a pris la défense de *Baptiste Mantuan*, dans un Ouvrage

Intitulé : *Defenforium adverfus Syco J.* MAG-
phantas. Je ne fçai, fi cela a été im- GIO.
primé.

Toppi lui donne encore dans fa Bibliotheque Napolitaine un Ouvrege
intitulé : *Libellus in quo tractatur , un-*
de Antiquorum Latria , & vera Catho-
lica Religio incrementum fumpferunt.
Cum Epiftola Anfelmi Stocklii , Equitis.
Monachii 1585. *in-*4°. Mais cet Ouvrage eft de *Marius Æquivolus ,*
Moine Olivetain , qui vivoit du temps
de *Poffevin ,* & dont on a un autre
Ouvrage *de laudibus trium Philofophiæ*
facultatum. Ibid. 1585. *in-*4°.

V. Toppi & Nicodemo , Bibliotheca
Napoletana. Poffevini Apparatus facer
Tome 2. *pag.* 395.

FRANÇOIS GRIMAUDET.

FRANÇOIS , *GRIMAUDET ,* FR. GRI-
naquit à *Angers* vers l'an 1520. MAUDET.
de *Pierre Grimaudet ,* Echevin de cette Ville , & de *Guillemine Beraut.*

Après avoir exercé quelque temps
avec réputation la fonction d'Avocat
dans fa Patrie , il fut Confeiller au

Fr. Gri-
maudet.

Présidial de cette Ville , & ensuite en 1558. Avocat du Roi. Outre cela *Henri* , Duc d'Anjou , depuis Roi de France , le fit Chef de son Conseil & son Maître des Requêtes , apparemment pour l'Anjou.

Il se vit souvent troublé dans les fonctions de sa Charge d'Avocat du Roi par les guerres civiles & par les troubles que les Herétiques causerent de son temps ; mais au milieu de ces agitations , il demeura toujours fidélement attaché à l'Eglise Catholique & au Roi. On l'accusa cependant d'avoir favorisé les Novateurs dans la Harangue qu'il fit aux Etats d'Anjou en 1560. parce qu'il y parla fortement contre les vices des Ecclesiastiques , & les abus qui s'étoient introduits dans le Clergé ; mais on n'a jamais douté que ses intentions n'ayent été droites , que la vivacité qu'on y voit n'ait été un effet du zéle qu'il avoit pour la Réformation des mœurs. Cependant *Raoul Surguin* , Premier Avocat du Roi d'*Angers* écrivit contre ce discours , mais d'une maniere si outrée , qu'il fut obligé de se retracter. La Sorbonne condamna aussi la Harangue de *Grimaudet*. On prétend que depuis il ne parut plus au Barreau, & qu'il ſe livra tout entier à la compoſition & aux conſultations.

Eꝟ. Grɪ-
ᴡᴀᴜᴅᴇᴛ.

Il mourut à *Angers* le 29. Août 1580. âgé de 60. ans ; & *Dorat* lui fit cette Epitaphe.

Franciſcus ſitus hîc Grimoaldus : no-
 men Avitum
 Nobile in externis
 Nobile & in patria.
Ambiguum, magis an Juris laudandus
 ob artem,
 Moribus an, per quos floruit ille,
  probis.
Namque gradus per tot quibus eſt eve-
 ctus in altum,
 Ejus ſpectata eſt inviolata fides.
Primum à Conſiliis Regis, Regiſque
  Patronus,
Andibus integram præſtitit uſque fidem.
Pauperibus, Viduis, pupillis, innocuiſque
 Maximus uſque favor, terror & uſque
  malis.
Tales ob dotes ultro Regique Polonum
 Henrico adicitus Andegavumque
  Duci.
Ejus Conſiliis præfectus, & deinde li-
 bellis

*Supplicibus ; post sex lustra bis acta
abiit.*

*Uxori & natis , popularibus atque pro-
pinquis ,*

*Morte sua linquens perpetuas lacry-
mas.*

*Talia qui legis & luges , pia fata ,
Viator ,*

Ne luge ; potius facta beata lege.

Le premier vers fait allusion à une
prétention de la famille des *Grimaudet*,
qui croit descendre de *François Gri-
maldi*, qui vint d'Italie en Anjou vers
le commencement du quinziéme siécle avec *Louis II.* Duc d'Anjou , dont
il étoit Tréforier. Mais cette prétention a besoin de preuves.

François Grimaudet avoit épousé
Guionne Bonvoisin , dont il eut un
fils nommé *François*, dont les descendans furent Conseillers au Parlement
de Bretagne , & une fille nommée
Renée , qui épousa *Jean-Jacques La-
nier* , Avocat du Roi à *Angers*.

Catalogue de ses Ouvrages.

1.*Oeuvres de François Grimaudet, sur
les matieres du Droit Ecclesiastique , du
Droit Public & du Droit Civil. Amic.*
1669.

1669. *in-fol.* Les Ouvrages contenus FR. GRI-
dans ce Recueil font les fuivans.   MAUDET.

2. *Paraphrafe du Droit des Dixmes
Ecclefiaftiques & Inféodées. Paris Robert Etienne* 1574. *in* 8°. It. *Ibid.* Patif-
fon 1586. *in-*8°. Ce Traité & les fuivans font eftimés.

3. *Paraphrafe du Droit de Retrait
Lignager , recueillie des Coutumes de
France. Paris* 1564. *in-*8°. *Pierre Ayrault ,* qui donna cet Ouvrage au Public , mit à la tête un difcours *de la
nature , varieté & mutation des loix.*
It. *Paris* 1567. *in-*4°. It. *Ibid.* 1577.
*in-*8°.

4. *Paraphrafe du Droit des Ufures &
Contrats pignoratifs. Paris ,* Nicolas Chef-
neau 1578. *in-*8°. It. *Ibid. Marnef*
1586. *in-*8°.

5. *Traité des caufes qui excufent de
Dol. Paris , Martin le jeune ,* 1569.
*in-*8°. It. Avec l'Ouvrage précédent.
Paris 1586. *in-*8°.

6. *Des Monnoyes , augment , & diminution de prix d'icelles , livre unique.
Paris* 1576. 1579. *&* 1586. *in-*8°.

7. *Opufcules Politiques. Paris , Gabriel Buon* 1580. *in-octavo.* Il y en a
quatorze.

Tome XLI.   V

F. GRI-
MAUDET.

8. *Commentarii ad Edictum Judicum*
Præsidialium.

9. *De la puissance Royale & Sacer-*
dotale. Opuscule Politique 1579. *in-*12.

Ajoutez à ces Ouvrages.

10. *Remontrance aux Etats d'Anjou*
assemblés le 14. *Octobre* 1560. *Poitiers*
1561. *in-*12. Ces Etats étoient assemblés pour nommer des Députés aux
Etats Généraux, convoqués à *Orleans.*
La Remontrance de *Grimaudet* fut at-
taquée par *Raoul Surguin* dans un Ouvrage qu'il publia sous le tire de *Trai-*
té contre certaines Remontrances faites à
la premiere Assemblée des Etats tenus à
Angers le 14. *jour d'Octobre* 1560. *Pa-*
ris, Nicolas Chesneau 1562. *in-*8°.

V. Remarques de Menage sur la vie
de Pierre Ayrault p. 237. *les Biblio-*
theques Françoises de Du Verdier & de
la Croix Du Maine. L'Histoire *d plu-*
sieurs grands Capitaines, Malingre p.
263. *Le Supplément de Morery de*
1735.

MATTHIEU GRIBALDI.

MATTHIEU GRIBALDI, que M. GRI-Bayle a appellé mal à propos BALDI. Gribaud, naquit à *Quiers* en Piémont au commencement du 16ᵉ. ſiécle.

Il s'appliqua à la Juriſprudence avec ſuccès, & ſe fit par-là de la réputation. Il la profeſſa en divers endroits d'Italie, comme à *Quiers*, à *Piſe*, à *Perouſe*, à *Pavie*, mais on ignore les dates de ſes differens changemens. Il l'enſeigna auſſi en France, & remplit pendant quelque temps une Chaire à *Toulouſe*, d'où il paſſa vers le mois d'Août de l'an 1541. à *Valence*.

Il dédia de-là à ſes anciens Ecoliers de *Toulouſe* ſon Traité *de Ratione & Methodo ſtudendi*, par une Epître du 1. Janvier 1541. C'eſt-à-dire, 1542. ſuivant le calcul uſité à préſent.

Il fut appellé à *Padoue* en 1548. & commença à y profeſſer le 22. Mars de cette année. Il eut d'abord 800. florins de gages, qu'on augmenta juſqu'à 900. en 1550. & juſqu'à 1100. en 1553.

V ij

M. GRI-
BALDI.

S'étant laissé entraîner aux nouvelles opinions, qui commençoient à se répandre en Italie, il songea à se ménager une retraite, & acheta la Terre de *Farges* dans le voisinage de *Geneve*. Il y alloit tous les ans, & faisoit toujours un tour à *Geneve*. Etant dans cette Ville en 1553. pendant le Procès de *Servet*, il demanda à conferer avec *Calvin*.

Celui-ci sçachant, qu'à l'exemple de quelques Italiens, qui avoient embrassé la Religion Protestante, il donnoit dans les erreurs des Anti-Trinitaires, lui fit dire qu'il l'admettroit à une Conférence à laquelle ses Collegues & trois anciens du Consistoire assisteroient.

Gribaldi se rendit au lieu assigné; mais il en sortit avec précipitation, dès qu'il eut vû que *Calvin* ne vouloit point lui tendre la main, & refusa d'écouter les excuses qui lui furent faites sur ce qu'il ne pouvoit la lui tendre, à moins qu'ils ne fussent d'accord sur les principes de la Foi, c'est-à-dire sur le dogme de la Trinité & de la divinité de *Jesus-Christ*.

On le fit citer devant les Magistrats

pour rendre raifon de fa croyance, mais comme il ne répondit que d'une maniere ambigue, & qu'on ne put rien tirer de lui de pofitif, on prit des précautions pour l'empêcher de répandre fes erreurs dans *Geneve*, comme *Calvin*, qui nous inftruit de ce détail, le marque dans une Lettre du deux Mai 1557. c'eft-à-dire, apparemment qu'on lui ordonna de fortir de cette Ville.

Il retourna encore probablement depuis à *Padoue*, où fes fentimens n'étoient pas bien connus, puifqu'on ne lui donna de fucceffeur dans fa Chaire qu'en 1556. Mais enfin s'étant fait connoître à force de dogmatifer pour ce qu'il étoit, il fut obligé de fortir de l'Italie & de fe retirer ailleurs.

Vergerio, qui l'avoit connu à *Padoue*, & qui étoit alors à *Tubinge*, l'attira dans cette derniere Ville, où il lui fit donner de l'emploi, c'eft-à-dire apparemment une Chaire de Droit. Mais *Gribaldi* n'y fit pas un grand féjour; la crainte d'y être pourfuivi pour fes fentimens, qu'il ne diffimuloit point, l'obligea-bien-tôt d'abandonner fon pofte.

Il fut cependant dans la suite arrêté à *Berne*, où il auroit été puni du
dernier supplice, s'il n'avoit abjuré
ses erreurs Anti-Trinitaires. Mais comme c'étoit une abjuration simulée, il
recommença bien-tôt à dogmatiser,
& donna même dans sa terre de *Farges*
une retraite aux Anti-Trinitaires, que
Calvin avoit fait chasser de *Geneve*,
& particulierement *Valentin Gentilis*.

Il auroit eu tôt ou tard la destinée
que *Servet* avoit eu auparavant & que
Gentilis eut dans la suite, si la peste,
qui l'enleva au mois Septembre de
l'an 1564. ne l'eût garanti de tout procès d'Herésie.

On voit par une Lettre de *Languet*
du 13. Fevrier 1560. que *Gribaldi* devoit succeder à *Cujas* dans une Chaire
de Professeur en Droit à *Valence*, où
il en avoit déja rempli une précedem-
ment; mais on ne sçait si cela a eu
lieu.

Jacques Salomoni, Jacobin, marque dans ses *Inscriptions Urbis Pata-
vinæ*, qu'on trouvoit dans les Papiers
du Couvent de *S. Augustin* à *Padoue*,
où il demeuroit, que *Gribaldi* étant
allé de *Geneve* à *Lyon*, y abjura ses

erreurs, & mourut dans le fein de l'Eglife Catholique, après avoir écrit aux Inquifiteurs de *Padoue* une fçavante Lettre datée de l'an 1570. Cette date, & le témoignage de *Beze*, qui nous apprend le temps précis de la mort de *Gribaldi*, fuffifent pour faire voir la fauffeté de ces Mémoires rapportés par *Salomoni*.

M. GRI-BALDI.

Il a pris à la tête de quelques-uns de fes Ouvrages le furnom ds *Mopha*, dont j'ignore l'Origine.

Catalogue de fes Ouvrages.

1. *De Methodo ac ratione ftudendi in Jure Civili, libri tres. Lugduni* 1544. & 1556. *in*-16. It. *Ibid.* 1574. *in*-8°. Il compofa en huit jours cet Ouvrage, qui a fon mérite.

2. *Recentiores Jureconfulti finguli fingulis diftichis comprehenfi, Matthæo Gribaldo Auctore.* Ces Diftiques fe trouvent à la fuite du *Catalogue Jureconfultorum veterum, quotquot aut vita aut fcriptis celebres funt, fuccincto carmine defcriptus. Joanne Lorichio Hadamario Auctore. Bafileæ* 1545. *in* 4°. *Chrétien Godefroy Hoffman* les a inferés à la p. 531. d'un Recueil de differens Auteurs qui ont écrit fur les Jurif-

confultes, qu'il a publiés de nouveau à la fuite de l'Ouvrage de *Gui Panci-role de Claris legum Interpretibus. Lipfiæ* 1721. *in-4°.* fous cet autre titre, qui lui convient moins *Matthæi Gribaldi Morphæ Jurifconfulti Chenani, Catalo-gus aliquot interpretum Juris Civilis.*

3. *Commentarius in §. vulgò ad legem Falcidiam. Papiæ* 1548. *in-8°.*

4. *Epiftola Matth. Gribaldi in mor-tem Francifci Spiere.* A la p. 33. d'un Recueil publié par *Cœlius fecundus Cu-rion*, fous ce titre : *Francifci Spiere, qui quod fufceptæ femel Evangelicæ veri-tatis profeffionem abnegaffet, damnaffet-que, in horrendam incidit defperationem, Hiftoria, à quatuor fummis viris fumma fide confcripta. Bafileæ* 1550. *in-8°.* Le Catalogue de la Bibliotheque d'*Ox-ford*, en marque une traduction An-gloife, imprimée la même année *in-8°.*

5. *De Jure Fifci fubtiles atque peruti-les interpretationes in L. Rerum miftura, & L. fi is qui pro emptore, de Ufuca-ptione. Venetiis* 1552. *in-8°.*

6. *Commentaria in aliquot præcipuos Digefti, Infortiati novi & Codicis Juf-tiniani titulos atque leges, utiliffimis*
con-

conclusionibus illustrati, cum additioni- M. GRI-
bus Conradi ab Offenbach. Ejusdem A- BALDI.
xiomata, seu Conclusiones & Regulæ
149. in materia testium & probationum.
Communium opinionum in jure loci com-
munes. Regulæ causarum criminalium.
Francofurti 1567. in-fol.

7. *De omni genere Homicidii. Spiræ*
Nemetum 1583. & 1592. in-8°.

V. *André Rossotti syllabus Scriptorum*
Pedemontii. Riccoboni Gymnasium Pa-
tavinum. Tomasini idem Gymnasium.
Nicolai Comneni Papadoli Historia
Gymnasii Patavini Tom. I. p. 252. San-
dius Bibliotheca Anti-Trinitariorum p.
17. Bayle, Dictionnaire. Remarques de
l'Abbé le Clerc sur ce Dictionnaire.

MELCHIOR ADAM.

MELCHIOR ADAM, naquit M. ADAM
dans le territoire de *Grotkaw*
en Silésie, & fit ses études dans le
College de *Brieg*, où les Ducs de ce
nom faisoient fleurir les Belles-Lettres.

Il y fut élevé dans la Religion Calviniste, à laquelle il a été attaché pendant toute sa vie.

Tome XLI.

M. ADAM.　Ses études finies , on lui donna de l'emploi. Il fut d'abord Précepteur d'un College à *Heidelberg* , & il en devint depuis Recteur. Il remplissoit ce dernier poste en 1615. lorsqu'il publia le premier volume de ses *Hommes Illustres* , & le conserva apparemment tant qu'il vécut.

Il mourut en 1622. C'est à ce peu de particularités que se termine tout ce que nous sçavons de lui.

Catalogue de ses Ouvrages.

1. *Vitæ Germanorum Philosophorum,* *qui sæculo superiori , & quod excurrit,* *Philosophicis , ac Humanioribus litteris* *clari floruerunt , collectæ à Melchiore* *Adamo.* Heidelbergæ 1615. *in-8°.*

2. *Decades duæ , continentes vitas* *Theologorum exterorum Principum, qui* *Ecclesiam Christi superiori sæculo propa-* *garunt & propugnarunt.* Francof. 1618. *in-8°.*

3. *Vitæ Germanorum Theologorum* *qui superiori sæculo Ecclesiam Christi* *voce scriptisque propagarunt & propugna-* *runt.* Heidelbergæ 1620. *in-8°.*

4. *Vitæ Germanorum Jureconsultorum* *& Politicorum, qui superiori sæculo &* *quod excurrit floruerunt.* Ibid. 1620. *in-8°.*

5. *Vita Germanorum Medicorum*, qui M. Adam. *superiori sæculo claruerunt. Ibid.* 1620. *in-8°.*

Ces cinq volumes réimprimés à *Francfort* en 1653. *in-8°.* ont été réunis en un seul volume *in-fol.* imprimé au même lieu en 1705. sous ce titre : *Dignorum laude Virorum, quos Musa vetatmori, Immortalitas; seu vita Theologorum, Jureconsultorum & Politicorum, Medicorum, atque Philosophorum, maximam partem Germanorum, nonnullam quoque exterorum. Editio tertia.* Il est constant, dit *Baillet*, dans ses *Jugemens des Sçavans* n°. 144. qu'*Adam* a apporté à cet Ouvrage beaucoup de soin & d'industrie ; mais il est accusé par les Protestans d'avoir été trop interessé & trop passionné, & d'avoir même insulté à la memoire de ceux qui avoient rendu les plus grands services à la nouvelle Religion. Ce mécontentement ne vient que du côté des Lutheriens, ausquels il n'est pas si favorable qu'aux Calvinistes dont il suivoit les dogmes. Au reste il faut avouer que c'est un Ouvrage de grand travail, parce qu'il s'est donné la peine de tirer ce qu'il dit de la vie &

M.Adam. des Ecrits de ceux dont il parle, de leurs Ouvrages mêmes, aussi - bien que des Eloges qu'on en a fait après leur mort.

2. *Apographum Monumentorum Heidelbergensium. Accessit Mantissa Neoburgicorum ad Nicrum, & aliorum. Item Oratio in funere Marsilii ad Inghen primi Rectoris Academiæ Heidelbergensis anno* 1396. *habita. Heidelbergæ* 1612. *in* 4°. pp. 132. C'est un Recueil d'Epitaphes.

3. Il fit réimprimer en 1617. à *Heidelberg* le Dialogue d'*Erasme, de Optimo genere dicendi*, comme il le marque dans l'Epître du Livre suivant.

4. *Julii Cæsaris Scaligeri Oratio pro M. Tullio Cicerone, contra Ciceronianum Erasmi, notis editioni nuperæ Ciceroniani respondentibus illustrata à Melch. Adamo. Accessit justi Lipsii Oratio pro defendendo Cicerone in criminibus sibi objectis. Item vita Julii Cæsaris Scaligeri. Heidelbergæ* 1618. *in* 8°. pp. 166. On ne voit ici de *Melchior Adam*, qui a fait réimprimer ces Ouvrages, que de petites notes marginales sur le discours de *Scaliger*, lesquelles ne font qu'indiquer les endroits du

Ciceronianus d'Eraſme qui y ſont refu- M. ADAM.
tés.

5. *Parodiæ & Metaphraſes Horatia-*
næ. Francofurti 1616. *in* 8°.

V. Bayle , Dictionnaire.

ADRIEN BARLAND.

ADRIEN *BARLAND* , naquit A. BAR-
le 28. Septembre de l'an 1488. LAND.
ou environ à *Barland* , village de la
Zelande , d'où il a pris ſon nom.

Son pere l'envoya à l'âge de douze
ans à *Gand* où il étudia pendant quatre
années ſous *Pierre Scot* , homme habile pour ce temps , qui , charmé de
ſon application , n'oublia rien pour
l'inſtruire & le former.

Il paſſa enſuite à Louvain , où il
ſe donna à la Philoſophie , mais aſſez
mal ; car il avoue qu'il perdit tout le
temps qu'il s'y appliqua. Il fut cependant reçu Maître ès Arts à l'âge de 20.
ans , & reprit alors l'étude des Bel-
les Lettres , qu'il avoit interrompue
malgré lui pour la Philoſophie.

Lorſqu'il s'y fut rendu ſuffiſamment
habile , il commença à enſeigner lui-
X iij

même les autres avec succès. Les talens qu'il parut avoir pour l'instruction de la jeunesse le firent choisir le
premier pour professer la langue Latine dans le College de *Busleiden*, qui
venoit d'être fondé à Louvain. Il commença ses exercices le premier Septembre 1518. & enseigna pendant 4.
mois, après lesquels il quitta son poste dans lequel il eut *Conrad Gloce-
nius* pour successeur, & passa en Angleterre avec *Antoine de Grimberge*,
fils du Seigneur de *Bergues*, qu'il fut
chargé d'y accompagner.

Il fut appellé depuis à *Afflinghem*
auprès de *Charles de Croy*, qui avoit
déja été son disciple à *Louvain*, pour
diriger de nouveau ses études.

Enfin rappellé à *Louvain* en 1526.
pour remplir une Chaire d'Eloquence,
il en alla prendre possession, & la conserva jusqu'à la fin de sa vie.

Il mourut dans cette Ville vers
l'an 1542. âgé d'environ 54. ans.

Catalogue de ses Ouvrages.

*Histoirica Hadriani Barlandi, Rhe-
toris Lovaniensis, nunc primum Collecta, simulque edita. Coloniæ* 1603. *in-
8°.* pp. 434. Les differens Ouvrages,

qu'on voit ici , avoient éja été im- A. BAR-
primés. En voici la liste , avec la date LAND.
des éditions.

1. *De litteratis urbis Romæ Princi-*
pibus liber. Lovanii in-4°. sans date ,
mais de l'an 1515. puisque l'Epître Dédicatoire est du mois d'Août de cette
année. L'Auteur y parle de 40. Em-
pereurs Romains , dont le premier est
Jules Cesar , & *Theodose* le dernier ,
qu'il a trouvé dans quelques Auteurs
avoit aimé ou cultivé les Belles-Lettres.

2. *Historiarum liber quo res maxime*
memorabiles continentur quæ à Christo
nato usque ad annum 1532. contigerunt.
Lovanii 1566. in-16. A la suite de la
Chronique des Ducs de Brabant. *Va-*
lere André & *Sweertius* se sont trompés en faisant commencer cet Ouvrage à la création du Monde.

3. *De Ducibus Venetorum liber. Lo-*
vanii 1532. in-8°. L'Epître Dédicatoire est datée du 28. Avril de cette année.

4. *Rerum gestarum à Brabantiæ Du-*
cibus Historia conscripta usque in an-
num 1526. Lovanii 1532. in-8°. It.
Antuerpiæ 1551. in-8°. It. *Lovanii 1566.*

A. BAR-
LAND.

in-16. It. dans les *Annales seu Historiæ Rerum Belgicarum. Francofurti
1580. in-fol.* Tom. II. p. 5. It. sous
le titre de *Ducum Brabantiæ Chronica,
iconibus illustrata ære ac studio Joannis
Baptistæ Vrientii, operâ Antonii de
Succa. Antuerpiæ 1600. in-fol.* It. traduite en François : *Chronique des Ducs
de Brabant, enrichie de leurs portraits
& figures. Anvers 1603. in-fol.* It. *Ibid.
1612. in-4°.*

5. *Catalogus insignium Oppidorum
inferioris Germaniæ.* Cet Ouvrage a
été joint aux Dialogues de *Barland,* dans la plûpart des éditions.
It. *Lovanii 1566. in-8°.* A la suite de
la Chronique des Ducs de Brabant.
On y a joint dans le Recueil un petit
Supplément tiré de *Corneille Loos,* &
de *Gerard de Nimegue,* & de *Hollandiæ & Zelandiæ situ & Moribus Chri-
sostomi Zanchii Epistola,* avec quelques
autres petites pièces.

6. *Hollandiæ Comitum libellus, cum
Scholiis Andreæ Barlandi :* Imprimé
avec l'Ouvrage suivant, *Lugd. Bat.
1584. in fol.* It. *Francofurti 1585. in-8°.*
L'un & l'autre se trouve aussi dans la
*Batavia illustrata Petri Scriverii. Lugd.
Bat. 1609. in-4°.*

7. *Catalogus Epiſcoporum Trajecten-* A. BAR-
ſium. Tout cela eſt fort abregé. LAND.

8. *Jocorum veterum ac recentium libri*
tres. Auctore Adr. Barlando. Cum ejuſ-
dem ſcholiis. Antuerpiæ 1519. *in-*8°. It.
Coloniæ 1529. *in-*80. L'Epître de *Bar-*
land eſt datée du premier Mars de
cette année. Les deux premiers Livres
contiennent des bons mots tirés de
differens Auteurs; le troiſiéme eſt compoſé de quelques Epigrammes de
Martial.

9. *Inſtitutio Chriſtiani hominis Aphoriſ-*
mis digeſta. Lud. 1639. *in-*8°.

Ce ſont-là tous les Ouvrages contenus dans le Recueil ; il faut maintenant parler des autres qui ne s'y trouvent pas.

10. *In omnes Eraſmi Adagiorum*
Chiliadas Epitome. Coloniæ 1524. *in-*
8°. It. *Cum additamentis & accurata*
J. Cheredami Hippocratis recognitione.
Pariſ. 1526. *in-*80. It. *Baſileæ* 1528.
*in-*8°.

11. *Hiſtorica Narratio Papienſis*
Obſidionis anni 1525. *& eorum quæ in*
ea acciderunt. Dans le ſecond Tome
des Ecrivains d'Allemagne de *Schar-*
dius.

12. *Dialogi 63. per Hadrianum Bar-
landum ad profligandam è Scholis Bar-
bariem. Longe utilissimi , quibus jam recens accesserunt duo antehac non ex-
cusi. Ejusdem opusculum de insignibus
Oppidis inferioris Germaniæ.* Coloniæ
1530. in-8°. It. *Antuerpiæ* 1534. in-
8°. It. *Paris. Wechel* 1535. in-8°. It.
Antuerp. 1539. in-8°. It. *Paris. Wechel* 1541. in-8°. L'Epître Dédicatoire est datée de *Louvain* l'an 1524.
Ainsi la premiere édition , qui n'a
que 61. Dialogues , doit être de cette
année. Il s'en faut bien que ces Dialogues soient de l'élegance & de la
naïveté de ceux d'*Erasme*.

13. *Adriani Barlandi de litteratis
Urbis Romæ Principibus Opusculum.
Elisii Calentii oppido quam elegantes
Epistolæ , à Barlando & recognitæ &
argumentis auctæ. Menandri dicta exi-
mia ab eodem Barlando adnotationibus
illustrata. Lovanii in* 4°. Sans date ,
mais l'Epître est de l'an 1515.

14. *Epistola de ratione studii ad Gu-
lielmum Zagarum Juventutis Ziriza-
næ moderatorem.* Cette Lettre est rapportée par *Valere André* , comme
imprimée séparément : je ne sçai si

elle l'a été effectivement ; mais elle se trouve à la tête du Livre des *Barland* sur les Comtes de Hollande, du moins dans l'édition du Recueil de ses Ouvrages Historiques.

A. BAR-
LAND.

15. *Commentarii in Terentii Comœdias, in quibus & artificium ostenditur Oratorium ; & multi difficiles Poëtæ nodi explicantur, quos interpretes alii intactos reliquerant.* Dans les éditions de *Terence* de Paris 1522. & 1552. *in-fol.* & de *Francfort* 1537. *in-fol.*

16. *Enarrationes in quatuor libros priores Æneidos Virgilianæ è vetusto codice desumpta, & additionibus aucta. Antuerpia,* 1529. & 1535. *in-4°.* It. dans quelques éditions de *Virgile, cum notis variorum.*

17. *Scholia in Selectas Plinii Secundi Epistolas.* Ces Scholies ont été imprimées ; mais j'ignore la date de leur impression, de même que des suivantes.

18. *Scholia in Menandri Carmina.*

19. *Versuume x Bucolicis Virgilii Proverbialium Collectanea, & de Laudibus Lovanii. Lovanii* 1514. *in-4°.*

20. Il a fait des notes sur la premiere Catilinaire, & sur la neuviéme

A. BAR-
LAND.

Philippique de *Ciceron* : mais je ne
sçai où elles se trouvent.

21. *Institutio artis Oratoriæ.*

22. *Fabulæ diversæ Guil. Goudani,
Adriani Barlandi & aliorum. Argent.*
1515. *in-4º.*

*V. Fr. Sweertii Athenæ Belgicæ.
Valerii Andreæ Bibliotheca Belgica. E-
jusdem Collegii Trilinguis Buslidiani
Historia p. 45. Auberti Miræi Elogia
Belgica. Adriani Barlandi Epistola ad
Joannem Borsalum de vita sua & scrip-
tis. A la tête de son Histoire des Comtes
de Hollande. Sa vie à la tête de ses
Ouvrages Historiques.*

BASILE ZANCHI.

BASILE
ZANCHI.

BASILE ZANCHI, naquit à
Bergame en Italie, dans l'Etat de
Venise, de *Paul Zanchi*, Magistrat de
cette ville.

Etant entré de bonne heure dans la
Congrégation des Chanoines Réguliers de *Latran*, il se livra au goût
qu'il avoit pour l'étude, & en fit depuis sa principale occupation, sans
s'embarrasser de parvenir aux digni-

tés, qu'il regarda toujours avec une BASILE
indifference-parfaite. ZANCHI.

Sa capacité le fit appeller à *Rome*
pour y être Garde de la Bibliotheque
du Vatican, & il remplit cette place fous le Pontificat de *Paul* IV. &
de *Pie* IV. jufqu'à la fin de fa vie.
Il mourut en 1560.

Catalogue de fes Ouvrages.

1. *Bafilii Zanchii in omnes divinos
libros notationes. Ejufdem in IV. Regum & II. Paralipomenon quæftiones.
Romæ* 1553. *in*-4°. It. *Spiræ* 1558.
in-8°. It. *Coloniæ* 1602. *in*-8°. Les
queftions ont été imprimées à part
avec les deux livres *de Horto Sophiæ.
Romæ* 1548. *in*-8°.

2. *De Horto Sophiæ libri duo ad Pe-
trum Bembum Cardinalem. Ejufdem
varia Poëmata, quæ olim fub L. Pa-
trei Zanchi nomine edidit. Romæ* 1540.
in-4°. It. fous ce titre : *Bafilii Zanchii editio copiofior. Romæ* 1550. *in*-8°.
feuil. 92. fous cet autre titre. *B. Zanchii Poëmatum libri feptem. Romæ* 1553.
in-8°. feuil. 109. Cette derniere édition eft encore beaucoup plus ample. Les deux livres *de Horto Sophiæ*,
qui font en vers, en font le premier

BASILE livre. It. *Basileæ* 1555. *in-8°.*

ZANCHI. 3. *Hymnus Pacis æternæ. Parif.* 1546. *in-8°.* Je ne trouve point cette piece dans le Recueil de ses Poësies.

4. *Basilii Zanchii Epithetorum Commentarii. Romæ* 1542. *in-4°.* pp. 131. sans une fort longue Table, intitulée : *Index eorum quæ in hisce Commentariis extra ordinem litterarum continentur.* La plus grande partie de ce Commentaire, qui est rangé par l'ordre Alphabetique des noms que l'Auteur y explique, est Historique. It. sous cet autre titre : *Dictionarium Poëticum & Epitheta veterum Poëtarum ; accurata item Historiarum ac Fabularum Poëticarum ex optimis utriusque linguæ Autoribus enarratio. Auctore Baf. Zanchio Opus nunc secundo trans Alpes editum. Montibus* 1612. *in-8°.* pp. 347. Avec l'*Index* à la fin.

5. *Baf. Zanchii Verborum Latinorum ex variis Autoribus Epitome. Ejusdem verborum, quæ in Marii Nizolii obfervationibus in Ciceronem desiderantur, Appendix. Romæ* 1541. *in-4°.* It. *Basileæ* 1543. *in-8°.* On ne voit ici que les mots rangés par ordre Alphabetique, avec un renvoi

abregé aux Auteurs qui s'en ſont BASILE.
ſervis, & dont on a mis la Table à la ZANCHI.
tête du Livre.

6. On voit quelques-unes des ſes
Poëſies dans les *Deliciæ Poëtarum Ita-*
lorum, parmi les *Carmina Illuſtrium*
Poëtarum Italorum donné par *Mat-*
thieu Toſcan.

V. Ghilini, Theatro d'Huomini let-
terati, parte 1. *Celſi de Roſinis Lycæum*
Lateranenſe Tom. I. p. 127. *Telleri Mo-*
numenta inadita p. 506.

LOUIS MARRACCI.

LOUIS *MARRACCI*, naquit à
Lucques en Toſcane, ſur la fin de
l'année 1612.

Après avoir fait ſes premieres études, il entra dans la Congrégation des
Clercs Réguliers de la Mere de Dieu,
dans laquelle il ſe diſtingua par ſon
mérite & par ſa Science.

Il y enſeigna pendant ſept ans la
Rhétorique, & paſſa par differentes
Charges, comme celle de Maître des
Novices, de Supérieur, de Procu-
reur Général, d'Aſſiſtant.

Tous ces emplois ne l'empêcherent point de s'appliquer à l'étude des langues, & d'apprendre de lui-même le Grec, l'Hebreu, le Syriaque, le Chaldéen & l'Arabe; il enseigna même pendant quelque temps cette derniere langue à *Rome* dans le College de la *Sapience*, & dans celui de la *Propagande* par ordre du Pape *Alexandre VII.*

Il fut aussi membre de diverses Congrégations, entre autres de celles de l'*Index*, des Indulgences, des Reliques, de l'examen des Evêques.

Ce qu'il fit à l'occasion de certaines lames de plomb très-anciennes, sur lesquelles il y avoit plusieurs choses écrites en Arabe, mérite d'être rapporté. Ces lames avoient été trouvées en Espagne, & les Espagnols les attribuoient à l'Apôtre *S. Jacques* & à ses disciples, parce qu'on y lisoit plusieurs choses conformes à la foi Chrétienne. *Marracci* ayant eu ordre de l'Inquisition de les examiner, en jugea tout autrement. Il les trouva remplies d'erreurs Mahometanes, & fit voir manifestement au tribunal de l'Inquisition, que *S. Jacques*, ni aucun

cun de fes difciples n'en pouvoient L. MAR-
être les Auteurs, mais que c'étoit une RACCI.
production de quelques impofteurs
Mahometans, qui avoient voulu en
impofer aux Chrétiens. Ce fage jugement de *Marracci* donna lieu à un
décret du Pape *Innocent X.* qui prof-
crivit ces Tables, qu'on confervoit
auparavant avec vénération.

Le Pape *Innocent XI.* l'avoit choifi
pour fon Confeffeur, & avoit beaucoup de confiance en lui. Il l'auroit
même élevé aux honneurs Ecclefiaftiques, fi l'humilité de *Marracci* ne
s'y étoit toujours oppofée.

Il mourut à *Rome* le 5. Fevrier
1700. âgé de 87. ans & quatre mois.

Catalogue de fes Ouvrages.

1. *Prodromus ad refutationem Alcora-*
ni, *in quatuor partes divifus. Romæ*
1691. *in-*8°. * 4. vol. It. Avec l'Al-
coran. *Patavii* 1698. *in-fol.*

2. *Alcorani textus univerfus ex cor-*
rectioribus Arabum exemplaribus def-
criptus, ac ex Arabico idiomate in La-
tinum tranflatus ; appofitis unicuique
capiti notis atque refutatione. Præmiffus
eft Prodromus totum priorem tomum im-

* Se trouve à Paris, chez Briaffon.

L. MAR-
RACCI.

plens. Patavii 1698. *in-fol.* deux vol.
Cette édition, qui est fort belle, a été
contréfaite à *Francfort* en 1715. dans
une autre, qui lui est inferieure en
toutes manieres. La version latine de
Marracci a été aussi imprimée séparément sans le texte Arabe sous ce
titre : *Mohammedis, filii Abdaliæ,
Pseudo-Prophetæ, fides Ismaëlitica, id
est, Alcoranus ex idiomate Arabico,
quo primum à Mohammede conscriptus
est, Latine versus per Ludovicum Mar-
raccium, & ex ejusdem animadversionibus aliorumque observationibus illustra-
tus & expositus, præmissa brevi introduc-
tione & totius Religionis Mohammedicæ
Synopsi, ex ipso Alcorano ubique suris
& surarum versiculis adnotatis, conjes-
ta ; cura & opera M. Christiani Rei-
neccii, S. Th. Baccalaurei. Lypsiæ*
1721 *in-8°.* Quoique *Marracci* ait
travaillé à cet Ouvrage pendant quarante ans, & qu'il y ait apporté une
grande application & une grande
connoissance de la langue Arabe,
les Sçavans en cette langue y ont cependant trouvé plusieurs fautes ; mais
elles n'ôtent rien au mérite de son
travail : les remarques qu'il a ajoutées

à ſa traduction ſont ſçavantes ; mais L. M*AR-* ſes réfutations ne ſont pas toujours *RACCI.* aſſez ſolides , & on y reconnoît qu'il étoit plus verſé dans la lecture des Auteurs Mahometans , que dans la Philoſophie & la Théologie. C'eſt le jugement que M. *Simon* porte de ſon Ouvrage dans ſa *Bibliotheque choiſie* Tom. II. p. 222.

3. *L'Ebreo preſo per le buone , o vero diſcorſi familiari & amichevoli fatti con i Rabbini di Roma intorno al Meſſia. Opera poſtuma del P. Lodovico Marracci. In Roma.* 1701. *in-*4°.

4. *Biblia Sacra Arabica , ſacræ Congregationis de Propaganda fide juſſu edita ad uſum Eccleſiarum Orientalium. Additis è regione Bibliis vulgaribus Latinis. Romæ* 1671. *in-fol.* 3. volumes. Pour faire connoître la part que *Marracci* a eu à cet Ouvrage , il eſt bon d'en donner ici l'Hiſtoire.

Vers l'an 1624. quelques Prélats de l'Egliſe d'Orient , particulierement l'Archevêque Grec d'*Alep* , qui fut depuis Patriarche de *Damas* , & le Patriarche des Coptes en Egypte , prierent le Pape *Urbain VIII.* de leur envoyer la verſion Arabe de la

Y ij

L. MAR-
RACCI.

Bible imprimée, n'en ayant chez eux qu'un petit nombre d'exemplaires Manuscrits, qui encore n'étoient ni entiers, ni fort fidéles. Leur supplique ayant été renvoyée à la Congrégation de la Propagande, il y fut ordonné que M. *Sergio Risio*, Maronite, Archevêque de *Damas*, qui étoit alors à *Rome*, & avoit entre les mains quelques Manuscrits Arabes de la Bible, travailleroit avec d'autres qu'on lui associa à cet Ouvrage, & l'on convint qu'ils rendroient la version conforme, autant qu'il seroit possible, au sens de la vulgate, sans cependant la changer dans les endroits où elle étoit conforme au texte Hebreu.

On commença dès la même année à travailler chez M. *Risio*, à qui l'on donna pour associés l'Abbé *Vittorio Scialac*, Maronite, Professeur en langue Arabe & Syriaque, au College de la Sapience, les PP. *Louis Cappella*, & *Bonaventure Malvasia*, Cordeliers, le P. *Hilarion Rancati*, de l'Ordre de Cîteaux, le P. *Philippe Guadagnoli*, Clerc Régulier Mineur, & le P. *Thomas de Novare* Mineur

Reformé ; & on leur joignit encore L. Mar-
Jean Leopard Hefronite, & *Gabriel* racck-
Sionite, tous deux Maronites, le P.
Pierre, Jacobin, Prédicateur des
Juifs, & quelques autres.

Pour éviter la confusion, on par-
tagea le travail de maniere que M.
Rifio & *Guadagnoli* furent chargés
de travailler à la version ; que *Jean
Leopard Herfronite* & le P. *Thomas
de Novare* eurent ordre de la revoir ; & que les autres furent commis
pour examiner leur Ouvrage en pleine Congrégation, en collationnant
ce qu'ils avoient fait avec les Manufcrits Arabes les plus corrects, avec
l'original Hébreu, & avec les versions
Grecque & Syriaque, & pour prendre garde qu'il ne s'y trouvât rien de
contraire au sens de la vulgate.

Le Pentateuque ne fut pas plutôt
achevé, qu'on commença à l'imprimer en deux colomnes, dont l'une
contenoit la vulgate Latine, & l'autre la version Arabe.

Vers l'an 1636. on leur donna un
nouvel ajoint qui fut *Abraham Echel-
lenfis*, Maronite, fort habile dans les
langues Arabe & Syriaque.

Mais *Risio* étant mort le 29. Août
1638. les assemblées furent transferées
chez le P. *Nicolas Riccardi*, Maître
du sacré Palais qui y assistoit avec le
P. *Lupi*, son compagnon, comme
firent depuis ses successeurs les Peres
Gregoire Donati, *Vincent Magolano*,
Michel Mazzarini, & *Vincent Can-
dido*.

Après la mort du P. *Riccardi* les
Assemblées se firent dans le Palais du
Cardinal *Jean-Baptiste Pallotta*, qui
y assistoit avec beaucoup d'application & d'assiduité ; mais quelques-uns
des plus habiles dans la langue Arabe
ayant manqué alors, *Guadagnoli* se
vit chargé de toute la peine de la
composition, & *Abraham Echellensis*
de celle de la revision. Encore celui-
ci abandonna-t-il bien-tôt l'Italie,
pour venir en France travailler à la
Polyglotte. Tout cela retarda beaucoup l'Ouvrage, & en fit suspendre
pendant quelque temps l'impression.

Le Pape *Innocent* X. étant parvenu
au Pontificat en 1644. songea à faire
avancer l'entreprise ; & l'on recommença de nouveau à s'assembler en
1646. par son ordre dans le Palais

du Cardinal *Pallotta.* Ceux qui tra-L. MAR-
vaillerent alors furent *Guadagnoli*, le RACCI.
P. *Antoine d'Aquila*, Mineur Refor-
mé, le P. *Bonaventure Malvasia*, les
PP. *Jean-Baptiste Ferrari* & *Athanase*
Kircher, Jesuite, *Jean-Baptiste Gio-*
na, Professeur en Hebreu, le P. *A-*
vila, Jacobin, le P. *Gregoire*, Augustin Déchaussé, *Jean Nichea*, &
d'autres, ausquels on joignit cette
même année *Louis Marracci.* Peu de
temps après le P. *Ferrari* ayant manqué, on lui substitua le P. *Jean-Bap-*
tiste Giattini, Jesuite.

Guadagnoli continua de travailler à
la traduction, & *Marracci* fut chargé de la revoir; & ils présentoient
ensuite ce qu'ils avoient fait à l'assemblée générale qui se faisoit une fois la
semaine chez le Cardinal.

Pour avancer davantage, on ordonna le 5. Novembre 1646. que *Gua-*
dagnoli, *Antoine d'Aquila* & *Louis*
Marracci s'assembleroient trois fois
la semaine dans le College de la Propagande; & M. *Persichi*, Napolitain,
assista à ces Assemblées à la place du
Cardinal *Pallotta*, qui étoit incom-
modé de la goutte.

C'eft ainfi que l'on finit l'Ancien Teftament, qui fut préfenté au Pape le 10. Septembre 1647. On paſſa enſuite au nouveau, qui fut achevé au commencement de l'année 1650. Mais le P *Giattini* ayant dit dans la Préface, qu'on l'avoit chargé de faire, que l'on s'étoit attaché principalement à la vulgate, dont on ne s'étoit éloigné que dans des endroits où l'on n'auroit pû faire des changemens dans l'ancien texte Arabe, ſans choquer les peuples pour qui on travailloit ; ces paroles déplurent au Cardinal *Capponi*, à qui on communiqua cette Préface en qualité de Préfet de la Congrégation, & qui prétendit qu'il falloit que la Bible Arabe fût en tout conforme à la vulgate.

On ſuſpendit donc l'impreſſion, juſqu'à ce qu'elle eût été revûe & corrigée ſuivant cette nouvelle idée, ce qu'on commença à faire au mois de Mai de l'an 1551. dans le Palais du Cardinal *Capponi*.

Le 12. Janvier de l'année ſuivante 1652. *Denis Maſſari*, les Peres *Giattini, Kircher, Guadagnoli, Marracci, Brice*, & *Abraham Echellenſis*, que

que la Congrégation avoit rappellé de *Paris* s'aſſemblerent pour conve-nir des moyens d'avancer l'Ouvrage. Les quatre derniers furent chargés de s'aſſembler deux fois la ſemaine pour travailler à la nouvelle correction, & de rapporter enſuite dans l'Aſſem-blée générale les changemens qu'ils ſeroient convenus de faire.

Malgré cet ordre, on ne fit preſ-que rien juſqu'en 1656. & même *Guadagnoli* étant mort le 27. Mars de cette année, & la peſte s'étant fait ſentir peu de temps après à *Rome*, le travail fut arrêté juſqu'au mois de Mai de l'année ſuivante 1657. *Albe-rici*, qui avoit ſuccedé à *Maſſari* dans la Charge de Secretaire de la Con-grégation, ayant alors ordonné à *Abraham Ecchellenſis* & au P. *Mar-racci* de ſe remettre à l'Ouvrage, en leur délcarant que l'intention de la Congrégation étoit que la verſion Arabe fût entierement conforme à la vulgate quant aux paroles & quant au ſens, ils recommencerent à tra-vailler.

Ils prirent chacun un exemplaire imprimé de la verſion Arabe, & l'exa-

L. MAR-
RACCI.

minant verset à verset; ils marquoient chacun séparément à la marge les différences qu'il y avoit entre elle & la vulgate. Ils convenoient ensuite des changemens qu'il falloit y faire, & les communiquoient à deux hommes sçavans qui s'assembloient deux ou trois fois la semaine, pour les examiner & en dire leur sentiment. Ces sçavans étoient le P. *Marc de Lucques*, Mineur Réformé, & le P. *Antoine d'Aquila*, ausquels on joignit depuis le P. *Celestin de Sainte Liduvine*, Carme Déchaussé, & *Fauste Nairon*, Maronite. Ceux-ci proposoient les nouvelles corrections dans des Assemblées générales, où se trouvoient les Cardinaux *Pallotta*, *Brancacci*, & *Albici*.

On continua de cette maniere la révision jusqu'au commencement de Juillet de l'an 1664. qu'elle fut achevée. Le Secretaire de la Congrégation de la Propagande voyant par les nouveaux changemens qu'on avoit faits, que la premiere impression pourroit fort bien servir, en y mettant seulement quelques cartons, communiqua sa pensée au Pape *Alexandre VII.*

qui l'approuva ; & on commit le
P. *Marracci*, pour examiner les endroits où il faudroit mettre des cartons, & ceux qu'il ſuffiroit de cor-
riger dans un *Errata.*

Le Pape *Clement IX.* réſolu à faire
finir enfin cet Ouvrage, ordonna en
1668. qu'on fiſt de nouvelles aſſem-
blées pour convenir des feuilles
qu'on réimprimeroit, des choſes
qu'on mettroit ſeulement dans l'*Errata*, du titre qui ſeroit mis à la tête,
& de la Préface: Tout cela fut réglé,
le P. *Marracci* fut chargé de faire la
Préface, & de veiller à la réimpreſ-
ſion de 25. feuilles & demie, & à l'*Errata.*

C'eſt ainſi que fut terminé ce grand
Ouvrage, après 46. années de travail. Telles ſont les particularités de
cette édition, comme elles ſont rapportées par l'Abbé *Nazari* dans ſon
Journal des Sçavans de Rome du 29.
Janvier 1672.

5. *Lo Stendardo Ottomannico ſpiega-
to, o vero dichiarazione delle parole
Arabiche poſte nello Stendardo Reale
preſo dal Ser. Rè di Polonia Giovanni
III. al Grad Viſire de Turchi, e dal*

Z ij

medesimo Rè inviato per tributo della sua pieta alla santita di Papa Innocentio XI. In Roma 1683. *in-fol.*

6. *Vita del P. Gio. Leonardi Lucchese, fondatore della Congregatione de' Chierici della Madre di Dio. In Roma* 1673. *in*-4°.

7. *Vita della venerabile Madre Pasitea Crogi, Senese, fondatrice del Monasterio delle Capuccine della Citta di Siena. In Venetia* 1682. *in*-4°.

8. *Grammatica volgare di Methodo facile & Chiaro.* Imprimée plusieurs fois.

9. *Breve compendio della vita del S. Pontefice Innocentio XI.* J'ignore la date de cet Ouvrage, & des suivans.

10. *L'Historia della miracolosa imagine di S. Maria in Portico, Campitelli.*

11. *Trattato contro la vanita delle donne.*

12. Il a travaillé aussi à la correction du Breviaire Syriaque.

13. Il a traduit en Latin les Hymnes Grecques de *S. Joseph* de Sicile, qu'*Hippolyte Marracci* son frere a données au public en 1661. *in*-8°.

V. Son Eloge dans la Préface de fon Ouvrage pofthume, marqué au n°. 3.

JEAN JONSTON.

JEAN JONSTON, naquit le 3.
Septembre 1603. à *Sambter* dans la
grande Pologne, de *Simon Jonfton*,
& d'*Anne Becker*, & fortoit de l'Il-
luftre famille Ecoffoife de *Jonfton de
Crogborn*.

Au mois de Mars de l'an 1611. on
l'envoya à *Oftrorog* pour y faire fes
études, & il demeura en ce lieu jufqu'en 1614. qu'on le fit paffer à *Beu-
ten* fur l'*Oder* pour le même fujet.

Son pere étant mort en 1617. & fa
mere l'année fuivante, fes parens le
rappellerent dans fa patrie, d'où a-
près quelque féjour il fe rendit en
1619. à *Thorn*, où il continua fes
études avec une nouvelle ardeur.

En 1622. il paffa en Angleterre, &
de là en Ecoffe, où il étudia avec beaucoup d'application dans le College de
Saint André jufqu'en 1625. Il y fit de
grands progrès dans la langue Hebraïque, & dans l'Hiftoire; mais il

Z iij

J. JONS-regretta toujours depuis le temps
TON. qu'il y avoit donné à la Scholastique.

Il retourna en 1625. à *Sambter*, &
y mit ordre à ses affaires dans le dessein de se rendre de nouveau en Ecosse ; mais divers obstacles l'en empêcherent. La peste regnoit alors en
Pologne, & il fut obligé, pour la fuir,
de demeurer pendant quelques semaines dans une forêt. Le Comte de
Kurtzbach le chargea ensuite de l'é-
ducation de ses deux enfans, & il
demeura avec eux à *Lessno* jusqu'en
1628.

Il partit au mois de Juin de cette
année pour aller visiter les Académies d'Allemagne. Il fit quelque séjour dans celles de *Francfort*, de *Leip-
sic*, & de *Berlin*, & se rendit l'année
suivante 1629. à *Franequer*, où il se
donna pendant une année à l'étude
de la Médecine, à laquelle il avoit
résolu de se fixer.

Au commencement de l'année
1630. il alla à *Leyde*, & s'y appliqua
à l'Anatomie sous *Heurnius* & *Falc-
kerburg*, & à la Botanique sous *Adol-
phe Vorstius*.

Etant ensuite passé en Angleterre,

Il s'y perfectionna à *Londres* & à Cambridge dans les connoiſſances qu'il avoit acquiſes.

Retourné en Pologne, il ſe chargea en 1631. de conduire en Hollande deux jeunes Seigneurs ; & il partit pour ce nouveau voyage au mois de Fevrier de cette année. Ils firent quelque ſéjour à *Leyde*, où *Jonſton* prit le degré de Docteur en Médecine le 15. Avril ſuivant.

Ils paſſerent delà en Angleterre, & *Jonſton* profita de l'occaſion pour ſe faire aggreger en la même qualité à *Cambridge*.

Ils vinrent depuis en France, & en virent les principales villes, viſitant par tout avec ſoins les Sçavans diſtingués par leur mérite & leur capacité. Ils firent la même choſe par rapport à l'Italie, d'où ils retournerent en Pologne au mois de Novembre 1636. après un voyage de quatre années & demie.

Jonſton ſe maria en 1637. & épouſa *Roſine Hortenſe*, qui mourut peu de temps après ſon mariage. Il ſe remaria l'année ſuivante 1638. & prit pour ſeconde femme *Anne Roſine*

Z iiij

J.JONS-
TON.

Vechner, dont il eut pluſieurs enfans.

En 1642. l'Electeur de Brandebourg
lui offrit une Chaire de Médecine
à *Francfort*. Les Curateurs de l'Académie de *Leyde* lui en préſenterent
une ſemblable dans un autre temps,
mais l'amour qu'il avoit pour la vie
privée, lui fit refuſer l'une & l'autre.
Il auroit même toujours demeuré en
Pologne ſi les guerres ne l'avoient
obligé d'aller chercher ailleurs une
demeure plus tranquille.

Il ſe retira dans le Duché de *Li-
gnits* en baſſe Sileſie, & y acheta la
terre de *Ziebendorf*, où il vécut toujours depuis, occupé de ſes études
particulieres, & de la pratique de la
Médecine, comme il l'avoit été juſques-là.

Il mourut le 8. Juin 1675. dans ſa
72. année, fut enterré le 30. Septembre ſuivant à *Leſſno* dans la grande Pologne, où ſon corps fut tranſporté.

Catalogue de ſes Ouvrages.

I. *Thaumatographia naturalis in
Claſſes X. diviſa. In quibus admiran-
da Cœli, Elementorum, Meteorum,*

Fossilium, *Plantarum*, *Avium*, *Qua-* J. Jons-
drupedum, *Exanguium*, *Piscium*, *Ho-* ton.
minis. Amstelod. 1632. *in-*12. It. *Ibid.*
1633. *in-*12. It. *Ibid.* 1661. 1665. *in-*
12.

2. *Historia Universalis*, *Civilis &*
Ecclesiastica, *res præcipuas ab orbe con-*
dito ad annum 1633. *gestas brevissimè*
exhibens. Lugd. Bat. 1633. *in-*12. It.
editio secunda aucta & emendata. Ibid.
1638. *in-*12. It. *Amstel.* 1644. *in* 12.
It. *continuata ad annum* 1672. *Fran-*
cofurti 1672. *in-*12. On en a fait depuis une autre continuation jusqu'en
1690.

3. *De natura constantiæ. Amstelod.*
1632. *in-*16. It. *Ibid.* 1634. *in-*12.

4. *Idea universæ Medicinæ practicæ*
libris XII. absoluta. Amstelod. 1644.
*in-*12. It. *Ibid.* 1652. *in-*8°. It. *Lug-*
duni 1655. *in* 8°. It. *Francofurti* 1664.
in 4°. It. sous ce titre : *Syntagma Uni-*
versæ Medicinæ practicæ libris 14. *Vra-*
tislaviæ 1674. *in-*8°.

5. *Historiæ Naturalis de Piscibus &*
Cetis libri V. Item de Exanguibus A-
quaticis libri IV. Francofurti 1649.
in-fol. Avec figures.

6. *Historiæ Naturalis de Quadrupe-*

J. JONS-
TON.

dibus libri. Francofurii 1652. *in-fol.*
Avec figures.

7. *Historiæ Naturalis de Infectis, li-*
bri III. de Serpentibus & Draconibus
libri II. Ibid. 1653. *in-fol.* Avec figures.

8. *Historiæ Naturalis de Avibus,*
libri VI. Francofurti 1650. *in-fol.* Avec
figures.

9. *Syntagma Dendrologicum. Lesnæ*
1646. *in-*4".

10. *Dendrologias, five Historiæ Na-*
turalis de Arboribus & Fructibus tam
noftri, quàm peregrini Orbis libri X. Fi-
guris æneis adornati, & ex Veterum ac
Neotericorum Commentariis, propriaque
obfervatione fumma fide, concinnati.
Francofurti 1662. *in-fol.* pp. 477. tab.
135.

11. *Notitia Regni Vegetabilis, feu*
Plantarum à Veteribus obfervatarum,
cum Synonymis Græcis & Latinis, obf-
curioribufque differentiis, in fuas claf-
fes redacta feries. Lipfiæ 1661. *in-*12.

12. *Notitia Regni Mineralis, feu*
fubterraneorum Catalogus; cum præci-
puis differentiis. Ibid. 1661. *in-*12.

13. *Idea Hygieines recenfita libris II.*
Jenæ 1661. *in-*12. It. *Francofurti*
1664. *in-*8°.

14. *Magni Hippocratis Coi Coacæ* J. Jons-*pranotiones*, *Græcè & Latinè*, *cum* TON: *verſione D. Anutii Foeſii & notis* Joan. Jonſtoni. *Amſtelod.* 1660. *in-*12.

15. *Polymathiæ Philologicæ*, *ſeu totius rerum Univerſitatis ad ſuos ordines revocatæ adumbratio. Francof.* 1667. *in-8°.*

16. *De Feſtis Hebræorum & Græcorum Schediaſma.* Vratiſlaviæ 1660. *in-*8°. It. *Acceſſit Lectionum Philologicarum Miſcella. Jenæ* 1670. *in-*12. It. Dans le ſeptiéme Tome des Antiquités Grécques de *Gronovius.*

17. *Polyhiſtor*, *ſeu rerum ab ortu Univerſi ad noſtra uſque tempora per Aſiam*, *Africam*, *Europam & Americam in ſacris & profanis geſtarum ſuccincta & methodica enarratio. Jenæ* 1660. *in-8°. Polyhiſtor continuatus*, *ſeu rerum toto orbe à Carolo Magno ad Albertum II. Auſtriacum ſuccincta & methodica Series. Jenæ* 1660. *in-8°.* Ces deux parties ont été réimprimées enſemble à *Leipſic* en 1667. *in-8°.* par les ſoins de *Jean-André Boſius.*

18. *Enchiridion Ethicum.* Ludg. Bat. 1643. *in-*24.

**J. JONS-
TON.**

Il faut prendre garde de confondre notre Auteur avec un autre *Jean Jonston*, Ecossois, qui vivoit un peu avant lui, & dont on a quelques Ouvrages en vers.

V. Gasparis Sagittarii introductio in Historiam Ecclesiasticam p. 217. Sa vie y est décrite fort au long.

MARC ANTOINE MAJORAGIO

**M. A.
MAJORA-
GIO.**

MARC ANTOINE MAJO-RAGIO, naquit le 26. Octobre 1514. au rapport de *Jerôme Cardan*, dans son Livre *de Exemplis centum geniturarum*, à *Majoragio*, bourg du territoire de *Milan* en Italie, dont il prit le nom, à l'exemple de son pere *Julien de Conti*, qui en avoit usé de même, parce qu'il habitoit dans ce lieu.

On lui donna au baptême le nom d'*Antoine*, que portoit son grand-pere, auquel *Madeleine de' Conti*, sa mere, ajouta de son chef & par un esprit de dévotion, celui de *Marie*.

Quoique ses parens fussent d'une famille noble, ils n'étoient pas riches.

Cependant comme il étoit le feul
garçon qu'ils euffent, ils confierent
fon éducation à un habile Précepteur. Il avoit déja fait quelques progrès dans les Belles-Lettres, lorfque
les troubles & les guerres qui furvin-
rent, obligerent à le retirer de l'étude ; & malgré le goût & l'inclination qu'il avoit pour elle, il fut plus
de huit ans fans pouvoir s'y appliquer.

Les temps étant devenus plus
tranquilles, *Primo de' Conti*, fon pa-
rent, fe chargea de fon inftruction
& l'emmena à l'âge de 18. ans, c'eft-
à-dire en 1532. à *Come*, où il profef-
foit. *Majoragio* y fit en peu de temps
de fi grands progrès dans les Hüma-
nités, qu'il fe vit en état non-feulement d'entendre tous les Auteurs
Grecs & Latins, mais encore de
les expliquer aux autres.

Il paffa après cela à *Milan*, d'où
fes ancêtres étoient originaires, du
vivant du Duc *François Sforce* qui
mourut en 1535. c'eft à-dire apparemment au commencement de cette année, ou à la fin de la précedente. Il
y trouva un bon protecteur en la per-

M. A-
MAJORA-
GIO.

M. A.
MAJORA-
GIO.

fonne de *Laucelotti Fagnano*, qui le prit chez lui. Pendant les cinq ans que *Majoragio* y demeura, il se livra au travail avec tant d'application & si peu de ménagement qu'il en tomba plusieurs fois dangereusement malade.

Il se mit alors en tête de faire revivre l'ancienne coutume de déclamer, & il assembloit pour cela chez lui plusieurs jeunes gens nobles, qu'il se faisoit un plaisir d'instruire & de dresser à ces sortes d'exercices.

Cette occupation & ses études particulieres ne suffisoient pas à son avidité. Il s'appliqua encore alors à la Logique sous *Arunce Bateleo*, & aux Mathématiques sous *Jerôme Cardan*.

Le desir d'être utile au public, & d'acquerir de la réputation, l'engagea à solliciter une Chaire de Professeur en Eloquence à *Milan*, & on là lui accorda avec plaisir. Il en prit possession ayant à peine 26. ans, c'est-à-dire, au commencement de l'an 1541.

Il s'acquitta fort bien de son emploi ; mais au bout de deux ans tous les Professeurs ayant été congediés, parce que le *Milanez* se trouvoit me-

nacé d'une guerre fanglante., il fe M, A,
retira fur la fin de l'année 1543. à MAJORA-GIO.
Ferrare. Se voyant alors fans occupation, il s'appliqua à la Jurifprudence fous *André Alciat*, & à la Philofophie fous *Vincent Magi*, perfuadé
que ces deux Sciences pouvoient être
de quelque utilité pour l'Eloquence
qui faifoit le principal objet de fon
étude.

La tranquillité ayant été rendue
au Pays, *Majoragio* retourna à *Milan* en 1545. & il fut rétabli dans
fa Chaire avec des appointemens
plus confidérables que ceux qu'il a-
voit auparavant. Ses ennemis, qui
avoient tâché inutilement de l'empêcher, fe déchaînerent contre lui,
& lui firent un crime d'avoir changé
fon nom d'*Antoine*-*Marie* en celui
de *Marc-Antoine*. *Majoragio* plaida
fur ce fujet fa caufe publiquement,
& gagna fon procès. Il avoit fait ce
changement, parce que le nom femi-
nin *Marie* ne lui paroiffoit pas s'ac-
corder avec le mafculin *Antoine*;
& avoit outre cela quitté le nom de
fa famille *Conti*, en Latin *Comes*, qui
donnoit lieu à de fréquentes équivo-

M. A.
MAJORA-
GIO.

ques, pour prendre, comme son pere, celui de *Majoragio*.

Il continua depuis d'enseigner avec une forte application, qui abregea ses jours.

Il mourut le 4. Avril 1555. dans sa 41. année, & fut enterré dans le portique de l'Eglise de *S. Ambroise* de *Milan*, avec cette Epitaphe.

M. Antonio Majoragio, dicendi Magistro singulari, Latinis Græcisque litteris perpolito, & libris editis illustri, qui publice docuit annis 14. *Vixit* 41.

Bartholomæus Comes Uxoris fratri B. M. Posuit.

Catalogue de ses Ouvrages.

1. *Antonii Mariæ Comitis Majoragii Oratio habita in Nuptiis Jacobi Philippi Sacci, inclyti Senatus Mediolanensis Præsidis, quæ dum seni quoque uxorem ducendam esse persuadet, tanti viri numquam satis laudatam sapientiam commendat. Mediolani* 1540. in-4°. pp. 43. non chiffrées. It. dans le Recueil de ses discours.

2. *Antonii Comitis pro Decreto Ill. Principis Alphonsi Avali Istonii Marchionis, & Senatus Mediolanensis in Aleatores*

Aleatores Oratio. Mediolani 1541. *in-* M. A.
4°. pp. 30. non chiffrées. It. dans le Re- MAJORA-
cueil de ſes diſcours. GIO.

3. *De Mutatione Nominis M. An-*
tonii Majoragii Oratio Judicialis ,
qua variis rationibus probatur unicui-
que licere ſibi nomen immutare. Medio-
lani 1547. *in-*4°. pp. 55. non chiffrées.
It. dans le Recueil de ſes diſcours.

4. *Panegyricus Joanni Angelo Ar-*
cimboldio , Mediolanenſium Archiepiſ-
copo dictus. J'ignore la date de cet Ouvrage & du ſuivant , qui ont été d'a-
bord imprimés à part , & enſuite inſerés dans le Recueil de ſes diſcours.

5. *Laudatio Magdalenæ Comitis ,*
Matris ſuæ , Morinæ.

6. *Encomium Luti.* Cette piece ba-
dine , imprimée d'abord ſéparément
a été inſerée enſuite dans l' *Amphi-*
theatrum Sapientiæ Socraticæ Jocoſeriæ
Gaſp. Dornavii Tom. I. p. 173. où
on l'a mis mal à propos ſous le nom
de Joannes *Majoragius* ; & depuis
dans quelques Recueils de pieces
ſemblables. Il ſe trouve auſſi au nombre de ſes diſcours.

7. *Deciſiones* 25. *quibus M. Tul-*
lium Ciceronem ab omnibus Cælii Cal-

M. A.
MAJORA-
GIO.

cagnini criminationibus liberat. Lugdu-
ni, *Gryphius* 1544. *in-*8°. pp. 124.
Daté du 8. Juillet 1543. *Majoragio*
défend ici avec beaucoup de force *Ci-*
ceron, dont *Calcagnini* avoit critiqué
dans un Ouvrage fait exprès le livre
des Offices. *Jean George Grævius* à
mis cet Ouvrage à la suite de celui
de *Ciceron* dans l'édition qu'il en a
donnée à *Amsterdam* en 1688. *in-*8°.

8. *Antiparadoxon libri sex*, *in qui-*
bus M. Tullii Ciceronis omnia para-
doxa refelluntur. Lugduni, *Gryphius*
1546. *in-*8°. pp. 238. daté de *Ferra-*
re le 15. Mai 1545.

9. *Apologia*, *sive recusatio contra Ma-*
rium Nizolium, *qua & sua Antipara-*
doxa ab ejus criminationibus liberat, *&*
in ipsum crimina retorquet. *in-*4°. pp.
23. non chiffrées.

10. *Reprehensionum libri duo*, *con-*
tra Marium Nizolium Brixellensem.
Huc accessit Recusatio omnium eorum
quæ Nizolius in Decisionibus ejusdem
M. A. Majoragii tamquam male posita
notavit. Mediolani 1549. *in-*4°. pp.
231. *Nizolius* répondit à cet Ouvrage dans son *Antibarbarus Philosophi-*
cus. Parmæ 1553. *in-*4°. Il fut dit de

part & d'autre bien des injures & MAJORA-
des duretés dans cette difpute, com- GIO.
me il arrive d'ordinaire dans celles
qui roulent fur des bagatelles.

11. *De Senatu Romano libellus.*
Mediolani 1561. *in*-4°.

12. *Epiftolicarum Quæftionum libri*
duo. Mediolani 1563. *in*-4°. pp. 113.

13. *In Oratorem M. T. Ciceronis*
ad M. Brutum Commentarius. Bafileæ
1552. *in-fol.*

14. *Commentarius in Dialogum de*
Partitione Oratoria M. Tullii Cicero-
nis, opera Joannis Petri Ayroldi Mar-
cellini Mediolanenfis nunc primum edi-
tus. Venetiis 1587. *in*-4°. feuil. 181.

15. *Commentarius in Dialogum, feu*
librum primum de Oratore ad Quin-
tum Fratrum M. T. Ciceronis, J. P.
Ayroldi Marcellini opera in lucem pro-
latus Venetiis 1587. *in* - 4°. feuill.
165.

16. *Paraphrafis in quatuor Ariftote-*
lis libros de Cœlo. Bafileæ 1554. *in-*
folio.

17. *Paraphrafis in duos Ariftotelis*
libros de Generatione & Interitu. Ba-
fileæ 1554. *in-fol.*

18. *M. Antonii Majoragii in tres*

M. A.
MAJORA-
GIO.

Aristotelis libros de arte Rhetorica, quos ipse latinos fecit, explanationes. Nunc primum à Primo Comite, Auctoris Amitino, in lucem prolatæ. Venetiis 1572. *in-fol.* pp. 458. La version de *Majoragio* a été réimprimée, avec un commentaire de *Jean Marinelli*, qui est beaucoup plus court que le sien, à *Venise* en 1575. *in-8°.*

19. *Orationes & Præfationes omnes nunc primum à Joanne Petro Ayroldo Marcellino Philosopho & Medico editæ; unà cum Dialogo de Eloquentia. Venetiis* 1582. *in-4°.* feuill. 210. Ce Dialogue de l'Eloquence de *Majora-gius* se trouve aussi dans les éditions suivantes. It. *Denuo editæ, operâ M. Danielis Cæsaris Ositiensis. Monasterii Westphal.* 1599. *in-8°.* It. *Lipsiæ* 1600. & 1606. *in-8°.* It. *Coloniæ* 1614. *in-8°.* It. *Recens correctæ, argumentis & dispositione Rhetorica marginali perpetua adornata à Valentino Hartungo, Medicinæ D. & Pathologices publica Professore, Lipsiæque editæ* 1528. *in-8°.* pp. 688. On voit dans toutes ces éditions 25. Harangues & 14. Prefaces. On n'y trouve point les deux discours suivans.

20. *Orationes duæ , una de laude au-*
ri , altera Apologetica contra Gauden-
tium Merulam , primum typis defcrip-
ta. Ultrajecti 1666. in-4°. Marquard
Gudius ayant trouvé ces deux pieces
à *Milan* , prit foin de les publier. La
premiere eft une fatyre contre les Ecclefiaftiques, que *Daniel George Mortof*
a fait réimprimer avec un difcours de
fa façon fur le même fujet, fous ce titre, *Philochryfus, five de laudibus Auri*
Orationes duæ. Lubecæ 1690. *in*-4°.
It. *Kilonii* 1698. *in*-4°.

V. Son difcours de Mutatione No-
minis. On y trouve les principales
circonftances de fa vie.*Picinelli , Ate-*
neo de i letterati Milanefi. p. 409.
Joannis Imperialis Mufæum Hiftori-
cum p. 126. *Ghilini , Teatro d'Huo-*
mini letterati part. 1. *p.* 164. *Les*
Eloges de M. de Thou & les additions
de Teiffier. Bayle , Dictionnaire.

M. A.
MAJORA-
GIO.

VIRGILE MALVEZZI.

V*IRGILE MALVEZZI* , ap-
pellé communément le Mar-
quis *Malvezzi* , naquit à Boulogne

V. MA
VEZZI.

V. MAL-
VEZZI.

en Italie, l'an 1599. du Marquis *Piri-
teo Malvezzi.*

Après avoir fait ses études d'Humanités & de Philosophie, il passa
à celle du Droit, & s'y fit recevoir
Docteur à *Boulogne* le 2. Octobre
1616. n'ayant pas encore 17. ans ac-
complis. Il voulut après cela parcou-
rir les autres Sciences, & donna
quelque temps à la Médecine, aux
Mathématiques, & à la Théologie.
Il s'appliqua même à l'Astrologie,
pour laquelle il conserva jusqu'à la
fin de sa vie un attachement particulier & une forte prévention, quoiqu'il témoignât à l'extérieur y ajouter peu de foi.

Pour se délasser de ses études sé-
rieuses, il cultiva la Musique & la
Peinture, & y réussit assez pour s'en
amuser agréablement.

Ayant pris le parti des Armes, il
servit d'abord sous le Duc *Feria*,
Gouverneur du Milanez Le Roi d'Espagne *Philippe* IV. l'employa depuis
en diverses affaires, & lui donna en-
trée dans son Conseil de guerre.

Les lettres occupèrent une partie
de son temps, & il fut membre de

l'Académie des *Gelati* de *Boulogne.* V. MAL-

Il mourut dans cette ville le 11. VEZZI.
Août 1654. âgé de 55. ans , & non
point de 59. comme le dit *Orlandi* ,
& il fut enterré dans l'Eglife de *faint*
Jacques.

Catalogue de fes Ouvrages.

1. *Difcorfi fopra il libro primo degli*
Annali di Cornelio Tacito. In Venetia
1622. *in-*4°. It. *Ibid.* 1635. *in-*4°. Il
compofa cet Ouvrage à l'âge de 23.
ans , & le dédia à *Ferdinand II.* Grand
Duc de Tofcane. » Il y montre beau-
» coup d'érudition ; mais il a gâté
» fon travail, à force de citer l'Ecri-
» ture Sainte & les SS. Peres , qui
» n'ont pas grand rapport à *Tacite* ,
» ni avec la politique moderne. Il
» raifonne même quelquefois en Pé-
» dant, ufant de certaines diftinctions
» de Logique , qui font bonnes en la
» bouche d'un Profeffeur en Philofo-
» phie (Science , où il a voulu mon-
» trer qu'il excelloit) mais qui ne va-
» lent rien en matiere d'Etat. Peut-
» être qu'il a écrit ainfi, pour s'accom-
» moder au goût de fon pays ».C'est le
jugement que M. *Amelot de la Houf-*
faye porte de cet Ouvrage.

V. MAL-
VEZZI.

2. *Il Romulo. In Bologna* 1629. *in-*4°. It. *in Macerata* 1632. *in-*12. It. *Nella Haya* 1633. *in-*12. It. *in Bracciano* 1634. *in-*24. It. *In Venetia* 1635. *in - 12.* * It. traduit en François sous ce titre. *Le Romulus , avec des considerations politiques & morales sur sa vie. Paris* 1645. *in-*24. It. *Traduit en Espagnol par François de Quevedo. Pampelune* 1632. *in-*12. *& Madrit* 1636. *in-*16. It. en Latin avec l'Ouvrage suivant *Romulus & Tarquinius, seu de Principe Tyranno , Latinitate donati. Lugd. Bat.* 1636. *in-*8°. *Francofurti* 1656. *in-*12. It. *Traduit en Anglois par H. Comte de Montmouth. Londres* 1648. *in - 12.* J'en trouve une autre traduction faite par un Anonyme , designé par les Lettres *J. C. L.* & imprimée à *Londres* en 1637. & 1650. *in-*12. Cette derniere est marquée dans le Catalogue de la Bibliotheque d'*Oxford.* Le *Tarquin* y est joint au *Romulus.* C'est sans raison qu'on a fait entrer ces deux Ouvrages dans la *Bibliotheque des Romans.* C'est une véritable Histoire accompagnée de refléxions po-

* Se trouve à Paris , chez Briasson.

litiques.

litique. *Malvezzi* avoit compoſé de V. MAL-même les vies des autres Rois de VEZZI. *Rome*;mais il n'a publié que ces deux.

3. *Il Tarquino ſuperbo. In Bologna* 1632. *in*-4°. It. *In Macerata* 1632. *in*-12. It. *Nella Haya* 1634. *in*-12. It. *In Venetia* 1635. *in*-12. It. En François ſous ce titre : *Refléxions ſur la vie de Tarquin , traduites en François par Louys de Benoiſt. Avignon* 1646.*in*-16.L'Ouvrage a été auſſi traduit en Latin & en Anglois , comme je l'ai marqué an N°. précedent.

4. *Conſiderationi con occaſione d'alcuni luoghi delle vite d'Alcibiade è di Coriolano. In Bologna* 1648. *in*-4°. It. *Traduit en Anglois par Robert Gentilis. Londres* 1650 *in*-8°.

5. *Davide perſeguitato. In Bologna* 1634. *in*-4°. It. *In Venetia* 1636. *in*-12. It. en Frnçois. *David perſécuté , traduit en François par Louys de Benoiſt. Avignon* 1646. *in*-12. It. *en Latin :* Hiſtoria Politica de perſecutione Davidis. *Lugd. Bat.* 1660. *in*-12. It. *Traduit en Anglois par R. Ashley. Londres* 1637. *& 1650. in*-8°.

6. *Il Ritratto del privato politico Chriſtiano ,eſtratto dall' Originale d'al-*

Tome *XLI.* Bb

V. MAL-*cune attioni del Comte Duca di san Lu-*
VEZZI. *car. In Bologna* 1635. *in-*4°. It. *in.*
Milano 1635. *in-*4°. It. *In Venetia*
1635. *in* 8°. It. traduit en Latin par
Joseph Rapamonte & inseré dans le 4.
Tome de son *Historia Ecclesiæ Me-*
diolanensis It. *Traduit en Anglois.*
Londres 1647. *in-*8°.

7. *Opere Istoriche & Politiche ;*
cioè Romulo , Tarquinio surperbo , Da-
vide persequitato , & il privato Politico
In Geneva 1635. *&* 1656. *in-*12. It.
In Venetia 1661. *in* 12. Tous ces Ouvrages avoient été imprimés déja séparément.

8. *Ragioni per le quali i letterati*
credono di non potersi avanzare nelle
corti ; Discorso Academico recitato in
Roma nell' Accademia del Cardinale
Principe di Savoia. Ce discours se
trouve dans les *Saggi Accademici rac-*
colti da Agostino Mascardi. In Venetia
1630. *in-*4°.

9. *Lettera di consolatione scritta à*
Gio. Vicenzo Imperiali esiliato di Ostra-
cismo dalla Patria. Ghilini dit que cette. Lettre fut imprimée à son insçu ; mais il n'en marque pas la
date.

10. *La libra de Grivilio Vezzalmi*, V. MAL-
traducida de Italiano en lengua Caſtel- VEZZI.
lana, Peſanſe las ganancias y las per-
didas de la Monarquia de Eſpaña en
el feliciſſimo Reynado de Filipe IV. el
Grande. En Pamplona 1639. *in-*4°.
pp. 188. Les noms de *Grivilio Vez-*
zalmi ſont l'anagramme de ceux de
Virgilio Malvezzi, qui eſt l'Auteur
de cet Ouvrage. Il l'a apparemment
compoſé originairement en Eſpagnol,
quoique le titre feigne qu'il a été
traduit de l'Italien.

11. *Succeſſos principales de la Mo-*
narquia d'Eſpaña en el anno 1639. *eſ-*
critos por el Marques Virgilio Malvez-
zi. En Madrit 1640. *in-*4°. feuilles
131.

12. *Hiſtoria de los principales ſucceſ-*
ſos acontecidos à la Monarquia de Eſ-
paña en tiempo de Felipe IV. el Grande.
Eſcriviola el Marques Virgilio Mal-
vezzi. Parte primiera. In-fol. ſans date pp. 199. en deux livres. *Malvezzi*
étant en Eſpagne trouva pluſieurs
Mémoires ſur l'Hiſtoire des Rois
Philippe III. & *Philippe IV.* & ſe détermina à les mettre en œuvre. Il en
compoſa une Hiſtoire en ſept livres,

V. MAL-VEZZI.

dont il fit imprimer à *Madrit* ces deux premiers , qui finiffent à la mort de *Philippe III.* mais ils ne furent point rendus publics, fans qu'on en fçache les raifons : pour les cinq autres , ils ont été entierement fupprimés. Il nous inftruit lui-même de ces particularités dans l'Epître liminaire de l'Ouvrage fuivant.

13. *Introduttione al racconto de'i principali fucceffi accaduti fotto il commando del potentiffimo Re Felippo quarto. Libro primo. Lo fcriffe il Marchefe Virgilio Malvezzi. In Roma* 1651. *in-*4°. pp. 107. C'eft une traduction Italienne du premier des deux Livres , qu'il avoit fait imprimer d'abord en Efpagnol , & dont je viens de parler , mais dans lequel il a changé beaucoup de chofes. Ces changemens tendoient apparemment à réformer ou à ôter des particularités qui avoient déplu , & qui avoient contribué à fa fuppreffion ; puifqu'il déclare qu'il ne fçait s'ils ont amelioré ou gâté fon Ouvrage.

V. L. Craffo, *Elogii d'Huomini Letterati. Tom. I. p.* 364. *Ghilini , Teatro d'Huomini Letterati part.* I. *p.* 222.

Gio. Nicolo Pasquali Alidosi, li Dottori Bolognesi di legge p. 231. *Joan. Ant. Bumaldi Bibliotheca Bononiensis* p. 232. *Pellegrino Antonio Orlandi, Notizie degli scrittori Bolognesi* p. 260.

CORNEILLE DE LA PIERRE,
vulgairement connu sous le nom de Cornelius à Lapide.

CORNEILLE DE LA PIERRE, plus connu sous le nom Latin de *Cornelius à Lapide*, naquit vers l'an 1566. à *Bockolt* dans le Diocèse de *Liége*, de *Corneille de la Pierre*, dont il a pris le nom de *Cornelius Cornelii.*

C. DE LA PIERRE.

Après avoir fait ses études, il se fit Jesuite le 8. Juillet 1592. Il s'appliqua depuis avec beaucoup d'ardeur à la Théologie, à la lecture de l'Ecriture Sainte & des Peres, & aux langues Grecque & Hebraïque.

Sa capacité le fit choisir pour professer l'Ecriture Sainte & l'Hbreu à *Louvain*, & il s'acquitta avec réputation de cet emploi pendant plus de 20. ans ; après lesquels ses Supérieurs

B b iij.

C. DE LA
PIERRE.

l'appellèrent à *Rome* pour y profeſſer auſſi l'Ecriture Sainte, & il remplit ce nouveau poſte juſqu'à la fin de ſa vie.

Il mourut à *Rome*, où il avoit toujours ſouhaité de finir ſes jours le 12. Mars 1637. ayant paſſé ſa 70. année.

Le P. *Simon* ne paroît pas faire grand cas de ſes Commentaires ſur l'Ecriture, car voici comment il en parle dans ſon *Hiſtoire Critique du Vieux Teſtament.* ,, Les Commentaires de *Cornelius à Lapide*, ont le défaut ,, de contenir de l'érudition & des ,, queſtions éloignées de leur texte, ,, & cependant cet Auteur fait pro- ,, feſſion dès le commencement de ,, ſon Ouvrage d'être court, & de ,, recueillir en peu de mots ce qui ,, a été déja remarqué par les au- ,, tres avec le plus d'étendue. Je ſçai ,, que ces ſortes de Commentaires, ,, qui ſont remplis d'érudition, plai- ,, ſent à une infinité de gens, & ſur- ,, tout aux Prédicateurs, mais ils ne ,, peuvent être au goût de perſonnes ,, judicieuſes, qui veulent que cha- ,, que choſe ſoit traitée ſéparément ,, & en ſon lieu.

J'ajoute à ceci qu'il a fait entrer PIERRE dans ſes Commentaires de Contes de Legendes, & des bagatelles, qui ne méritoient point d'y avoir place, & qui ne peuvent que défigurer des Ouvrages de cette nature. J'en rapporteai ici un exemple ſingulier.

Sur le verſet 9. du chap. 2. d'*Oſée* il parle ainſi. *Audivi in Belgio celebrem concionatorem, qui calumniatoribus nonnullis objectantibus Clericos & Religioſos quoſdam laute vivere, pro concione reſpondit, primo hanc eſſe calumniam & mendacium; ſecundo, eſto id verum eſſet, non eſſe iniquum, ſed ſecundùm ordinem rerum; Deus enim creavit Creaturas ut ſervirent piis, non impiis; famulis, non hoſtibus. Quocirca, inquit, ſi panis, ſi vinum, ſi ova, perdices loqui poſſent, clamarent: Comedant nos vivi ſancti, ſervi Dei noſtri, non comedamur ab inimicis Domini noſtri. Subſtantia noſtra, caro noſtra incorporetur ſanctis ut in iis ad gloriam reſurgat, non pecatoribus, in iis enim reſurget ad Gehennam. Quæ enim creatura non malit eſſe in Cœlo & gloria, quàm in inferno & igne?*

B b iiij

C. DE LA PIERRE. Au reste, malgré ces défauts ces Commentaires ont leur mérite & peuvent être lûs avec fruit.

Catalogue de ses Ouvrages.

1. *In Pentateuchum Mosis Commentaria. Antuerpiæ* 1616. 1623. 1648. 1659. 1661. *in-fol.* It. *Parif.* 1617. 1621. 1626. 1630. *in-fol.* On voit à la tête. *Encomium S. Scripturæ*, que *Freher* a marqué mal à propos comme un ouvrage imprimé à part.

2. *Commentaria in libros Josue, Judicum, Ruth, Regum & Paralipomenon. Antuerpiæ* 1642. 1653. 1664. 1676. *in-fol.* It *Parif.* 1642. *in-fol.*

3. *Commentaria in Esdræ, Nehemiæ, Tobiæ, Judith, Ester & Machabæorum libros. Antuerpiæ* 1645. 1659. 1661. 1669. *in-fol.* It. *Parif.* 1645 *in-fol.*

4. *Commentaria in Proverbia Salomonis. Antuerpiæ* 1635. 1645. 1659. 1671. *in-fol.* It. *Parif.* 1635. *in-fol.*

5. *Commentaria in Ecclesiasten & in librum Sapientiæ. Antuerpiæ* 1638. 1649. 1657. 1670. 1680. *in-fol.* It. *Parif.* 1639. 1642. *in-fol.*

6. *Commentaria in Canticum. Lugduni* 1637. *in-fol.* It. *Antuerpiæ* 1638. *in-fol.*

7. *Ecclefiafticus Syracidis expofitus* C. DE LA
accurato Commentario. Antuerpiæ 1634. PIERRE.
1642. 1664. *in-fol.* It. *Lugduni* 1634.
in-fol. It. *Parif.* 1642. *in-fol.*

8. *Commentaria in quatuor Prophetas
Majores. Antuerpiæ* 1622. 1625. 1634.
1664. 1676. *in-fol.* It. *Parif.* 1622.
in-fol.

9. *Commentaria in duodecim Prophetas Minores. Lugduni* 1625. *in-fol.*
It. *Antuerpiæ* 1628. 1635. 1646. 1661.
1673. *in-fol.* It. *Parif.* 1628. 1630. *in-
fol.*

10. *Commentarii in Evangelia, in duo
volumina divifi. Antuerpiæ* 1617. 1627.
1639. 1649. 1660. 1670. 1681. *in-fol.*
It. *Lugduni* 1625. 1638. 1641. 1687.
in-fol. It. *Parif.* 1639 *in-fol.*

11. *Commentaria in Acta Apoftolo-
rum. Antuerpiæ* 1627. 1648. 1662.
1672. *in-fol.* It. *Lugduni* 1627. *in-fol.*
It. *Parif.* 1631. *in-fol.*

12. *Commentaria in omnes D. Pauli
Epiftolas. Antuerpiæ* 1614. 1617. 1622.
1627. 1635. 1656. 1665. 1679. *in-fol.*
It. *Parif.* 1621. 1625. 1628. 1631.
1638. *in-fol.* It. *Lugduni* 1644. 1683.
in-fol.

13. *Commentarius in Epiftolas Cano-*

C. DE LA
PIERRE.

nicas. *Antuerpiæ* 1627. 1648. 1662.
1672. *in-fol.* It. *Lugduni* 1627. *in-fol.*
It. *Parif.* 1631. *in-fol.*

14. *Commentaria in Apocalypsim S.*
Joannis Apostoli. Antuerpiæ 1627.
1672. *in-fol.* It. *Parif.* 1631. *in-fol.*

Tous ces Ouvrages ont été réimprimés plusieurs fois ; la derniere édition connue de Lyon en 11. vol. *in-*
fol.

V. *Alegambe & Sotwel, Bibliothe-*
ca Scriptorum Societatis Jesu. Freteri
Theatrum Virorum Doctorum p. 430.
Valerii Andreæ Bibliotheca Belgica.

JEAN HENRI ALSTEDIUS.

J.H. ALS-
TEDIUS.

J EAN HENRI ALSTEDIUS,
naquit à *Herborn*, dans le Comté
de *Naſſau* en Allemagne, l'an 1588.

Il enseigna long-temps la Philosophie & la Théologie en cette ville ;
& il y étoit Professeur en cette derniere Faculté, lorsqu'il fut député au
fameux Synode de *Dordrecht*. Il y é-
toit en 1619. & l'on voit par l'Histoire de ce Synode, qu'il y défendit
avec chaleur les sentimens des Calvi-

niftes contre les Remontrans.

Il quitta depuis *Herborn* pour aller enfeigner à *Weiſſembourg* (en Latin *Alba Julia*) en Tranfilvanie.

Les occupations, que lui donna l'inftruction de ſes difciples, ne l'empêcherent point de compoſer un grand nombre d'Ouvrages, qui font connoître que c'étoit un Ecrivain infatigable, & que ceux qui avoient trouvé par Anagramme dans ſon nom d'*Alſtedius* le mot *Sedulitas*, avoient rencontré préciſément ce qui lui convenoit le mieux.

On y voit auſſi que ſon érudition étoit fort diverſifiée, & s'étendoit ſur toutes fortes de genres de litterature. Il a travaillé à réduire en ſyſtèmes toutes les parties des Sciences & des Arts ; & s'il n'a pas toujours réuſſi, c'eſt moins la faute de ſa capacité & de ſon jugement, que du temps où il vivoit.

Il mourut à Weiſſembourg l'an 1638. à l'âge de 50. ans. Il avoit été marié, & une de ſes filles épouſa *Jean-Henri Biſterfeld*, qui donna comme lui dans les viſions des Millenaires.

J.H. ALS-
TEDIUS.

Catalogue de ses Ouvrages.

1. *Clavis Artis Lulliana & vera Logices. Accessit speculum Logices minime vulgaris. Argentorati* 1609. *in-*12. *Alstedius* étoit grand partisan de Raimond Lulle.

2. *Consiliarius Academicus & Scholasticus, id est, Methodus formandorum studiorum. Accessit consilium de copia rerum & verborum, id est, methodo disputandi de omni scibili. Argentorati* 1610. *in-*4°. It. *Editio secunda aucta Ibid.* 1627. *in-*4°.

3. *Panacæa Philosophica, id est, Methodus docendi & discendi Encyclopædiam. Herbornæ* 1610. *in-*8°.

4. *Theatrum Scholasticum, in quo Consiliarius Philosophicus proponit & exponit. I. Systema & Gymnasium Mnemonicum de perfectione Memoria & reminiscentiæ. II. Gymnasium Logicum de perfectione Judicii. II. Systema Oratorium de perfectione linguæ & methodo Eloquentiæ. Herbornæ* 1610. *&* 1620. *in-octavo.*

5. *Compendium Physices. Ibid.* 1610. *in-*12.

6. *Systema Mnemonicum duplex. Francofurti* 1610. *in-*8°.

7. *De Harmonia Philosophiæ Aris-* J.H. Als-
totelico-Lullianæ & Rameæ. Herbornæ TEDIUS.
1610. in-8°.

8. *Hexiologia, sive doctrina de ha-*
bitibus intellectualibus. Ibid. 1611. *in-*
12.

9. *De nonnullis utilibus & necessariis*
quæstionibus in Schola Philosophiæ, tam
Theoreticæ quàm practicæ, controversis.
Ibid. 1611. *in-*12.

10. *Elementale Mathematicum, in*
quo continentur Arithmetica, Geome-
tria, Geodæsia, Astronomia, Geogra-
phia, Musica, Optica. Francofurti
1611. *in-*4°.

11. *Methodus S. Theologiæ in sex*
libros tributa ; quorum. I. Theologia
Naturalis. II. Catechetica. III. Didac-
tica, seu loci communes. IV. Soterologia,
seu schola tentationum & Casus Conscien-
tiæ. V. Prophetica, ubi Rhetorica & Bio-
graphia Ecclesiastica VI. Acroamatica.
Offenbachii 1611. *in-*8°. It. *Hanoviæ*
1623. *in-*4°. It. *Ibid.* 1634. *in-*12.

12. *Metaphysica brevissima delineatio.*
Herbonæ 1611. *&* 1613. *in-*12.

13. *Lexicon Theologicum, in quo*
S. Theologiæ termini dilucide explican-
tur juxta seriem locorum communium.

J.A. ALS-
TEDIUS.

Hanoviæ 1612. 1620. 1634. *in-12.*

14. *Consilium de locis communibus recte adornandis. Heborna* 1612. *in-8°.*

15. *Trigæ Canonicæ, quarum I. est dillucida artis Mnemo-Logicæ explicatio. II. Artis Lullianæ Architectura & usus. III. Artis Oratoriæ novum Magisterium. Francofurti* 1612. *in-8°.*

16. *Philosophia digne restituta, libros quatuor præcognitorum Philosophicorum complectens. Herborna* 1612. *in-8°.*

17. *Systema Physica Harmonica, quatuor libellis methodice propositum. Ibid.* 1612. *in-12.*

18. *Bernardi de Lavenheta Opera omnia, quibus tradidit Artis Raymundi Lullii compendiosam explicationem & ejusdem applicationem ad Logica, Rhetorica, Physica, Mathematica, Mechanica, Medica, Metaphysica, Thelogica, Ethica, Juridica, Problematica. Edente Joanne Henrico Alstedio. Coloniæ* 1612. *in-8°.*

19. *Artificium perorandi Jordani Bruni, communicatum à Joan. Henrico Alstedio. Francof.* 1612. *in-8°.*

20. *Hermanni Witekindi Logistica,*

Opusculum Posthumum. Accessit Joan. J.H.Als-
Henrici *Alstedii Methodus universæ* TEDIUS.
Matheseos. Francofurii 1612. *in-*12.

21. *Orator sex libris informatus ,
quorum* I. *Præcognita.* II. *Oratoria
communis.* III. *Epistolica.* IV. *Methodus
Eloquentiæ.* V. *Rhetorica Ecclesiastica.
Herbornæ* 1612. *in-*8°.

22. *Methodus admirandorum Ma-
thematicorum novem libris exhibens
universam Mathesim. Herbornæ* 1613.
& 1657. *in-*12.

23. *Pastor confirmatus ab Henrico
Bullingero , officium boni Pastoris ita
ob oculos ponens , ut simul contineat totius Christianæ Religionis elementa ;
jam in lucem productus à Joan. Henr.
Alstedio. Francof.* 1613. *in-*12.

24. *Compendium Grammaticæ Latinæ Mauritio-Philippo - Rameæ. Herbornæ* 1613. *in-*8°.

25. *Præcognitorum Theologicorum libri duo , naturam Theologiæ explican-
tes , rationem studii illius plenissime
monstrantes. Francof.* 1614. *in-*4°. It.
Hanoviæ 1623. *in-*4°.

26. *Logicæ Systema harmonicum , in
quo universus bene disserendi modus ex
Autoribus Peripateticis juxta & Rameis*

J.H. ALS-
TEDIUS.

traditur per præcepta brevia , Canones Selectos, & Commentaria dilucida. Herborna 1614. in-8°.

27. *Theologia naturalis , exhibens Scholam Naturæ , in qua Creatura Dei communi Sermone , ad omnes pariter docendos , utuntur, adversus Atheos , Epicureos & Sophistas hujus temporis. Francof. 1615. in - 4°. It. Hanoviæ 1623. in 8°.*

28. *Theologia Casuum Conscientiæ. Hanoviæ 1616. 1621. 1630. in-4°.*

29. *Rhetorica , quatuor libris proponens universum ornate dicendi modum. Herbornæ 1616. in-8°.*

30. *Theologia Catechetica , exhibens sacratissimam Novitiolorum Christianorum scholam , in qua summa fidei & operum , duarum Christianismi columnarum , ex Bibliis parvis methodice proponitur & exponitur. Hanoviæ 1616. 1622. in-4°.*

31. *Physica Harmonica. Herbornæ 1616. 1642. in-12.*

32. *Metaphysica. Ibid. 1616. 1631. in-12.*

33. *Compendium Lexici Philosophici. Herbornæ 1616. in-12.*

34. *Logica Petri Rami perpetuis tabulis*

bulis M. Samuelis Sabatecii delineata , J.H. Als- *& ſuccincto Commentario Joan. Henri-* TEDIUS. *ci Alſtedii illuſtrata. Francofurti* 1617. *in-*4°.

35. *Theologia Scholaſtica didactica , exhibens locos communes Theologicos methodo ſcholaſtica , quatuor in partes tributa. Hanoviæ* 1618. 1627. *in-*4°.

36. *Logica Theologica , ſeu de modo argumentandi in Theologia. Hanoviæ* 1618. 1627. *in-*12. *It. Francof.* 1625. 1629. *in-*8°.

37. *Theologia Polemica , exhibens præcipuas hujus ævi in Religionis negotio controverſias. Hanoviæ* 1620. 1627. *in-*4°. Cet Ouvrage a été attaqué par *Jean Himmelius ,* Lutherien , dans un Ecrit intitulé : *Anti-Alſtedius , ſive examen Theologiæ Polemicæ Joannis Henrici Alſtedii , Lutheranis ſophiſtice oppoſitæ. Jenæ* 1629. *in-*4°.

38. *Curſus Philoſophici Encyclopædia , libri* 27. *complectens univerſæ Philoſophiæ Methodum , ſerie præceptorum , regularum & commentariorum perpetua. Herbornæ* 1620. *in-*4°.

39. *Memoriale Biblicum , & Oeconomia Bibliorum , cum Trivio Philoſophiæ , ſive Grammatica , Rhetorica &*

Tome XLI. C c

JEH.ALS-
TEHIUS.

Logica. Herbornæ 1620. in-8°. It.
sous le titre de *Philomela Theologico-
Philosophica, recitans fundamenta pie-
tatis & humanitatis.* Ibid. 1627. in-
12.

40. *Encyclopædia.* Herbornæ 1620.
*in-*4°. It. *secunda, cura limata & aucta*
Ibid. 1630. *in-fol.* deux vol. It. *Lugduni* 1649. *in-fol.* deux vol. l'Auteur
s'y est proposé de donner un abregé
Méthodique de toutes les Sciences.
Quoiqu'il soit peu exact en beaucoup d'endroits, son livre n'a pas
laissé d'être reçu du Public avec de
grands applaudissemens, lorsqu'il
parut la premiere fois, & il peut-être
utile à ceux qui étant destitués d'autres secours, veulent acquérir quelque connoissance des termes de chaque Profession & de chaque Science.
On ne peut trop louer la peine qu'il
s'est donnée pour tirer des meilleurs
Auteurs, qui avoient écrit de son
temps, de quoi composer son Ouvrage, dans lequel il rapporte les
principes des Sciences & des Arts
avec beaucoup d'ordre ; il s'est cependant quelquefois trop embarrassé,
pour avoir voulu se rendre trop clair,

& trop méthodique, & en servant J.H. Als-
pour cela de trop de divisions & de TEDIUS.
subdivisions.

41. *Triumphus Bibliorum Sacrorum,
sive Encyclopœdia Biblica, exhibens
triumphum Philosophiæ, Jurisprudentiæ,
& Medicinæ sacræ, itemque sacræ
Theologiæ, quatenus illarum fundamenta ex scriptura veteris Novi Testamenti colliguntur. Francofurti* 1620. 1625.
1642. *in-*12. *Alstedius* prétend prou-
ver ici, qu'il faut chercher dans l'E-
criture Sainte les principes & les ma-
teriaux de toutes les Sciences & de
tous les Arts.

42. *Theologia Prophetica, exhibens
I. Rhetoricam Ecclesiasticam, seu artem
Concionandi. II. Politicam Ecclesiasti-
cam. Accessit Theologia Acroamatica.
Hanoviæ* 1622. *in-*4º.

43. *Compendium Logicæ Harmonicæ.
Herbornæ* 1623. *in-*12.

44. *Compendium Theologicum, exhibens Methodum SS. Theologiæ, octo
partibus absolutam. Hanoviæ* 1624. *in-*
8º.

45. *Thesaurus Chronologiæ, in quo
universa temporum & Historiarum series in omni vita genere ita ponitur ob*

J.H.Als- oculos , *ut fundamenta Chronologiæ ex*
TEDIUS. *facris litteris & calculo Aftronomico*
eruantur , & deinceps tituli homogenei
in certas claffes memoriæ caufa digeran-
tur. Herbornæ 1624. 1637. 1650.
in-8°. La Chronologie étoit trop
imparfaite du temps de l'Auteur ,
pour qu'il pût faire quelque chofe de
bon.

46. *Analyfis Novi Teftamenti ,* 17.
Titulis vel 12. *Tabulis comprehenfa.*
Noribergæ 1625. *in*-8°.

47. *Paratitta Theologica. Francofurti*
1626. *in*-4°. *Thomafius* a remarqué
dans fon Traité *de Plagio litterario ,*
qu'*Alftedius* a copié prefque mot
pour mot tout ce qu'il dit *de Sacro*
Silentio , au titre *Initiati* p. 166. de la
16. Exercitation de *Cafaubon* fur *Ba-*
ronius , fans cependant le nommer.
Il eft à préfumer qu'il en a ufé de
même en bien d'autres occafions.

48. *Compendium Philofophicum exhi-*
bens Methodum, definitiones , Cano-
nes, diftinctiones, & quæftiones per uni-
verfam Philofophiam. Herbornæ 1626.
in-8°. 2. vol.

49. *Quæftiones Theologicæ.* Francof.
1627. It. *Hanoviæ* 1634. *in*-12.

50. *Regulæ Theologicæ , quibus cor-* J.H. ALS-
pus doctrinæ Chriſtiiana illuſtratur. Ha- TDIUS.
noviæ 1627. *in-8°.*

51. *Diatribe de mille annis Apoca-*
lypticis. Francofurti 1627. *in-8°.* It.
En Allemand. *Ibid.* 1630. *in-12. Alſ-*
tedius a prétendu faire voir dans ce
livre que les Elûs regneroient avec
Jeſus-Chriſt ſur la terre pendant mille
ans ; après quoi arriveroit la Reſur-
rection des hommes & le Jugement
dernier. Il avoit fixé le commencement de ce régne à l'année 1694. On
a eu le temps de ſe convaincre de la
fauſſeté de ſon Syſtême.

52. *Synopſis Theologiæ. Hanoviæ*
1627. *in-8°.* It. *Francofurti* 1653.
in-12.

53. *Summa Caſuum Conſcientiæ no-*
va Methodo elaborata. Accedunt opuſ-
cula duo ejuſdem argumenti I. Expli-
catio terminorum, quibus utuntur Ca-
ſuitæ II. Arithmologia ſacra & quoti-
diana Conſcientiæ luctantis. Francof.
1628. *in-12.* It. *Hanoviæ* 1643. *in-*
12.

54. *De Manducatione ſpirituali ,*
Tranſubſtantiatione , Sacrificio Miſſæ
Diſſertatio. Item de Eccleſia ejuſque

J.H.ALS- partibus & proprietatibus adversus Bel-
TEDIUS. larminum. Geneva 1629. & 1630. in-
fol. La premiere Differtation fert de
Supplément au 4e. volume de la *Panf-
tratia Catholica* de *Daniel Chamier* ,
& le Traité de l'Eglife en fait le 5e.

55. *Diftinctiones per univerfam Theo-
logiam fumptæ ex Canonibus facrarum
litterarum & Claffiicis Theologicis.* Hanoviæ 1630. in-12.

56. *Pentateuchus Mofaica & Pleias
Apoftolica* ; id eft quinque libri Mofis ,
& feptem Epiftolæ Canonicæ notationibus illuftratæ. Herbornæ 1631. in 8°.

57. *Turris David de qua pendent
mille Clypei* , hoc eft , Sylloge Demonf-
trationum quibus invictum robur Religionis afferitur. Hanoviæ 1634. in-12.

58. *Turris Babel deftructa* ; hoc eft, re-
futatio argumentorum , quibus ftabilitur
confufio in negotio Religionis. Herbornæ 1639. in-12.

59. *Trifolium Propheticum* , feu Canticum Canticorum , Prophetia Danielis ,
& Apocalypfis , explicata. Herbornæ
1640. in-4°.

60. *Loci communes Theologici perpetuis fimilitudinibus illuftrati.* Hanoviæ
1641. & 1658. in-12. It. Francofurt.
1653. in-12.

61. *Epiſtola ad Joſuam von der* J.H. ALS-
Tann, de peregrinatione prudenter inſti- TEDIUS.
tuenda. Dans le 3e. Tome des *Vario-*
rum Autorum Conſilia & ſtudiorum
methodi, collecta à Thoma Crenio. Ro-
terodami 1699. *in-*4°.

V. *Lhrenzo Craſſo, Elogii d'Huo-*
mini letterati Tome II. p. 212. *Adriani*
Regenvolſcii Hiſtoria Eccleſiaſtica Sla-
vonicarum Provinciarum p. 379. *Bay-*
le, Dictionnaire.

THEOPHILE BRACHET DE LA MILLETIERE.

T**HEOPHILE BRACHET,** T. DE LA
ſieur de *la Milletiere*, naquit MILLE-
vers l'an 1596. d'*Ignace Brachet,* TIERE.
ſieur de *la Milletiere;* Maître des
Requêtes de l'Hôtel du Roi, & Intendant de ſa Maiſon de *Navarre,* &
d'*Antoinette Faye,* fille de *Barthelemi*
Faye, Seigneur d'*Eſpaiſſes,* Conſeil-
ler au Parlement de *Paris,* & enſuite Préſident aux Enquêtes.

Il naquit dans la Religion Proteſ-
tante, dans laquelle il vécut juſqu'à
l'âge de 30. ans, & pour laquelle il
témoigna beaucoup de zéle.

On l'envoya dans sa jeunesse étudier à *Heidelberg*, d'où il revint à *Paris* fréquenter le Barreau en qualité d'Avocat. *Samuel des Marets* qui n'a rien oublié pour le déchirer, prétend qu'il devint alors si amoureux de la fille d'un Procureur, qu'il en tomba dangereusement malade, & qu'il ne put guérir qu'en l'épousant ; qu'espérant avoir des causes par le moyen de son beau-pere, il s'attacha à la Profession d'Avocat, mais qu'étant demeuré court dans un plaidoyer, il s'en dégoûta, & s'érigea en Théologien ; qu'il crachoit de l'Hebreu, lorsqu'il disputoit au Palais sur des matieres de Religion.

Quoiqu'il en soit de ces faits, qui ne sont pas fort interessans, il est sûr qu'il quitta bientôt la pratique du Droit, pour se donner à l'étude des Matieres Théologiques.

Il acquit de bonne heure par son habileté du crédit dans son parti, & fut bientôt honoré de la Charge d'Ancien au Consistoire de *Charenton*.

Pierre du Moulin ayant l'an 1618. à entrer en conference avec M. *de Raconis*, qui fut depuis Evêque de *Lavaur*,

Lavaur, eut aſſez bonne opinion de *la* T. DE LA *Milletiere* pour le prendre en qualité MILLE- de ſecond , malgré ſa grande jeu- TIERE. neſſe.

Deux ans après , c'eſt - à - dire en 1620. il ménagea une conférence en- tre *Daniel Tilenus* & *Jean Cameron* , dans le deſſein de ramener le pre- mier au pur Calviniſme ſur les ma- tieres de la Prédeſtination & de la Grace , qui diviſoient alors les Pro- teſtans. Les meſures ayant été priſes pour cela , il ſe rendit au Château de *l'Iſle* près *d'Orleans* avec *Tilenus* , & y trouva *Cameron* , qui y étoit arrivé avec *Louis Cappel* , ſon confrere. La conférence commença le 24. Avril , & fut terminée le 28. ſuivant. Elle eut l'iſſue ordinaire ; chacun demeura dans ſes ſentimens , & s'attribua la victoire. *La Milletiere* , & *Cappel* en furent les Secretaires , & le premier en fit l'ouverture.

La même année *la Milletiere* fut député à l'Aſſemblée de la *Rochelle* ; & cette Aſſemblée l'envoya quelque temps après en Hollande , pour de- mander du ſecours aux Etats Géné- raux ; mais ſa négociation ne réuſſit

Tome XLI. D d

pas, parce que les Etats, qui étoient alors Alliés de la France, ne voulurent pas rompre ouvertement avec elle.

Son zéle pour son parti l'engagea depuis dans bien des démarches, qui lui causerent du chagrin. Il fut arrêté en 1627. & conduit à *Toulouse*, où on lui fit son procès. Il vit même l'Arrêt de sa mort dressé de la main du Premier-Président *Masuyer*; mais il en fut quitte pour une prison de quatre années.

Il est vrai qu'une année avant son emprisonnement, il avoit bien changé de vûe. Les guerres que les Calvinistes entreprenoient pour défendre les priviléges, qu'ils n'avoient obtenus que les armes à la main, commencerent à lui paroître criminelles; il n'eut pas de peine à se convaincre qu'elles l'étoient, à mesure qu'il fit de nouvelles refléxions : & il commença dès-lors à chercher les moyens de réunir les Calvinistes avec les Catholiques. Le premier ouvrage qu'il écrivit sur cette matiere parut en 1634 & fut deux ans après suivi de quelques autres, mais il mécontenta également les Calviniſ- tes & les Catholiques.

Les premiers regardant la perte de la *Milletiere* comme preſque aſſu- rée, firent de grands efforts pour le retenir par eux, ou le déchirerent par leurs ouvrages. Il ſe trouva entre les Catholiques des Docteurs qui ſe plai- gnirent de ces Ecrits. Il y eut un or- dre à la Sorbonne de les Cenſurer; mais il s'y trouva des oppoſitions, & un ſecond ordre de la Cour fit ceſſer l'examen qu'on en faiſoit.

Le peu de ſuccès de ces premiers Ouvrages ne le dégoûta pas de ſon projet, & ne l'empêcha pas de tra- vailler depuis ſur le même plan. Ce qui irrita tellement les Calviniſtes, qu'ils le retrancherent enfin de leur Communion, & l'excommunication étoit prononcée contre lui dès avant l'année 1642. lorſqu'il publia ſa *Pro- feſſion ſincere de la Foi Catholique.*

Ce coup auroit ſans doute engagé la *Milletiere* à ſe preſſer d'entrer dans le ſein de l'Egliſe Romaine, s'il n'a- voit eu des principes particuliers ſur les liens interieurs & exterieurs de l'Egliſe. Mais il lui fallut du temps

T. DE LA
MILLE-
TIERE.

pour furmonter cette difficulté, &
il ne fit fon abjuration que le 2. Avril
1645. dans l'Eglife de Notre-Dame,
entre les mains de l'Achevêque de
Paris, comme nous l'apprenons des
Ephemerides de *Pierre de S. Romuald.*

La *Milletiere* depuis fa converfion
compofa plufieurs Ouvrages contre
les Proteftans, qui fe font vengés
par les peintures defavantageufes
qu'ils ont faites de lui.

Il mourut au mois de Mai 1665.
âgé d'environ 69. ans.

Il avoit époufé *Marie Georgeau*,
qui mourut en Janvier 1660. & dont
il eut un fils, qui fut tué dans la guerre d'Allemagne en 1643. & une fille
nommée *Sufanne*, qui fut mariée à
François Catelan, Secretaire du Con-
feil, & qui mourut en Juillet 1686.
laiffant pofterité.

Catalogue de fes Ouvrages.

1. *Difcours des vrayes raifons pour
lefquelles ceux de la Religion en France
peuvent, & doivent en bonne confcience réfifter par armes à la perfécution
ouverte que leur font les ennemis de
leur Religion & de l'Etat ; par un des
Députés de l'Affemblée de la Rochelle*

1622. *in-*8°. Au commencement du
mois de Mars 1621. on vit paroître sous le nom d'*Abraham Elintus*,
un Avertissement à l'Assemblée de *la
Rochelle*, dans lequel ceux de la Religion étoient fortement exhortés à se
soumettre à leur Prince, & à ne point
entreprendre à se conserver, par la
guerre, la possession des Edits. Ce
fut pour répondre à cet Ouvrage de
Daniel Tilenus, qui s'y étoit caché
sous le nom d'*Elintus*, anagramme
du sien, que *la Milletière* publia le
discours dont on voit ici le titre.
Il choqua toutes les personnes mode-
rées de son parti ; mais on ne se con-
tenta pas de cela. La chambre de l'E-
dit séante à *Beziers*, fit brûler l'Ouvrage par la main du bourreau ; son
Arrêt est du 6. Octobre 1626. *Tilenus*
répliqua aussi par un Ecrit intitulé :
Examen d'un Ecrit intitulé : Discours
des vrayes Raisons, &c.

2. *Epistola ad Cardinalem Riche-
lium de univesi Orbis Christiani concor-
dia & per ipsum Cardinalem consti-
tuenda. Paris.* 1634. *in-*8°. pp. 54. non-
chiffrées. It. en François sous ce titre.
Discours des moyens d'établir une paix

T. DE LA MILLE-TIERE.

en la *Chrétienté par la réunion de l'E-glise prétendue Réformée, proposé à M. le Cardinal de Richelieu. Paris* 1635. *in-4°.*

3. *Lettres de Rivet, du Moulin & la Milletiere. Sedan* 1635. *in-12.* Elles roulent sur le projet de réunion de *la Milletiere.*

4. *Christianæ Concordiæ inter Catholicos, & Evangelicos in omnibus Controversiis instituendæ consilium, unà cum elucidatione primariæ controvesiæ de fidei per Christi gratiam dono & divina Prædestinatione* 1636. *in-8°.* Cet Ouvrage fut attaqué par diverses Critiques : on vit paroître la même année *Jugement de du Moulin sur le Livre de la Milletiere* 1636. *in-8°. Examen de l'Avis de M. de la Milletiere sur l'accommodement des differends de Religion. Par Jean Daillé* 1636. *in-8°.* en Latin & en François.

5. *Le Moyen de la Paix Chrétienne en la réunion des Catholiques & des Evangeliques, sur les differends de la Religion. Premiere partie, contenant la réfutation de la procedure de Daillé en son examen, & l'éclaircissement de la doctrine de la justification.* 1637. *in-8°.*

C'eft une réponfe à l'Ouvrage de T. DE LA *Daillé*, dont j'ai parlé ci-deffus. Quel- MILLE- quesDocteurs de Sorbonne obtinrent, TIERE. par l'entremife du célébre Pere *Jofeph le Clerc*, un ordre du Roi à la Facul- té de Théologie, pour cenfurer cet Ouvrage. L'affaire étoit en train, lorf- que le Cardinal *de Richelieu* s'étant informé de ce qui la concernoit, ju- gea que la Cenfure n'aboutiroit à rien, & envoya un nouvel ordre de ne point paffer outre.

6. *Déclaration faite par le fieur la Milletiere à Meffieurs les Pafteurs, An- ciens & Confiftoire de fon Eglife, fur l'Acte dreffé par le Synode national d'Alençon, & la Lettre dudit Synode audit la Milletiere, concernant fon Livre intitulé* : Le Moyen de la Paix Chrétienne. *Paris* 1637. *in* 8°. Ce Synode affemblé cette année avoit condamné le Livre de *la Milletiere*, & lui avoit écrit, que s'il ne donnoit dans fix mois une déclaration auten- tique de fa repentance au Confiftoire de *Paris*, on ne le tiendroit plus pour membre des Eglifes Réformées.

7. *Réponfe à M. Amyraut fur une conference amiable entr'eux pour l'exa-*

D d iiij

T. DE LA
MILLE-
TIERE.

men des moyens par lui proposés pour la réunion avec les Catholiques. Paris 1638. in-8°.

8. *Admonition à M. Amyraut de sa contradiction manifeste avec MM. Mestrezat & Testard sur la matiere de la justification. Paris 1638. in-8°.*

9. *Lettre à M. Testard Ministre de Blois, sur le sujet de la réunion par lui proposée avec les Catholiques. Paris 1638. in-8°.*

10. *Conviction de M. Amyraut sur sa contradiction avec ses Collégues, à l'Evangile, & à soi-même, touchant la Justification du Fidéle & son mérite 1638. in-8°.*

11. *La Prédication de J. C. aux esprits captifs. I. Pier. III. 19. Adressée à M. Daillé sur le sujet de son dernier prêche du 9. Mai 1638. Paris 1638.*

5.

12. *Jugement déferé aux Ministres de Paris, & à M. du Moulin sur la vérité démontrée en la doctrine Catholique touchant la Justification du Fidéle, & un discours des raisons nécessaires de la réunion du Schisme en l'Eglise. Paris 1639. in-8°.*

13. *Censure du Sermon de M. Mes-*

trezat de la juſtification par la Foi ſans les œuvres de la Loi. Paris 1639. in-8o.

14. *Sommaire de la doctrine Catholique du Franc Arbitre, de la Grace, de la Predeſtination divine, & de la juſtification du Fidéle.* Paris 1639. in-octavo.

15. *Lettre au ſieur de Limbourg, ſur le ſujet pour lequel il lui mande qu'il s'eſt rangé à la Communion des Catholiques. Avec une autre Lettre à M. Rambour ſur le même ſujet.* Paris 1639. in-8o. pp. 45. On voit à la tête la Lettre du ſieur *de Limbour*, qui s'étoit fait Catholique.

16. *Lettre à un de ſes amis, où ſont réſolues les difficultés formées par le mal-entendu des Evangeliques contre la doctrine Catholique de la préſence réelle.* Paris 1639. in-8°.

17. *La néceſſité de la puiſſance du Pape en l'Egliſe pour remede contre le Schiſme, & pour une légitime Réformation.* Paris 1640. in-8°. Cet Ouvrage a été attaqué par le ſuivant. *Lettre de M. Blondel à M. de la Haye touchant la prétendue néceſſité de la puiſſance du Pape en l'Egliſe, propoſée*

*par le sieur de la Milletiere. Charen-
ton* 1640. *in-*8o. Il répondit sous ce titre.

18. *Réponse à la Lettre d'un de ses
amis sur la nécessité de la puissance du
Pape en l'Eglise , & sur la doctrine du
Purgatoire. Paris* 1640. *in-*8°.

19. *Priere Chrétienne & Catholique
pour l'usage ordinaire de tous les fidéles
avec d'autres Traités. Paris* 1640. *in-*8°.

20. *Jugement sur le Livre de l'Eucharistie de M. Blondel , ou la vérité
des fondemens de la doctrine Catholique. Paris* 1641. *in-*8°.

21. *La vérité du S. Sacrement de
l'Eucharistie , & du Sacrifice de l'E-
glise , familiairement expliqué en neuf
Dialogues , par les Ecrits des Apôtres
& des Peres , selon les définitions du
Concile de Trente , pour la réunion
de tous les Chrétiens en un même sentiment catholique. Paris* 1641. *in-*4°.
pp. 344. Il n'y a ici que le premier
Dialogue.

22. *Le Catholique Réformé , profes-
sant l'adoration du S. Sacrement , l'in-
vocation des Saints , l'usage des Images , sans superstition ni idolatrie , suivant les définitions de la Foi de l'Eglise.*

Paris 1642. *in-octavo* pp. 203.

23. *Défense de la Methode nouvelle introduite pour soutenir l'autorité de la foi Catholique, contre ceux qui la veulent renverser par leur autorité propre, sous le prétexte de l'Ecriture.* 1641. *in-8°.* pp. 38.

24. *Remonstrance à Messieurs de la Faculté de Théologie, assemblés en l'Ecole de Sorbonne au premier jour d'Août* 1642. *sur la nullité de la Censure du sieur Chapelas. Avec la Profession Catholique du sieur de la Milletiere.* 1642. *in-8°.*

Il y fait voir que la Censure de son Livre du *moyen de la Paix Chrétienne* étoit l'Ouvrage particulier de Monsieur *Chapelas,* Syndic de la Faculté, & non point celui de la Faculté, qui ne l'avoit pas approuvée. Cette Censure avoit été publiée par *André Rivet,* avec douze Theses extraites du Traité de la *Milletiere* sur la puissance du Pape, à la suite de ses *Animadversiones in Hugonis Grotii, Adnotata ad consultationem Cassandri. Ludg. Bat.* 1642. *in-8°.* Ce qu'il y avoit de personnel dans la Remontrance de la *Milletiere,* par rapport à *Rivet,* lui attira de sa part une réponse, qu'il voulut faire regarder simplement comme le prélude d'une réfutation plus ample, en l'intitulant : *Prodromus contra calumnias Th. Milletierii. Lugd. Bat.* 1642. *in-8°.* La Milletiere lui répliqua par une dissertation Latine qu'il intitula :

25. *Rivetiani Prodromi Milleterium turbarum & calumniarum inique arcessentis crucifragium. Ejusdem serioludicra Milleterii Opera, suam in pacificandis Religionis controversiis fidem & constantiam tuentis. Paris.* 1642. *in-8°.* pp. 111.

26. *La facilité de réunir & de réformer l'Eglise, dans une Lettre à M. Amyraut. Paris* 1642. *in-8°.*

27. *Replique à la Réponse de M. Amyraut. Paris* 1642. *in-8°.*

28. *Le Pacifique véritable sur le débat de l'usage légitime du Sacrement de Pénitence, expliqué par la doctrine du S. Concile de Trente. Paris* 1644. *in-8°.* pp. 158. Cet Ouvrage fut censuré par la Sorbonne. Comme la *Milletiere* prétendoit n'y avoir enseigné, que ce qui étoit contenu dans le Livre de la *fréquente Communion* de M. *Arnault*, ce Docteur persuadé

qu'il n'avoit pas bien expoſé ſes ſentimens, détruiſit ſa prétention dans
un écrit qu'il intitula : *Lettre de M.*
Arnauld, par laquelle il défend la vé-
rité Catholique contre les erreurs du
ſieur de la Milletiere dans ſon Paci-
fique véritable. 1644. *in*-8°.

29. *Lettre à MM. de la Faculté de*
Théologie, aſſemblés en l'Ecole de Ser-
bonne ſur le ſujet de ſon Livre, de l'u-
ſage du Sacrement de Pénitence. Paris
1644. *in*-8°. pp. 14.

30. *Remontrance à la Reyne ſur*
l'empêchement qui lui eſt donné de pu-
blier les raiſons pour leſquelles il deſire
entrer en la Communion Catholique.
Paris 1644. *in*-4°.

31. *Application de la Cenſure du*
Livre intitulé : Le Pacifique véritable,
au Livre de la Fréquente Communion,
1645. *in*-8°.

32. *Déclaration des cauſes de ſa con-*
verſion à la Foi Catholique. Paris
1645. *in*-8°.

33. *Diſcours aux Synodes des Egli-*
ſes P. R. contenant la propoſition des
cauſes néceſſaires de leur réunion à l'E-
gliſe Catholique. Paris 1645. *in*-4°.

34. *Inſtruction à tout Proteſtant, qui*

a le jugement fain & la confcience droite, pour le réduire à la Communion de l'Eglife Catholique, par l'évidence de la néceffité de fon Sacrifice atteftée par toute l'Antiquité, & vérifiée par l'explication de toutes les parties de la Sainte Meffe. Paris 1646. *in*-4°. pp. 294.

35. *La Paix de l'Eglife fondée fur la vérité de la Foi Catholique pour la Tranfubftantiation au S. Sacrement de l'Euchariftie,* où toutes les réponfes & les objections du fieur Auberiin en fon Livre de l'Euchariftie, font refutées. Paris 1646. *in*-4°. pp. 886.

36. *L'extinction du Schifme, ou le retour des Proteftans à l'Eglife.* Paris 1650. *in*-8°.

37. *La victoire de la vérité pour la paix de l'Eglife, au Roi de la Grande-Bretagne, pour convier Sa Majefté, d'embraffer la Foi Catholique.* Paris 1661. *in*-8°. Il a paru une Critique de l'Epître Dédicatoire de cet Ouvrage fous ce titre : *Réponfe faite par le commandement du Roi de la Grande-Bretagne, à l'Epître Dédicatoire du Triomphe Imaginaire de M. de la Milletiere.* Geneve 1655. *in*-8°. L'Au-

teur a , par méprife , donné au Livre T. DE LA
de la *Milletiere* le titre de *Triomphe* MILLE-
de la Vérité , au lieu de *victoire de la* TIERE.
vérité.

37. *Lettre à M. de Courcelles fur la
converfion de Madame la Comteffe de
la Suze , à la Foi Catholique. Paris*
1653. *in-8°.*

38. *Le Flambeau de la vraye Eglife ,
pour la faire voir à tous ceux qui en font
dehors. Paris* 1653. *in 8°.*

39. *Le Flambeau de la vraye Foi, pour
la faire connoître à ceux qui l'ont dé-
laiffée. Paris* 1654. *in-8°.* pp. 77.

40. *La Préfence Corporelle de J. C.
au Ciel & à la Terre en même temps, démontrée par l'Ecriture Sainte. Paris*
1654. *in-8°.* pp. 24.

41. *La raifon certaine de terminer les
differends de la Religion entre les Catholiques & les Proteftans , adreffée aux
Miniftres, qui font dans Paris , pour
être appellés fur ce fujet à une conference amiable par ordre du Roi. Paris*
1658. *in-4°.* pp. 200.

42. *Explication Catholique de la
vérité du S. Sacrement de l'Euchariftie , & du Sacrifice de la Sainte Meffe. Paris* 1664. *in-8°.*

V. Bayle, Dictionnaire. L'article
qu'il en donne est plein de fautes.
*Lettre Critique sur le Dictionnaire de
Bayle, par M. l'Abbé le Clerc. p. 50.
Dictionnaire de Morery.*

FRANÇOIS PONA.

FRANÇOIS PONA, naquit à
Verone, en 1594 d'une famille
noble & ancienne.

Après ses études d'Humanités, il
s'appliqua à la Philosophie & à la
Médecine, & fut reçu Docteur en
ces deux Facultés à Padoue, à l'âge
de 20. ans, c'est-à-dire en 1614.

Retourné depuis à *Verone*, il fut
aggregé au College des Médecins de
cette Ville, & s'y donna jusqu'à la
fin de sa vie non-seulement à l'exercice de sa profession, mais encore à la
composition d'un nombre prodigieux d'Ouvrages de differens genres,
tant Italiens que Latins.

L'Empereur *Ferdinand III.* l'honora en 1651. du titre de son Historio-
graphe, comme on le voit par une
Lettre de *Jean Rhodius à Nicolas Hei-
mius*

mius datée de *Padoue* le 29. Juin de F. PONA. cette année , que *Burman* a inſerée dans le premier tome de ſa *Sylloge Epiſtolarum* p. 455.

On ignore le temps de ſa mort. Le dernier Ouvrage de ſa façon que je connoiſſe eſt de l'an 1652. Or comme l'on n'entend plus parler de lui après cette année , il eſt à préſumer qu'il ne la paſſa pas de beaucoup.

Il étoit de l'Academie des *Filarmonici* de *Verone*, & de celle des *Incogniti* de *Veniſe*.

Catalogue de ſes Ouvrages.

Comme j'ignore la date de pluſieurs , je ſuivrai ici la liſte qu'il en a donnée à la fin de ſes Saturnales, & que je crois être ſon dernier Ouvrage , & qu'il a diviſée par matieres , ſans marquer le temps où ils ont paru , & je ſupplerai , autant que je pourrai , à cette omiſſion.

Ouvrages de Médecine.

1. *Medicinæ anima , ſive rationalis praxis Epitome , ſelectiora remedia ad uſum Principum continens. Veronæ. 1629. in-4°.*

2. *Anulus Phyſicus.*

F. PONA.

3. *Consiliorum Medicinalium Centuria.*

4. *De Veneriis eorumque natura.*

5. *De Vitiata respiratione.*

6. *Del modo di conoscer le malatie pestilenti.*

7. *La Remora, overo del modo d'impedirne i progressi.*

8. *Trattato de' Veleni e lor cura. In Verona 1643. in-4o. pp. 96.*

9. *De Lycanthropis.*

10. *Il Lince, Dialogo.*

11. *L'Amalthea, Dialogo.*

12. *De Lue Venerea Tractatus.*

13. *Farrago Medica, peregrina remedia contiens.* Cet Ouvrage, qui a été apparemment imprimé d'abord à part, fait la huitiéme de ses Saturnales.

Ouvrages Philosophiques.

14. *De Amentia multiformi Dialogus.* C'est la premiere de ses Saturnales.

15. *Thermopolium.* C'est la deuxiéme des Saturnales.

Ouvrages Historiques.

16. *Il gran contagio, di Verona nel 1630. descritto da F. Pona. In Verona 1631. in-4o. pp. 139.* Cet Ouvra-

ge eft divifé en quatre livres.

17. *La Meffalina. In Venetia* 1633.
in-40. It. *Parif. in*-12.

18. *Apotheofis Amicorum Heroum.*

19. *Vita di San-Antonio di Padoua.*

20. *Vita del B. Gaetano.* Il a donné
cette vie fous le nom d'*Eureta Mifof-
colo* , qu'il a pris dans quelques autres
Ouvrages , & qui fignifie l'*Inventeur,*
ennemi de l'oifiveté*.

21. *Vita de' Beati Confeffori Evan-
gelifta è Pellegrino di Verona* , *de' SS.
Benigno è Caro* , *e de' BB. Padri
Theabaldo ed Albertino di Verona* , *&
Arrigo di Bolzano* , *dell' Ordine Ere-
mit. di S. Agoftino. In Verona* 1636.
in-4°.

22. *Vita della Beata Elena Anfelmi-
ni.*

Ouvrages Académiques.

23. *Genius liber* , *fatyra togata* , *five
fomnium in fomnio.* C'eft la quatriéme des Saturnales.

24. *Medica dignitas afferta* , *ean-
demque Nobilitati non derogare.* C'eft
la fixiéme des Saturnales.

25. *La Mafchera Jatropolitica.*

26. *Lettioni fopra le Morali.*

27. *Lettioni fopra la Poëtica.*

F. Pona. 28. *La Lucerna di Eureta Misos-colo.* J'ignore la date de la premiere édition de cet Ouvrage, qu'il a composé dans sa premiere jeuneffe, suivant *Ghilini* It. *In questa nuova edizione da lui accresciuta è corretta in molti luoghi. In Venetia* 1627. *in-*4°. pp. 180. C'eft un Dialogue entre *Pona* & fa lampe, où peftant d'abord contre elle de ce qu'elle n'éclairoit pas bien, il entend fortir du milieu de la lumiere une voix, qui, après quelques difcours, lui apprend que cette lampe étoit animée par une ame, qui, après avoir paffé par pluficurs corps, fuivant la doctrine des Pythagoriciens, étoit à la fin venue dans cette lampe. Elle fait un récit affez plaifant de fes differentes tranf-migrations, & raconte plufieurs hif-toires amufantes. L'Ouvrage eft divifé en quatre Soirées. L'Auteur de la *Bibliotheque des Romans* fait voir qu'il ne fçavoit ce que c'étoit, lorfqu'après en avoir bien rapporté le titre p. 30. il veut dans la table qu'au lieu de Lucerna, on mette *Luccina*, comme il l'avoit mis plus bas dans le corps du Livre p. 32. F. PONA.

29. *L'Antilucerna , Dialogo.*

30. *Sileno , overo delle bellezze del Luogo dell' Ill. ſign. Giacomo Giuſti , Dialogo. In Verona* 1620. *in-*8°. pp. 83.

31. *La Galeria delle donne celebri. In Roma* 1641. *in-*12. pp. 260. en tout. Cet Ouvrage eſt diviſé en trois parties, dont chacune traite de quatre femmes. *Quatro Laſcive ; Leda , Helena , Derceto , Semiramide. Quatro Caſte ; Lucretia Romana , Penelope , Artemiſia , Ipſicratea. Quatro ſante ; la Maddalena , Barbara , S. Monica , S. Elizabetha , Regina d'Ungheria.*

32. *Il primo d'Agoſto ; celebrato ad una fonte.*

33. *L'Ormondo. In Padoua* 1635. *in-*4°. pp. 204. C'eſt un Roman en ſept livres, que *Pona* a donné en même temps en Latin. It. *Traduit de l'Italien en Allemand. Francfort* 1648. *in-*16.

34. *L'Adamo.*

35. *Il perfetto Morate.*

Ouvrages Poëtiques.

36. *Rime, prima & ſecunda parte.*

37. *Scietta di Rime.*

F. PONA.
38. *J. Baci Cambievoli. Idilio.*

39. *Le Notturne querele. Idilio.*

40. *La Sfinge.*

41. *Sonetti Berneschi.*

42. *Oda nelle nozze de' Serenissimi Carlo Gonzaga, e l'Archiduchessa Clara Isabella d'Austria.*

43. *Sextus decimus Taxi Cantus exametrali paraphrasi redditus.* Cette traduction Latine du 16. Chant de la *Jerusalem du Tasse* fait sa dixiéme Saturnale.

Ouvrages Anatomiques.

44. *Plantarum juxta Humani corporis dissertationem, Historia Anatomica.*

Ouvrages Dramatiques.

45. *Il Christo passo, Tragedia sacra in prosa, con l'intermedii. In Verona* 1632. *in-4°.*

46. *Il Panthenio; Comedia sacra morale. In Venetia* 1627. *in-8°.*

47. *Cleopatra, Tragedia. In Venetia* 1635. *in-12.*

48. *L'Angelico. In Verona* 1650. *in-8°.* Avec des intermedes de *Pona,* intitulés : *Il Gioseffo.*

49. *La Virgiliana, Drama libero. In Verona* 1635. *in-8°.*

50. *Il Giudicio di Paride , favola* F. PONA. *Muſicale. In Verona* 1632. *in-*8°.

Ouvrages Sacrés.

51. *Il Roſario delle B. Vergine.*

52. *Parafraſi de' ſette Salmi di Davide pentito.*

53. *Apoſtroſe alla Penna propria.*

54. *Predica ſopra le parole di San Giovanni , & verbum caro factum eſt.*

55. *Concentrazione dell' Anima in ſe mediſima.*

56. *Cardio morphoſeos , ſive ex corde deſumpta Emblemata ſacra. Verona* 1645. *in-*4°. pp. 208. Il y a 101. Emblemes , dont les figures ſont fort mal faites & encore plus mal imaginées. L'explication , qui les accompagne , eſt fort courte.

Ouvrages d'érudition.

57. XII. *Cæſarès, quibus Amicorum acceſſere Epigrammata. Verona* 1641. *in-*8°. Le même Ouvrage en Italien J. *Dodici Cæſari.*

58. *Elogia utroque Latii ſtilo conſcripta. Verona* 1629. *in-*4°. pp. 167. Ces Eloges ſont partie en proſe, & partie en ſtyle lapidaire ; les uns en Latin , les autres en Italien. Ils ne

F. PONA. renferment que des généralités.

Traductions.

59. *Transformatione del primo libro delle Metamorfosi d'Ovidio.*

60. *Le Nozze dell' Eloqnenza di con Mercurio, tradotte da Martiano Capella.* C'eſt ici que finit le Catalogue daté du 15. Novembre 1692. L'Auteur y a marqué auſſi les Ouvrages qu'il avoit achevés, mais qui n'avoient pas encore été mis ſous preſſe, & ceux qu'il n'avoit pas achevés. Mais le Catalogue n'eſt pas complet, il en a omis qui étoient imprimés alors, & il faut en parler.

61. *Antidotus Bezoartica adverſus omnia Venena. Verona* 1622. *in-*12.

62. *Prudentia Medica. Venetiis* 1650. *in-*12.

63. *Montebaldo deſcritto da Giovanne Pona, in cui ſi figurano molte piante degli Antichi, da moderni non cognoſciute, tradotto da Franceſco Pona. In Venetia* 1617. *in-*40.

64. *II. Commenti di Nic. Marogna ſopra l'Amomo degli Antichi, tradotti da Fr. Pona. In Venetia* 1617. *in-quarto.*

65. *Orazione funerale del Sign. Andrea*

drea *Chiocco. In Verona* 1624. *in*-4°. F. PONA.

66. *Il Paradiſo de' Fiori, o vero lo* 'Archetypo *de' Giardini* : Diſcorſo. In Verona 1622. *in*-4°.

67. *Della contraria forza di due begli occhi Diſcorſo di Franc.* Pona *in*-4°. Rapporté par *Cinelli* dans ſa Scanzia, *in*-4°.

68. Il a fait une traduction Italienne de l'*Argenis* de *Barclay*, à laquelle il a joint la vie de l'Auteur, & cette traduction a été imprimée à *Veniſe* en 1625. *in*-8°.

69. *Nota in Poëmata ſelectiora Jacobi Gaddii. Venetiis* 1635. *in*-16. ſous le nom d'*Eureta Miſoſcolos.*

70. *Gli amori diſcordi* : Rapporté dans *le Glorie degli Incogni*, de même que le ſuivant.

71. *Oratio Panegyrica ad Andream Cornelium Veronæ Prætorem.*

72. *Fr. Ponæ Academico - Medica Saturnalia. Verona* 1652. *in*-8°. pp. 178. C'eſt un Recueil de dix Diſcours. On a vû ci-deſſus les ſujets de pluſieurs ; ceux dont je n'ai rien dit, ſont le troiſiéme intitulé : *De Morbis Hereditariis, inter quos quædam de Podagra* ; le cinquiéme *Strenuus*

Tome XLI. F f

F. PONA. *Athleta Conjugii* ; le septiéme *Venerea lues* , qui est tiré du Livre marqué au n°. 12. & le neuviéme *Elogiographia.*

V. Le Glorie degli Incogniti p. 157. *Ghelini Theatro d'Huomini Letterati* , premiere partie , édition de 1633.

FELINO SANDEI.

F. SANDEI. *FELINO SANDEI* , naquit vers l'an 1427. non point à *Ferrare* , comme la plûpart des Auteurs le disent , mais à *Felina* , dans le Duché de *Reggio* , où sa mere se trouva alors par hazard , & d'où il a tiré son nom , comme il le marque lui-même. Il a cependant toujours pris la qualité de Ferrarois , parce que son pere demeuroit à *Ferrare* , & qu'il y avoit été élevé. Sa famille étoit originaire de *Lucques* , mais les troubles de cette ville l'en ayant chassé , elle s'étoit retirée d'abord à *Venise* , & de là à *Ferrare.*

Après le cours ordinaire de ses études , il se donna à la Jurisprudence , qu'il apprit d'abord de *François*

Aretin, & enſuite de *Barthelemi Bel-*
lincini, dont il fut diſciple pendant
trois années.

Ayant pris le dégré de Docteur en
Droit, il fut choiſi pour enſeigner le
Droit Canon à *Ferrare* ; ce qu'il fit
pendant quelques années, après leſquelles il fut appellé à *Piſe* pour y
être Profeſſeur en Droit Civil.

On prétend qu'il conſultoit *Philip-*
pe Decius, ſon ami, quand il trouvoit de la difficulté dans l'explication
de quelques loix ; & on ſe fonde en
cela ſur les écrits qu'ils firent l'un
contre l'autre, lorſqu'ils furent
brouillés dans la ſuite.

Ayant entrepris d'expliquer le titre *de Probationibus*, *Decius* propoſa
pluſieurs queſtions à réſoudre ſur diverſes loix de ce titre. *Sandei* promit
d'y répondre ; mais il changea depuis de penſée dans la crainte de
perdre ſa réputation, en ſe tirant
mal de cette diſpute. Cette circonſ-
tance l'engagea à abandonner ſa Chaire, & il ſe rendit à *Rome* dans le deſſein de s'y avancer dans les dignités
Eccleſiaſtiques ; car il avoit pris le
parti de l'Egliſe, & avoit même déja

F. SANDEI un Canonicat à *Ferrare.*

Ses espérances ne furent point vaines ; car le Pape *Innocent VIII.* le fit Auditeur de Rote vers l'an 1488. & il fut reçu dans ce poste, après avoir soutenu suivant la coutume, des Theses, où il donna des preuves de sa grande mémoire, en repetant avec beaucoup d'ordre trente argumens qui lui avoient été proposés de suite.

Le 4. Mai 1495. il fut nommé aux Evêchés d'*Atri* & de *Penna*, qui sont unis, & le 25. Septembre de la même année il fut fait coadjuteur de *Nicolas Sandonini*, Evêque de *Lucques.* Un Clerc de *Penna*, nommé *Sigismond Nardi*, protégé par *Gabriel de Bourbon* Général des troupes Françoises en Italie, s'empara des Eglises d'*Atri* & de *Penna* à son préjudice ; mais le Pape *Alexandre VI.* reprima sa hardiesse, & engagea le Duc de *Bourbon* à lui retirer sa protection.

L'Evêque de *Lucques* étant mort au mois de Juin 1499. il prit possession de ce siége, qui lui fut disputé 5. mois après par le *Cardinal Julien de la Rovere*, qui fut depuis Pape sous le nom de Jules II. Ce Car- dinal en avoit obtenu l'administra- tion du Pape *Alexandre VI.* & *San- dei* eut beau faire valoir son droit, il fut accablé par le crédit de son ad- versaire & obligé de lui ceder. Le Cardinal fit gouverner l'Eglise de Lucques par *George Francitti* son Vi- caire, jusqu'à l'an 1501. que *Sandei* trouva moyen de se faire rendre jus- tice, & qu'il fut mis en possession de l'Evêché de *Lucques.* Il avoit con- servé jusque-là les Evêchés d'*Atri* & de *Penna*, mais il s'en démit l'année suivante 1502.

Il ne jouit pas long-temps d'une place, qu'il n'avoit acquise que par beaucoup de peines ; car il mourut au mois d'Octobre 1503. âgé de 76. ans. *Pancirole* place sa mort au 18. Août, & cite pour cela la *Sylva Nuptialis* de *Nevizanus*, qui ne mar- que point cette date, mais dit seu- lement qu'il mourut à peu près dans le même temps que le Pape *Alexan- dre VI.* dont la mort tombe effecti- vement à ce jour-là.

C'étoit un homme, qui avoit beaucoup lû & recueilli, ayant tou-

F.SANDEI. jours eu la plume à la main pour
transcrire ce qu'il trouvoit de bon &
d'utile dans le cours de ses lectures.
Il avoit beaucoup d'attachement pour
les opinions reçues parmi les habiles
Jurisconsultes, & ne s'en écartoit
que le moins qu'il pouvoit.

Catalogue de ses Ouvrages.

1. *Ad quinque libros Decretalium
Commentaria cum annotationibus virorum eruditorum. Lugd.* 1519. *in-fol.*
trois volumes. It. *Ibid.* 1535. *in-fol.*
It. *Ibid.* 1549. *in-fol.* It. *Ibid.* 1555.
in-fol. It. *Basileæ* 1567. *in-fol.* It.
Lugduni 1587. *in-fol.* It. *Venetiis*
1600. *in-fol.* 4. vol.

2. *Consilia, seu Responsa. Lugduni*
1553. *in-fol.* It. *Venetiis* 1574. *in-4°.*
It. *Ibid.* 1582. *in-fol.* It. *Lugduni*
1587. *in-fol.*

3. *De Indulgentia plenaria Tractatus.* Au feuil. 283. du 9e. volume des
Tractatus Juris de l'édition de *Lyon*
1544. & au feuil. 157. du 14e. Tom.
de celle de *Venise* 1584.

4. *Additiuncula ad Monarchiam
Petri de Monte.* Avec cet Ouvrage.
Lugduni 1512. *in-8°.*

5. *De Regibus Siciliæ & Apuliæ in*

quis, & nominatim de Alphonſe Rege F. PONA. *Arragonum Epitome Felini Sandei, edita à Michaele Ferno. Mediolani* 1495. *in-4°.* It. *A Marquardo Frehero. Hanoviæ, Wechel* 1611. *in-4°.* avec d'autres piéces.

V. Guidi Panciroli de claris legum interpretibus lib. 3. *cap.* 42. Ce qu'il en dit eſt tiré des Ouvrages mêmes de *Sandei*, ainſi on peut s'en rapporter à lui plus qu'à tout autre. *Ughelli, Italia Sacra.* L'article qu'il donne ſur lui eſt peu exact. *Auguſtin ſuperbi, Gli huomini illuſtri della Citta di Ferrara p.* 6. Auteur ſuperficiel, qui n'apprend preſque rien.

LATINO LATINI.

L*ATINO LATINI*, naquit à *Viterbe*, vers l'an 1513. de *Bernardin Latini*, & de *Françoiſe Cloſi*, tous deux de bonnes familles, mais peu riches.

Après avoir fait ſes premieres études dans ſa patrie, il alla les continuer à *Sienne*, où il demeura onze ans. Il y étudia en Droit, mais les

L. LATINI maladies fâcheuses qui lui survinrent l'obligerent d'abandonner cette étude. Cependant comme la médiocrité de son bien ne lui permettoit pas de se borner à une vie oisive, il se tourna vers les Belles-Lettres, dans lesquelles il réussit parfaitement, & acquit sur-tout la réputation d'un habile Critique.

La lecture assidue qu'il fit alors des Ouvrages de *Ciceron* lui inspirerent une affection particuliere pour les Auteurs qu'il se proposa avec succès d'imiter. Mais il ne se borna pas aux Auteurs Profanes ; il s'appliqua aussi à la lecture de l'Ecriture & des Peres. Une chose qui lui manqua, fut la connoissance de la langue Grecque ; ce qui le mettoit souvent dans la nécessité d'avoir recours aux autres, pour entendre certains endroits des Auteurs sur lesquels il travailloit.

Il alla à *Rome* en 1554. & y prit l'habit Ecclesiastique. Après y avoir employé cinq ans à solliciter les affaires de quelques pupilles ses parens, il entra au service du Cardinal *Jacques du Puy*, en qualité de Secretaire, & ce Prélat, qui étoit Archevêque

de *Bari*, lui donna un Bénéfice dans L. LATINI
cette ville.

Ce Cardinal étant mort peu de
temps après, c'eft - à - dire le vingt-
fix Avril 1563. *Latini* fe vit recher-
ché par plufieurs autres Cardinaux,
& il fe détermina pour *Rodolphe Pio*,
Doyen du Sacré College, qui le fit
fon Bibliothecaire

Il perdit peu de mois après ce nouveau maître, qui mourut le 2. Mai
1564. & qui lui donna une marque
de fon affection & de fon eftime en
lui laiffant fa Bibliotheque.

Il fit alors un voyage dans fa Patrie, pour fe remettre d'une longue
maladie, qui avoit épuifé fes forces ;
en prenant des eaux de ce pays.

De retour à *Rome*, le Cardinal *Ra-
nuce Farnefe* le prit en 1565. au nombre de fes domeftiques ; & *Latini* recommença alors fes travaux litteraires, que fes maladies & d'autres occupations avoient interrompus depuis long-temps. Mais ce Cardinal
mourut le 28. Octobre de la même
année, & *Latini* fe vit réduit à cher-
chr une autre condition. La mort pré-
cipitée des trois, aufquels il avoit été

L. LATINI attaché, le faisant regarder comme
un homme de mauvais présage, il
ne trouva plus personne qui voulût le
prendre à son service, & il songea à se
retirer à *Viterbe*, où il pourroit vivre
plus commodément en son particulier du peu qu'il avoit, qu'à *Rome*.

Quelques affaires qu'il avoit dans
cette ville l'y retinrent cependant encore ; & il y trouva un nouveau Pa-
tron en la personne du Cardinal
Marc-Antoine Colonne, qui ne voulut
pas, à la vérité, le prendre chez lui,
mais qui lui donna un logement dans
le voisinage de son Palais. *Latini* l'accompagna en 1573. dans un voyage
qu'il fit à *Salerne*, & il contracta en
passant à *Naples* une étroite amitié
avec *Alphonse Salmeron*, Jesuite.

Lorsqu'il fut retourné à *Rome*, on
le chargea de revoir le Décret de
Gratien, & il y travailla pendant 13.
ans avec plusieurs Sçavans hommes
de ce temps. Cet Ouvrage achevé,
le Pape *Gregoire XIII.* lui donna une
pension de 150. Ducats sur la Chantrerie de l'Eglise de *Sylves*.

Quoiqu'il fût sujet à divers maux,
il ne laissa pas de travailler jusqu'à la

fin de ſa vie à la correction de divers L. LATINI Auteurs. Dans ſa derniere vieilleſſe il ne ſortoit point de ſon lit, mais il ne diſcontinua point pour cela ſes occupations ordinaires, dictant de jour ce qu'il compoſoit à un Secretaire, & faiſant la nuit des vers pour ſe divertir pendant ſes inſomnies.

Après avoir langui long-temps, il mourut le 21. Janvier 1593. âgé de 80. ans, & fut enterré dans l'Egliſe de *Sainte Marie in via lata*, avec cette Epitaphe, qu'il s'étoit faite lui-même.

In ſpem reſurrectionis, Viterbienſis, ultimum gentis latiniæ caput, Latinus hic Latinius, noviſſimum ad diem jacet.

Catalogue de ſes Ouvrages.

1. *Loci in Tertulliano reſtituti vel aliter lecti.* A la ſuite de l'édition de *Tertullien* donnée par *Jacques Parmelius* en 1584. & de quelques ſuivantes.

2. *Opinio de ea Hiſtoria Socratis Sozomenique parte, qua Nectarii Epiſcopi factum de abrogata Pœnitentiario Presbytero continetur. Romæ.* 1587. in-8º. pp. 39. It. dans le premier

L.Latini tome de ses *Epiftolæ, Conjecturæ,*&c.p. 326.

3. *Rei novæ propofita confideratio.* *Romæ* 1590. *in-8°.* pp. 15. Cet Ouvrage, qui traite de la grande année, dont il eft fait mention dans le fonge de *Scipion* ; fe trouve auffi avec le livre d'*André Schott*, *de nodis Ciceronis. Antuerpiæ* 1613. *in-8o.* On l'a encore inféré dans le premier volume des *Epiftolæ*, *Conjecturæ*, &c. de *Latini p.* 356.

4. *Epiftolæ*, *Conjecturæ*, *& obfervationes*, *Sacra profanaque eruditione ornatæ. Ex Bibliotheca Cathedralis Ecclefiæ Viterbienfis à Dominico Magro*, *Melitenfi*, *ejufdem Ecclefiæ Canonico Theologo*, *ftudio ac triennali labore collecta. Romæ* 1659. *in-4°.* pp. 395. Ce volume eft divifé en deux parties, dont la premiere contient les lettres écrites par *Latini* au nom du Cardinal *Du Puy. Tomus fecundus. Studio ejufdem Dominici Magri.Vierbii* 1667. *in-4°.* pp. 214.

5. *Bibliotheca Sacra & profana*, *five obfervationes*, *correctiones*, *conjecturæ*, *& varia lectiones in facros & profanos fcriptores.E marginalibus notis*

codicum ejuſdem collecta à Dominico L.LATINI *Magro. Romæ* 1677. *in-fol.* pp. 213. pour les Auteurs Eccleſiaſtiques, & 79. pour les profanes. L'Editeur a mis à la tête la vie de *Latini*, de même que dans le deuxiéme volume de ſes *Epiſtolæ*. Tout ce qu'on voit ici, a été tiré des marges des livres de *Latini*, qui les avoit laiſſés au Chapitre de l'Egliſe Cathédrale de *Viterbe*.

6. *Obſervationes in Carolum Sigonium de Antiquo Jure Civium Romanorum*, & *in Nicolaum Gruchium de Comitiis Romanorum*. Dans la Préface du premier volume des Antiquités Romaines de *Grævius*.

7. *Obſervationes in Car. Sigonium de antiquo Jure Italiæ*. Dans la Préface du deuxiéme volume des Antiquités Romaines.

Teiſſier cite comme un Ouvrage particulier ſes *Lucubrationes*; mais il n'a pas pris garde que c'eſt-là le premier titre du premier volume de ſes *Epiſtolæ*, *Conjecturæ*, &c.

V. *Sa vie par Dominique Magri. Les Eloges de M. de Thou, & les additions de Teiſſier.*

HUGOLIN MARTELLI.

HUGOLIN MARTELLI, né à *Florence*, d'une famille noble, vint en France avec *Catherine de Medicis* en 1533. & cette Princesse lui procura l'Evêché de *Glandeve* en 1572.

C'est à cela que se termine tout ce que nous sçavons de sa vie; nous ignorons même la date précise de sa mort, qu'il faut mettre apparemment en 1593. puisque *Clement Isnard*, son successeur dans l'Episcopat fut sacré le 19. Decembre de cette année.

Catalogue de ses Ouvrages.

1. *De Anni integra in integrum restitutione. Florentiæ* 1578. *in-4°.* pp. 43. It. *Una cum Apologia, quæ est sacrorum temporum assertio. Lugduni* 1582. *in-8°.*

2. *In Odem secundam libri Quarti Carminum Q. Horatii Flacci Commentatio. Florentiæ* 1579. *in-4°.*

3. *La Chiave del Calendario Gregoriano. In Lyone* 1583. *in-8°.* pp. 362.

4. *Expositio primi Psalmi Gradua-*

lium ,juxta Propheticum ſenſum , par-
tim completum , partim complendum.
Florentiæ 1588. *in-4°.*

5. *Sermone ſopra la tranſlatione del*
corpo di S. Antonino , Archiveſcovo
di Firenze, fatto nella chieſa di S. Mar-
co. In Firenze 1589. *in-4°.*

6. *Epiſtola ad Robertum Titium ,*
in qua loci aliquot Bucolicorum Calpur-
nii & Memeſiani vel declarantur vel
emendantur. Florentiæ 1590. *in-4°.*

7. *De expedita dicendi ratione ad*
Auſonii carmen inſcriptum de Demoſ-
thene Commentatio. Florentiæ 1591. *in-*
8°. *Gabriel Naudé* a parlé dans ſon
Syntagma de ſtudio liberali de cet Ouvrage avec beaucoup de mépris.

8. On trouve une de ſes lettres à
Pierre Aretin , datée de *Padoue* le
15. Juin 1539. dans le ſecond livre
des lettres écrites à cet Auteur, publiées par *François Marcolini* , à *Ve-*
niſe en 1552. On voit par cette lettre,
& par quelques-uns de ſes Ouvrages,
que depuis ſon arrivée en France , il
fit pluſieurs voyages en Italie.

V. Gallia Chriſtiana. Bayle , Dic-
tionnaire. Negri , Iſtoria de' ſcrittori
Florentini. Il y a bien des fautes dans

H. MAR- l'article que cet Auteur en don-
TELLI. ne.

ISAAC ABRABANEL.

I. ABA-
BANEL.

ISAAC *ABRABANEL*, Rabin
célebre, que divers Auteurs appellent *Abarbanel*, *Abrabaniel*, *A-
barbinel*, *Abravanel*, *Auravanel*,
ou *Abarbenel*, naquit à *Lisbonne*,
l'an 1437. d'une famille Juive, qui
se disoit descendue du Roi *David*.

Il fut élevé dans sa ville natale,
& se poussa à la Cour du Roi *Alphonse* V. Roi de Portugal, où il fut
honoré des plus grandes Charges. Sa
faveur dura jusqu'à la mort de ce
Prince arrivée en 1481. Mais il éprou-
va un étrange changement sous le
nouveau Roi *Jean II.*

Tous ceux qui avoient gouverné
les affaires sous le Régne précedent
furent chassés, & si nous ajoutons foi
à *Abrabanel*, on machina sourdement
leur mort, sous prétexte qu'on ne
pouvoit arrêter que par ce moyen le
dessein qu'ils avoient formé de livrer
au Roi d'Espagne la Couronne de
Portugal. Il

Il ne sçavoit rien de cela, lorsque I. ABRA-
pour obeïr à l'ordre qu'il avoit reçu BANEL.
du Roi, de se rendre auprès de lui,
il s'en alloit en diligence à *Lisbonne*.
Mais ayant appris en chemin ce qu'on
tramoit contre sa vie, il se sauva
promptement dans les Etats du Roi
de Castille.

Le Roi voyant que les soldats,
qu'il avoit envoyé au-devant de lui
pour l'amener mort ou vif, avoient
manqué leur coup par sa fuite, con-
fisqua tous ses biens.

Quelques Auteurs Chrétiens disent
qu'il méritoit bien le traitement
qu'on lui fit; & qu'il auroit été puni
très-sévérement, lorsqu'on eut découvert ses mauvais desseins, si le natu-
rel débonnaire du Roi *Jean II.* ne
se fût contenté d'un banniffement. Ils
ajoutent que les remords de sa con-
science lui firent prendre la résolution de quitter le Portugal, & de se
sauver de nuit en Castille avec une
précipitation extraordinaire.

Quoiqu'il en soit, s'étant établi
dans ce Royaume, il se mit à enfeigner, & à composer, & fut peu de
temps après appellé à la Cour de *Fer-*

Tome XLI. G g

I. ABRA-
BANEL.

dinand & *Isabelle.* Il y eut divers emplois jusqu'à l'an 1492. que les Juifs furent chassés des Etats du Roi de Castille. Il fit tout ce qu'il put pour détourner cette tempête ; mais il ne put y réussir, & il fallut, qu'il sortît, comme tous les autres, avec sa femme & ses enfans.

Il passa à *Naples*, où il s'insinua dans les bonnes graces du Roi *Ferdinand*, & après sa mort arrivée en 1494. dans celles d'*Alphonse II.* son fils & son successeur, par la connoissance qu'il avoit des affaires du Portugal & de l'Espagne.

Il suivit la fortune de ce dernier, lorsque *Charles VIII.* Roi de France, le chassa de *Naples* l'année suivante 1495. & passa avec lui en Sicile.

Après la mort d'*Alphonse* arrivée la même année, *Abrabanel* se retira à *Corfou,* d'où il repassa l'année suivante 1496. en Italie, & alla se confiner à *Monopoli* dans la Pouille, où il composa divers Ouvrages.

Il passa en 1503. à *Venise*, apparemment par ordre de quelque Puissance, pour y terminer les differends qui s'etoient élevés entre les Veni-

tiens & les Portugais au ſujet du
commerce des épiceries ; & il fit paroître dans cette affaire tant de prudence & de capacité , qu'il s'acquit
l'eſtime des parties intereſſées.

Il demeura probablement depuis ce
temps-là à *Veniſe* , & y mourut l'an
1508. âgé de 71. ans. Son corps fut
tranſporté à *Padoue* , & enterré dans
un Cimetiere hors de la ville.

›› *Abrabanel* , dit M. *Simon* dans
ſon *Hiſtoire Critique du Vieux Teſ-* ‹‹
ment p. 380. eſt celui de tous les ‹‹
Rabbins dont on puiſſe le plus pro- ‹‹
fiter pour l'intelligence de l'Ecri- ‹‹
ture. Il a écrit d'un ſtyle pur & fa- ‹‹
cile à entendre , bien qu'il ſoit trop ‹‹
étendu , & qu'il ait plutôt les quali- ‹‹
tés d'un Recteur dans ſa maniere d'é- ‹‹
crire , que d'un Interpréte de la Bi- ‹‹
ble. Il rapporte de plus ordinaire- ‹‹
ment dans ſes Commentaires l'ex- ‹‹
plication des autres Rabbins , qu'il ‹‹
examine quelquefois , & il dit mê- ‹‹
me ſon ſentiment avec aſſez de li- ‹‹
berté. Sa Méthode eſt cependant ‹‹
ennuyeuſe , parce qu'il fait quantité ‹‹
de queſtions , qu'il réſout enſuite. ‹‹
D'ailleurs il ne fait aſſez ſouvent ‹‹

I. ABRA-
BANEL.

,, que rafiner sur les explications des
,, autres Rabbins,& il est en plusieurs
,, endroits trop subtil.

C'étoit un homme infatigable dans
le travail ; il y passoit les nuits entieres , & pouvoit jeûner fort long-
temps. Il écrivoit avec beaucoup de
facilité ; mais la haine qu'il avoit pour
les Chrétiens , qu'il regardoit comme les Auteurs de ses disgraces, se
repandoit dans tous ses écrits , où
il les traite avec le dernier emporte-
ment. Il vivoit cependant avec eux
d'une maniere civile & polie.

Catalogue de ses Ouvrages.

1. *Commentarius in Pentateuchum.*
Hebraïce. Venetiis 1579. *in-fol.* It.*Ibid.*
1584. *in-fol.* On a fait dans cette
édition des changemens & des re-
tranchemens par ordre des Inquisi-
teurs. It. *Secunda vice editus à Henri-*
co Jacobo van Bashuysen Hanoviensi.
Hanoviæ 1710. *in-fol.* Celle ci est faite
sur la premiere.

2. *Exordium , seu Procemium Com-*
mentariorum in Leviticum , quo omnis
omnium sacrificiorum ratio breviter dis-
putatur , Latine per Ludovicum de
Compiegne de Veil. Londini 1683. *in*

4°. A la ſuite de *R. Moſis Maimo-* I. ABRA-
nida de ſacrificiis liber , traduit par le BANEL.
même.

3. *Currus ſecundanus ,ſeu Commen-*
tarii in Deuteronomium ; Hebraïce.
Sabioneta 1551. *in-fol.*

4. *Corona ſenum , ſeu Commentarii*
in Exodi XXIII. 20. *& verſus ſequen-*
tes. Hebraïcè. Sabioneta 1557. *in-*4°.
Il s'y agit des promeſſes faites aux
Juifs , & du caractere & de l'excel-
lence de la Prophetie.

5. *Sacrificium Paſchatis , ſeu Com-*
mentatio de ritibus feſtum Paſchatis ce-
lebrandi. Conſtantinopoli 1496. *in-*4°.
It. *Venetiis* 1545. *in-*4°. It. *Cremonæ*
1557. *in-*4°. It. *Biſtrovitzii* 1593. *in-*
4°.

6. *Commentarius in Prophetas prio-*
res , hoc eſt , Joſuam , Judices , li-
brum utrumque Samuelis & Regum.
Hebraïcè. Theſſalonicæ 1493. *in-fol.* It.
Neapoli 1593. *in-fol.* It. *Lipſiæ* 1686.
in-fol. Cette édition a été faite par les
ſoins d'*Auguſte Pfeiffer.* It. *Haburgi*
1687. *in-fol.*

7. *Prudentiæ Civilis Rabbinica ſpe-*
cimen; ſive R. Iſaaci Abarbanelis Diſ-
ſertatio de Principatu Abimelechi ob-

I. ABRA-
BANEL.

servationibus illuftratâ. Auctore Joan-
ne Francifco Buddæo. Jenæ 1693, *in-*
12. Cette Differtation , dont on voit
ici la traduction latine , eft tirée du
Commentaire d'*Abrabanel* fur le 9e.
chapitre du Livre des Juges.

8. *R. Ifaaci Abarbanelis difcurfus de*
Saulis αυτοχειϱια,*& fatis extremis; cum*
verfione Latina & notis Jonæ Conradi
Schrammii. Helmftadii 1700. *in-*4°.
Abrabanel s'efforce de juftifier *Saul* ,
fur ce qu'il s'eft donné lui-même la
mort.

9. *Commentarius in Prophetas pofte-*
riores. Hebraïce. Pifauri 1511. *in-fol.*
It. *Cum Præfatione Latina Joannis*
Coccéi. Amftelodami 1641. *in-fol.*

10. *D. Ifaaci Abrabanielis & R.*
Mofis Alfchechi Commentarii in Efaïæ
Prophetiam 30. *cum additamento eorum*
quæ R. Simeon è veterum dictis collegit.
Subjuncta hujufmodi refutatione & tex-
tus nova verfione ac paraphrafi. Auc-
tore Conftantino l'Empereur. Lugd.
Bat. Elzevir 1631. *in-*8°. It, *Franco-*
furti 1687. *in-*8°.

11. *Commentarius in Hofeam* , *cui*
& præmiffum proœmium in duodecim
Prophetas Minores. Hebraïce. Gronin-

gæ 1676. *in-4⁰. It. latinitate donatus* ,I. ABRA-
cum notis à Franciſco ab Huſſen. Lugd. BANEL.
Bat. 1686. *in-4⁰.*

12. *Commentarius in Aggæum , Hebraïcè & Latinè , cum notis* ; *per Joan.
Adamum Scherzerum. Lipſiæ* 1663.
in-4⁰.

13. *Commentarius in Jonam , Latinè , ex verſione Joannis Palmrooth.
Upſaliæ* 1696. 1699. *in-8⁰.*

14. *Commentarius in Nahum & Ha-
bacuc , Latio donatus à Joan. Dieterico
Sprechero. Helmſtadii* 1703 *in-4⁰.* Le
Commentaire ſur *Habacuc* a été réim-
primé à part avec la traduction de
Sprecher à *Utrecht* 1710. *in-8⁰.*

15. *Fontes ſalutis , ſeu Commentarius
in Danielem. Hebraïcè. Neapoli* 1497.
in-4⁰. It. Venetiis 1612. *in-4⁰. It.
Amſtelodami* 1647. *in-4⁰.*

16. *Præco ſalutis in linguam Lati-
nam tranſlatus à Joanne Henrico Maio.
Francofurti* 1711. *in-4⁰.*

17. *Iſaaci Abrabanelis Diſſertatio-
nes octo ex Hebræo in Latinum verſæ à
Joanne Buatorfio , filio ſcilicet.*

*De Longævitate primorum paren-
tum.*

De ſtatu & jure Regio.

I. Abra- *De Judicum & Regum in Veteri*
banel. *Testamento convenientia & differentia.*

De miraculosa statione solis, tempore Josua.

De peccato David numerantis populum.

De nomine Mosis.

De idolatriæ speciebus, quarum in S. Scriptura fit mentio.

De librorum Biblicorum divisione. *Basilea* 1662. *in-*4°.

18. *Opera Dei. Hebräicè. Venetiis* 1592. *in-*40.

19. *Hæreditas Patrum; seu Commentarius in Picke Avoth. Constantinopoli* 1506. *in-*40. *It. Venetiis* 1545. *in-*4°. & 1567. *in-fol.*

20. *Caput fidei. Hebräicè. Constantinopoli* 1506. *in-*40. *It. Venetiis* 1557. *in-*40. C'est un traité des articles de foi des Juifs.

21. *Responsiones ad XII. quæsita R. Saulis. Venetiis* 1574. *in-*40.

V. Bartolocci, Bibliotheca Rabbinica. Bayle, Dictionnaire.

REINHARD

REINHARD BACHOVIUS.

REINHARD BACHOVIUS
d'*Echt*, naquit à *Leipfic*, de
Reinier Bachovius, dont je viens de
parler, & de *Barbe Gruben de Maltz-
dorf*, vers l'an 1575.

Après les études ordinaires, il fe
tourna du côté de la Jurifprudence,
à laquelle il s'appliqua à *Heidelberg*,
où fon pere s'étoit retiré en 1594. fa
capacité en cette Science lui procura une Chaire de Droit en cette ville
vers le commencement du 17e. fiécle,
après qu'il eut été quelque temps
Profeffeur en Politique, & il y avoit
déja plus de 20. ans qu'il la remplif-
foit, lorfque les troubles de Boheme
arriverent. Après la prife d'*Heidelberg*, par le Comte de *Tilli*, au mois
de Septembre 1622. l'Univerfité fut
diffipée.

Bachovius fe retira d'abord à *Heil-
bron*; mais il retourna l'année fuivante 1623. à *Heidelberg*; car à la
tête de fon Traité *de Actionibus*, qu'il
fit imprimer alors, il date d'*Heidel-*

Tome XLI.   H h

R.BACHO- *berg* le premier Septembre l'Epître
VIUS. Dédicatoire aux Magistrats d'*Heil-
bron*, chez qui il dit qu'il avoit achevé la composition de cet Ouvrage.

Il vécut depuis à *Heidelberg* dans
un loisir desagréable pour lui, étant
fort à l'étroit, tant par les pertes
qu'il avoit faites dans la désolation
commune du Palatinat, que faute
de trouver dequoi gagner quelque
chose en enseignant.

Cependant le nouvel Electeur Palatin pensoit à retablir l'Université,
mais il la vouloit faire Catholique,&
n'avoir que des Professeurs de sa Religion. *Bachovius*, qui étoit Protes-
tant, témoigna sur cela en 1625. à
Pierre Cuncus, Professeur de *Leide*,
avec qui il avoit fait connoissance par
Lettres l'année précédente, le dessein
où il étoit de quitter *Heidelberg*, &
d'aller chercher fortune ailleurs.

Il avoit d'abord jetté les yeux sur
Leyde, esperant qu'on voudroit bien
lui permettre d'y donner des leçons
en particulier aux Ecoliers, & il
s'informoit s'il y avoit jour à cela.

On faisoit alors courir le bruit
qu'il venoit d'embrasser la Religion

Catholique, & en se défendant là-
dessus, il avoue à *Cuneus*, que, depuis qu'il a lû, même avant les troubles de Boheme, plusieurs Peres de
l'Eglise, il s'est convaincu, que plusieurs Dogmes de l'Eglise Romaine,
qu'on fait passer chez les Protestans
pour des inventions de l'Antechrist,
étoient généralement reçus, il y a-
voit plus de douze cens ans. Comme
il avoit parlé là-dessus un peu librement, on en avoit pris occasion de
répandre le bruit de son changement
de Religion. Mais il déclare à *Cuneus*, qu'il ne pourroit jamais se ré-
soudre à assister à la Messe, ni à ado-
rer l'Hostie.

Sur ces entrefaites, il vint à vaquer une Chaire de Professeur en
Droit dans l'Université de *Francker*.
Cuneus, à qui on l'offrit, ne trouva
pas qu'il lui convînt de l'accepter, &
proposa *Bachovius*. Mais tous les
mouvemens qu'il se donna auprès des
amis qu'il avoit en Frise, pour le faire
accepter, ne produisirent rien, par des
raisons bien differentes des obstacles
que pouvoient former les sentimens
de *Bachovius* sur la Religion.

Ce Jurisconsulte avoit critiqué, sans beaucoup de menagement, sur quelques questions de Droits *Marc Lycklama*, autrefois Professeur à *Franeker*, & qui étoit alors un des Curateurs de l'Académie. Celui-ci eut seul assez de crédit pour empêcher la vocation de *Bachovius*, & quoiqu'il fût venu lui-même à mourir quelques mois après, & qu'il ne laissât ni enfans, ni proches parens, les impressions une fois faites demeurerent.

Bachovius auroit été alors infailliment appellé à *Groningue* sur la recommandation d'un ami de *Cuneus*, mais celui à qui il devoit succeder, & qui avoit déja accepté une Chaire à *Franeker*, changea de sentiment, & demeura à *Groningue*. Ceci se passoit à la fin de 1626.

Bachovius perdit alors toute espérance de ce côte-là. Les troubles du Palatinat commençoient à diminuer, mais lentement, & il étoit toujours disposé à quitter *Heidelberg*, s'il se présentoit quelque parti ailleurs.

Vers ce même temps un jeune homme, nommé *Otto Tabor*, qui étudioit à *Strasbourg*, lui envoya un

Traité de Droit de ſa façon, pour
avoir ſon avis là-deſſus, & pour faire
connoiſſance avec lui. *Bachovius*, qui
conçut une opinion avantageuſe de
l'Ouvrage & de l'Auteur, fit confi-
dence à *Tabor* du deſſein où il étoit
de ſe rendre à *Straſbourg*, s'il pouvoit
y gagner ſa vie en faiſant des leçons
particulieres. Il lui déclara en même
temps, que quoiqu'il fût Calviniſte,
il ne donneroit à perſonne aucun ſujet de plainte par rapport à la Religion, qu'il n'étoit pas éloigné de
la doctrine des Luthériens, qu'il con-
damnoit la prédeſtination abſolue,
& croiòit la préſence réelle, quoiqu'il en ignorât la maniere.

L'Académie de cette ville étant in-
formée des diſpoſitions de *Bachovius*,
chargea *Tabor* de lui mander qu'il
feroit le bienvenu, & qu'elle lui promettoit de s'intereſſer pour lui en
toutes manieres. Là-deſſus *Bachovius*,
après avoir employé quelques ſemaines à plier bagage, ſe tranſporta à
Spire avec la plus grande partie de
ſa Bibliotheque, dans une ſaiſon incommode. Il y demeura deux mois,
au bout deſquels il partit avec ſon

H h iij

R. BACHO-équipage ; mais il n'arriva à *Straf-*
VIUS. *bourg* que quatre semaines après, les
gens de guerre courant alors la cam-
pagne.

Il ne trouva pas dans cette ville
ce qu'il y espéroit ; les Professeurs en
Droit lui défendirent de faire des leçons particulieres, quoiqu'il leur en
eût humblement demandé la permis-
sion. Il fut donc contraint de s'en
retourner à *Spire*, après avoir perdu
cinq mois, & fait de grandes dépen-
ses pour ce voyage.

On ne sçait quand il retourna delà
à *Heidelberg* ; mais il est certain qu'il
fit ce dont il avoit témoigné tant d'é-
loignement, c'est-à-dire, qu'il embrassa la Religion Catholique. On
trouve une preuve de ce fait dans l'E-
pître dédicatoire de son Commentaire *in primam partem Pandectarum*,
adressée à l'Electeur *Maximilien* de
Baviere, & datée du premier Juillet
1629. Il y dit à ce Prince, qu'après
avoir été jusqu'alors Sectaire, non
par choix, mais par un effet de l'é-
ducation, Dieu lui avoit fait la grace d'embrasser la Religion Catholique, à laquelle il étoit dévoué très-

fincérement. Il remercie auffi l'Elec- R. BACHO=
teur de ce qu'auffi-tôt qu'il l'avoit vûs.
fçu de retour à *Heidelberg*, il l'avoit
établi Profeffeur, & que, peu de
temps après, afin que ce ne fût pas
un fimple titre, il avoit remis fur
pied l'Académie.

On ignore le refte de la vie de
Bachovius, qui étoit encore en vie
en 1631. mais qui apparemment ne
paffa pas de beaucoup cette année,
puifqu'on n'entend plus parler de lui
depuis ce temps-là. Il ne paroît pas
avoir été marié ; du moins, il ne
parle dans aucun de fes Ouvrages,
ni de femme, ni d'enfans, quoiqu'il
y détaille vivement les maux qu'il
avoit foufferts dans les fâcheufes circonftances où il s'étoit trouvé. Lorfqu'il écrivit la vie de fon pere mort
en 1614. il étoit encore garçon,
comme il a foin de le marquer. Nous
apprenons de la même vie qu'il avoit
été Recteur de l'Univerfité d'*Heidel-*
berg en 1613.

Catalogue de fes Ouvrages.

1. *Difputationum Mifcellanearum de*
variis Juris Civilis materiis liber unus.
Heidelberga 1604. *in-*8°.

H h iiij

R. Bacho-
vius.

2. *Notæ in Paratitla Wesembecii super Pandectis. Coloniæ* 1611. *in-*4°.

3. *Examen Rationalium Antonii Fabri, ubi errores ejus demonstrantur. Voegelin* 1612. *in-*8°. It. Avec le Commentaire sur la premiere partie du Digeste, *Spira* 1630. *in-*4°. *Bachovius* étoit habile Jurisconsulte ; mais il possedoit sur-tout l'art de réfuter habilement les sentimens des autres.

4. *Notæ & Animadversiones ad Disputationes Hieronymi Treutleri. Francofurti* 1617. *in-*4°. It. *Coloniæ* 1655. 1658. 1675. *in-*4°. It. *Francofurti* 1659. *in-*4°. It. *In hac quarta editione consectariis, additionibus ad singulas disputationes ex jure Theorico, Practico, Publico, & Militari, quæ tam à Treutlero, quàm Bachovio, prætermissæ fuerunt, adauctæ. Coloniæ* 1688. *in-*4°. Trois tomes.

5. *Tractatus de Actionibus. Francofurti* 1623. 1657. *in-*4°.

6. *Exercitationes ad partem posteriorem Chiliados Antonii Fabri de erroribus Interpretum, & de Interpretibus Juris. Francofurti* 1624. *in-fol.*

7. *De Pignoribus & Hypothecis. Francof.* 1627. 1656. *in-*4°.

8. *Obfervationes ad Joannis Paponis Arrefta. Francof.* 1628. *in-fol.*

9. *In Inftitutionum Juris D. Juftiani libros quatuor Commentarii Theorici & Practici. Francof.* 1628. 1643. 1661. 1665. *in-*4°.

10. *Commentarius in primam partem Pandectarum. Spiræ.* 1630. *in-*4°.

V. Bibliotheque Raifonnée, tome 16. *p.* 184.

DOMINIQUE MAGRI.

DOMINIQUE *MAGRI*, naquit le 28. Mars 1604. à *Malte* dans la Cité *Valette*, de Louis Magri.

Il fit fes premieres études dans fa patrie, & reçut les Ordres Mineurs le 2. Septembre 1620. à l'âge de 16. ans, des mains de *Balthazard Cagliarefi*, Evêque de cette Ifle.

Jules Cafauri, fon oncle maternel, qui étoit Profeffeur en Droit à *Palerme*, voulut alors l'avoir auprès de lui, pour l'inftruire dans cette Science. Mais elle ne convenoit pas au génie de *Magri*, qui s'en dégoûta bientôt, & obtint de fon pere la permiffion d'aller étudier en Philofophie à *Rome.*

Avant qu'il eût fini fon Cours, l'étude qu'il avoit fait pendant deux années de la langue Arabe, le fit choifir par le Cardinal *Alexandre Orfini*, Protecteur des Maronites, pour aller en Orient, trouver le Patriarche d'*Antioche*, qui s'étoit imaginé, fur de faux rapports, que les gens de fa nation étoient maltraités à *Rome*, & ne vouloit plus pour cette raifon que les jeunes gens y allaffent étudier, & le défabufer fur ce fujet.

Magri partit de *Rome* le 12. Decembre, 1623. & paffa d'abord à *Malte*, où l'on fut furpris de fon retour, qu'on n'attendoit point, & dont on ignoroit la caufe. La crainte qu'il eut d'avoir à foutenir la tendreffe de fa mere, qui pouvoit s'oppofer à fon voyage, le lui fit cacher à toute fa famille, jufqu'au moment de fon départ, qu'il en fit part à fon pere.

Quoiqu'il n'eût alors que 19. ans, il s'acquitta parfaitement de la commiffion qu'on lui avoit donnée, & réufſit à appaiſſer le Patriarche.

Il fut de retour à Rome le 26. Decembre de l'année ſuivante 1624. &
continua depuis à s'y appliquer à la
Philoſophie, à la Théologie, & aux
langues Orientales.

Ayant été ordonné Prêtre, il retourna à *Malte*, d'où le Cardinal
Jean-Baptiſte Pallotta le rappella à
Rome au bout de quelque temps,
pour travailler avec pluſieurs autres
à la Bible Arabe, dont on vouloit
donner une édition ; & ce fut à cette occaſion, qu'il compoſa ſon Ouvrage des *Contradictiones apparentes
S. Scripturæ.*

Il fit depuis divers voyages à *Rome*.
Ainſi l'Evêque de *Malte*, lui ayant
donné un Bénéfice en 1650. il fut
obligé de s'y rendre, parce qu'un
autre pourvû par le Pape le lui diſ-
putoit. Les Cardinaux de la Congrégation *de Propaganda fide* le choiſirent
alors pour leur Secrétaire ; mais ce
choix n'eut point de lieu, le Pape
ayant voulu que cette place fût remplie par un ſujet de l'Etat Eccleſiaſti-
que.

Le Cardinal *Brancacci* lui donna

D. MA-
GRI.

en 1654. un Canonicat de l'Eglise Cathédrale de *Viterbe*, qu'il accepta avec plaisir, & qu'il conserva jusqu'à sa mort. Ce Cardinal, qui avoit conçu de l'affection pour lui, le prit pour son Conclaviste, dans le Conclave, où le Pape *Clement X.* fut élû en 1670.

Magri ne survécut pas beaucoup à cette élection. Il mourut le 4. Mars 1672. âgé de 68. ans, & fut enterré dans l'Eglise Cathédrale de *Viterbe*, avec cette Epitaphe, où l'on voit qu'il avoit été Protonotaire Apostolique, & Consulteur du Tribunal de l'Inquisitiou, & de la Congrégation de l'*Index*.

Dominico Macro, Melitensi, Equiti aurato, Gomiti Palatino, Protonotario Apostolico, Cathedralis Ecclesiæ Viterbiensis Canonico Theologo, sacrarumque Inquisitionis & Indicis Congregationum Consultori; qui 19. ætatis ejus anno pro S. Sedis negotiis in Orientem missus, Itinerarium edidit. Romam pro Arabica Sacræ Scripturæ translatione denuo accitus, perutiles ejusdem contradictiones apparentes collegit ac conciliavit. Ecclesiæ Ritus studiosissimus, cujus

opera teſtantur. In ſacris profaniſque D. MA-
ſcriptoribus germanæ lectionis cupidus ,GRI-
*Latini Latinii fragmenta , variis in
Bibliothecis diſperſa , magno labore ac
ſtudio perquiſita , Litterariæ Reipublicæ
una eum illius Epiſtolis obtulit rediviva.
Multa alia opuſcula ſparſim compoſuit.
Cautione ſapientiam , humilitate doctrinam , ſilentio facundiam obtexit. Pie-
tate Deo ,ſynceritate hominibus, omni-
buſque beneficentia complacuit. Cunctis
S. R. E. Purpuratis benevſus , ampliſ-
ſimoque ſapientum Mecœnati Franciſco
MariæCardinaliBrancatioſumme carus.*

*Obiit Viterbii IV. Nonas Martii an-
no Dom.* 1672. *ætatis ſuæ anno* 68.

*Carolus in Archigymnaſio Almæ
Urbis ſapientiæ Bibliothecæ Alexandr.
Præfectus , & Joſeph U. J. D. Germa-
ni fratres MM. Lap. Poſuere.*

Catalogue de ſes Ouvrages.

1. *Breve racconto del Viaggio al
Monte-Libano , di Domenico Magri ,
Malteſe nell' eta ſua d'anni* 19. *In
Roma* 1655. *in-*4°. pp. 52. It. *In Vi-
terbo* 1564. *in-*4°.

2. Ἀντιλογία , *ſeu contradictiones
apparentes,& conciliationes S. Scripturæ à diverſis Autoribus expoſita. Vene-*

tiis 1645. 1653. *in*-24. It. *Paris.* 1665.
1675. 1685. *in*-16. Je ne sçai pourquoi à quelques éditions de *Paris*, on
l'a fait de la Congrégation de l'Oratoire. Il ne paroît pas par sa vie ,
écrite par *Marc Argoli* , qu'il en ait
jamais été.

3. *Notizia de' Vocaboli Ecclesiastici
con la dichiaratione delle Ceremonie &
origine delli Riti sacri , voci barbare , &
frasi usate da santi Padri , Concilii , è
scrittori Ecclesiastici. In Messina* 1644.
in-4°. C'est la premiere édition. It.
In Roma 1650. *in*-40. It. *Ibid.* 1668.
in-4°. Cette troisiéme édition Italienne est augmentée de près d'un tiers.
It. *In Venetia* 1675. *in*-4°. It. *In Bologna* 1682. *in*-40. Je ne connois que
ces cinq éditions Italiennes. L'Ouvrage a été traduit en Latin sur la deuxiéme édition Italienne & imprimée
en Allemagne vers l'an 1670. *in*-4°.
sous le titre de *Notitia Vocabulorum
Ecclesiasticorum, digesta per Dominicum
Magri.* Cette traduction a été depuis
revûe sur la troisiéme édition Italienne , & imprimée dans ce nouvel état
à *Francfort* en 1673. *Charles Magri*
frere de l'Auteur , peu content de ces

éditions , a fait une nouvelle traduction de l'Ouvrage qu'il a donnée sous
ce tire. *Hierolexicon, sive Sacrum Dic-*
tionarium , in quo Ecclesiasticæ voces ,
earumque etymologiæ , origines , Sym-
bola , Ceremoniæ , dubia , barbara
vocabula , atque S. Scripturæ & SS.
Patrum Phrases obscuræ elucidantur.
Auctoribus Dominico Macro , & Ca-
rolo ejus fratre , Bibliothecæ Alexan-
drinæ in Archigymnasio urbis Præfecto.
Opus figuris ornatum , quod præcedit
Index Criticus , ac subsequuntur sylla-
bus Græcarum vocum exocicarum de
quibus in eo agitur , & contradictiones
apparentes S. Scripturæ ab eodem Do-
minico conciliatæ , & ex ejus schedis
in hac tertia & posthuma impressione
auctæ. Romæ 1577. *in - fol. Charles*
Magri a fait beaucoup d'additions à
l'Ouvrage de son frere.

4. *Latini Latinii Epistolæ, conjecturâ*
& observationes , sacra profanaque
eruditione ornata. Ex Bibliothecâ Ca-
thedralis Ecclesiæ Viterbiensis à Domi-
nico Magro , studio ac triennali labore
collectæ. Romæ 1659. *in 4°. Tomus*
secundus , studio ejusdem Dominici Ma-
gri. Viterbii in-4°.

D. MA-
GRI.

5. *Latini Latinii Bibliotheca sacra*
& profana, sive observationes, correc-
tiones, conjecturæ & variæ lectiones in
sacros & profanos scriptores E margi-
nalibus notis codicum ejusdem collectæ
à Dominico Magro. Romæ 1677. *in-fol.*
Dominique Magri a mis à la tête la
vie de *Latini* ; mais tout cela n'a paru
qu'après sa mort par les soins de
Charles Magri son frere.

6. *Virtu del Kafé, bevanda intro-*
dotta nuovamente nell' Italia, con al-
cune osservationi per conservar la sanita
nella Vecchiaia. In Viterbo 1665. *in-*
4o. It. 2ª. *impressione son aggiunta*
del medesino Auctore. In Roma 1671.
*in-*4°. pp. 16. la Lettre sur le Caffé
est datée de *Malte* le 29. Juillet
1665. Les remarques ajoutées à la
suite sont d'*André de Laguna.*

7. *Eulogiologium Diacorale. Romæ*
1668. *in-*4°.

8. *Martirologio Romano dato di nuo-*
vo in luce, con aggiunte. In Roma
1668. *in-*4°. *Magri* a ajouté à cette
nouvelle édition du Martyrologe en
Italien, les Saints Canonisés nouvellement, & a fait plusieurs corrections.

9.

9. *Dechiaratione letterale degli Inni* D. MA-
Sacri. Il composa cet Ouvrage pour GRI.
des Religieuses, dont on lui avoit
donné le soin, & il le publia sous le
nom de *Nicodemo Grima*, qui est
l'anagramme du sien ; mais j'en ignore la date. On l'a réimprimé à *Venise* en 1729. *in-8o*.

10. *De Episcopatu Sabinensi observationes.* Je ne sçai point quand cet
Ouvrage a paru, non plus que le
suivant.

11. *Il Danielo è Salomone del* P.
D*resselio*, *tradotti in Italiano.*

V. Sa vie par *Marc Argoli* à la
tête de son *Hierolexicon de l'édition de*
1677.

JEAN DE LA GESSE'E.

JEAN DE LA GESSE'E, na-   J. DE LA
quit vers l'an 1551. à *Mauvaisin*,   GESSE'E.
ville de Gascogne dans l'Armagnac.

Il vint de bonne heure à *Paris*, &
passa plusieurs années à la Cour. On
voit par ses Ouvrages, qu'il fut Secretaire de la Chambre de *François de*
France, Duc d'*Alençon*, & il ac-

J. DE LA
GESSE'E.

compagna ce Prince dans les voyages
qu'il fit en Angleterre & dans les
Pays-Bas. Il le perdit en 1584. & depuis ce temps-là on n'entend plus
parler de lui, peut-être parce qu'il
ne lui survécut pas beaucoup.

Il s'est fort à donné à la Poësie
Françoise & même à la Latine ; mais
il n'a pas mieux réussi dans l'une que
dans l'autre, & ses Ouvrages font
tombés entierement dans l'oubli. Ils ne
ne laissent pas d'être recherchés par
certains curieux, comme les autres
Poësies du même temps, qui ne
valent pas mieux.

Catalogue de ses Ouvrages.

1. *Execration sur les infracteurs de
la paix. Paris, Jean Borel* 1672. *in-
quarto.*

2. *Nouveau discours sur le Siège de
Sanserre, depuis le commencement qu'il
fut planté devant la ville au mois de
Janvier* 1573. *jusques à présent, le
Camp du Roi étant encore aux environs d'icelle. Plus, une complainte de
la France en forme de Chanson. Par J.
la Gessée, Mauvesinois. Paris, Gilles
Blaise* 1573. *in-8°.* pp. 40. *non chiffrées. Du Verdier, qui a rapporté*

aſſez exactement les Ouvrages de la J. DE LA
Geſſée , n'a pas fait mention de celui- GESSE'E.
ci.

3. *Le tombeau de très - excellent*
Prince Claude de Lorraine, Duc d'Au-
male , occis devant la Rochelle , en ce
mois de Mars 1573. *Plus l'Epitaphe*
du même en divers façons , de vers La-
tin Geſſeins , nouvellement inventé par
le même Auteur. Par J. la Geſſée Paris
1573. *in* 8°.

4. *Les Soupirs de la France ſur le*
départ du Roi de Poloigne , en 27. *Son-*
nets , faits à ce propos en faveur des
Princes & Grands Seigneurs de ce
Royaume. Paris , Gilles Blaiſe , 1573.
*in-*4°.

5. *Le tombeau de Henri de Foix ,*
Comte de Candale , d'Eſterac & Be-
vauges en Guienne , occis au ſiége de
Somieres en Languedoc. Paris , Gilles
Blaiſe 1573. *in-*4°.

6. *La Rocheleide , ou diſcours en*
vers ſur la ville de la-Rochelle aſſiegée
par le Camp du Roi , avec une Ode ſur
les troubles de France. Paris , Gilles
Blaiſe 1573. *in-*8°.

7. *Diſcours en diverſes Poëſies ſur*
l'entiere pacification des troubles adve-

Mém. pour servir à l'Hist.

J. DE LA GESSE'E. *nus en ce Royaume. Paris , Laurent Chancelier , 1573. in-4°.*

8. *Joannis Gessei, Mauvesii, Henrias , variis Poëmatum & Carminum generibus illustrata, ad Seren. Principem Henricum Valesium , Regem Poloniæ & Andium Ducem. Parif. Ægidius Blasius 1573. in-8°.*

9. *Epigrammaton ad Principes. & Magnates Galliæ, permultosque alios insignes viros , libri duo. Parif. Dionys. à Prato 1574. in-8°.* feuille 28. It. *Ibid. 1580. in-80.* On voit à la tête le portrait de l'Auteur , autour duquel il est marqué qu'il avoit alors 23. ans. On ne concevra pas une grande idée de ces vers , quand on remarquera l'affectation de *la Gessée* à dire qu'ils ont tous été faits en six jours.

10. *Ode sur le retour & avant-venue du Roi de Pologne en France , avec la déclaration des Seigneurs Polonois sur ledit retour. Lyon , Benoist Rigaud 1574.*

11. Deux Epitaphes en vers de *Marguerite de Valois,* Duchesse de Savoye , l'une en Latin , l'autre en François. A la suite de la *Harangue*

de Charles Pafchal fur la mort de cette J. DE LA
Princeffe, traduite de Latin en Fran- GESSE'E.
çois par Gabriel Chappuys. Paris 1574.
in-8°.

12. *La Grafinde de Jean de Geffée.*
Paris, Galliot Corrozet 1578. in-4°.
feuilles 30. Ce font des pieces des vers
à l'honnenr de *Grafinde*, Maîtreffe
de l'Auteur, qui font fuivis d'une
Remontrance à P. de Ronfard, auffi en
vers.

13. *Les Odes. Satyres en nombre X.*
Avec cinq Sonnets. Paris, Frederic
Morel 1578. in-4°.

14. *Lettres Miffives, difcours &*
Harangues familiaires. Paris, Jean
de Laftre 1579. in-16. Ceci eft profe.

15. *Les premieres œuvres Françoifes*
de Jean de la Geffée. A fçavoir les
jeuneffes, Livres VI. Les Mélanges,
Livres VII. Les Amours de Margue-
rite, Livres IV. Les Amours de Se-
vere, Livres III. Les Amours de
Grafinde, Livres II. Les Difcours
Poëtiques, Livres II. Anvers, Chrif-
tophe Plantin, 1583. in-4°. Tout cela eft en vers.

16. Il a fait plufieurs vers Latin &
François, fur la mort de *Jean de*

J. DE LA GESSE'E.

Morel , Gentilhomme d'*Ambrun* , qui ont été imprimés avec ceux de divers autres Poëtes fur le même fujets , à *Paris* en 1583. chez *Frederic Morel*.

17. *Larmes & regrets fur la Maladie & trépas de M. de France , fils & frere de Rois. Plus quelques Lettres funebres. Paris , Frederic Morel* 1584. *in*-4º. feuil. 14. Les *larmes & regrets* font en vers , & les *Lettres*, en profe.

V. Les Bibliotheques Françoifes de la Croix du Maine , & de Du Verdier.

LAURENT BANCK.

L. BANCK. LAURENT BANCK , naquit à *Norkiping* en Suede.

Il fit fes études Académiques à *Franeker* , & ce fut apparemment là qu'il fe fit recevoir Docteur en Philofophie & en Droit.

Après avoir voyagé en France , en Italie & en Efpagne , il retourna dans cette ville , où la bonne opinion qu'on avoit de fa capacité , lui procura une Chaire de Droit avec de bons appointemens.

Il là remplit pendant quinze ans, L.BANCK.
& mourut le 13. Octobre 1662. dans
un âge probablement peu avancé

Catalogue de fes Ouvrages.

1. *Roma triomphans , feu Actus inau-
gurationis & coronationis Innocentii
X. brevis defcriptio. Cum Appendice de
quarumdam Ceremoniarum Papalium
Origine. Franequeræ* 1645. *in*-12. It.
Ibid 1656. *in* 12.

2. *De Tyrannide Papæ in Reges &
Principes Chriftianos. Diafcepfis. Ibid.*
1649. *in*-12.

3. *Commentarius de Privilegiis Mi-
litum. Ibid.* 1649. *in*-4°.

4. *De Privilegiis Jurifconfultorum.
Ibid.* 1649. *in*-4°.

5. *De Privilegiis ftudioforum. Ibid.*
1649. *in*-40.

6. *De Prilevilegiis Mercatorum
Ibid.* 1649. *in*-4°.

7. *De Bancciruptoribus. Ibid.* 1650.
in-40.

8. *De Privilegiis Mulierum. Frane-
keræ* 1651. *in*-40.

9. *Taxa S. Cancellariæ Apoftolicæ
in lucem emiffa & notis illuftrata à
L. Banck. Franequeræ* 1651. *in*-8°.
L'Auteur a conferé toutes les édi-

BANC. tions précedentes, & à suppléé par les unes à ce qui manquoit aux autres. Ses notes tendent à expliquer certains termes difficiles à entendre, & forment une espece de glossaire.

10. *Dissertatio de Jure & Privilegiis Nobilium. Franequeræ* 1652. *in* 4°.

11. *Tractatus de Duellis eorumque natura & jure. Ibid.* 1658. *in* 4°.

12. *Bizarrie Politiche, o vero Racolta d'elle piu notabili prattiche di stato nella Christianita, messa alla luce da Lorenzo di Banco, Goto. Alla Franchera* 1658. *in* 12. pp. 314. Il est bon de marquer ici en particulier les pieces contenues dans ce Recueil. Ce font les suivantes.

Instruzzione a' Principi Christiani del modo col quale si governano li PP. Giesuiti per venir alla Monarchia bramata; fatta da persona Religiosa è totalmante spassionata.

Consiglio Politico dato da qualche discepolo di Machiavello alla S. Maesta Catholica, Filippo III. Re di Spagna nella occupazione di Portogallo.

L'Instruttione secreta, data da D. Alfonso della Cueva, Ambasciadore in Venetia, à D. Ludovisio Bravio, suo successore,

successore circa il modo col quale si dove-
ra governare in questa sua Ambasciata.

Manifesta della Regina di Suezia.

Squitinio della liberta Veneta.

Consilio opportuno per rimediar alle
calamita de corretti tempi, dato d'un
Padre Giesuita alla S. Santita, Ale-
xandro VII.

Indrizzo secretto all' ill. Sign. Don
de Velasco Comte di Cirvella, Am-
basciadore del Re Catholico in Roma,
sopra la felice riscossa del Ream di Por-
togallo.

Avertimento sopra il prognostico di
Portogallo. On voit aisément par ce
détail que la plûpart de ces pieces
font satyriques.

13. *Dissertationes de structura &*
ruptura Aureæ Bullæ Caroli IV. Frane-
queræ 1661 *in-4°.*

14. *Discursus Academicus de jure*
Aggratiandi. Franequeræ in-4°. J'ignore la date de cette piece, de même
que de la suivante.

15. *Dissertatio de Consiliis & Consi-*
liariis Principum. Ibid. in-4°.

V. Witten, Diarium Biographicum.
Schefferi Suecia litterata, & Molleri
Hipomnemata. Bayle, Dictionnaire.

Tome XLI. K к

N. Gurt-
ler.

ADDITITION

A l'Article de Nicolas Gurt-
ler, qui est à la page 207.

*EN 1708. Gurtler fit imprimer à
Amsterdam chez les Westeins ses
Origines Mundi, c'est un in-4°. de 915.
pages sans les indices. Comme le titre est fort ample, & apprend en général ce que ce Livre contient, nous
croyons devoir le rapporter en entier.*

*Nicolai Gurtleri Origines mundi,
& in eo Regnorum, Rerum publicarum,
populorum, horumque Duces Migra-
tiones, Dii, Religio, Mores, Instituta,
Res gesta Civiles, Sacræ, Bellicæ :
Referuntur omnia ad loca & tempora
sua, & ex ipsis fontibus, fereque pro-
priis historicorum verbis ad modum historiæ universalis, cum maximè Ecclesiasticæ representantur. Cum indicibus necessariis iisque locupletissimis.* C'est-à-
dire, *les Origines du Monde avec les
Chefs, les Peuplades, les Dieux, la Re-*

---

*L'Auteur de cette article nous ayant
communiqué ces additions après l'impression du premier Mémoire, nous avons
cru nécessaire de le renvoyer à la fin du
volume.

ligion, les *Mœurs*, les *Coutumes*, les N. GURT-
Actions Civiles, Religieuses, & *Mi-* LER.
litaires des *Royaumes, des Republiques,
des Peuples*; le tout rapporté à sa place,
& à son temps; puisé des sources mêmes, & rapporté presque dans les propres termes des *Historiens*, en maniere
d'*Histoire universelle*, principalement
Ecclesiastique, avec des indices nécessaires & très-amples. Par M. *Gurtler*.

Ce livre fait connoître la vaste litterature de Gurtler qui n'étoit pas
bornée à la seule Théologie, & qu'en
courant la même carriere, où plusieurs sçavans l'avoient déja précedé,
il avoit encore trouvé beaucoup à gla-
ner après eux. Car il ne s'est pas contenté de profiter avec avantage des
Ouvrages des autres Sçavans pour
composer le sien, mais il y a dis-
cuté briévement & avec beaucoup
de sagacité leurs divers sentimens
sur les noms & commencemens des
anciens peuples, & sur les premieres
origines de la fable. Comme il avoit
puisé dans les mêmes sources, &
avoit étudié avec soin les originaux
dont il rapporte ordinairement les
passages entiers, il prend en bon

N.Gurt-
ler.

critique son parti sur ces differentes
discussions litteraires, dans lesquelles
il ne perd gueres de vûe l'établisse-
ment de la Religion & l'œconomie
de l'Eglise, ce qui a toujours fait le
principal objet de Gurtler.

Il trouve presque par-tout des
vestiges de l'Histoire Sainte dans les
monumens de l'Histoire profane ;
il prétend avoir trouvé par ses recherches & ses réflexions particulieres
une infinité de traces de l'Histoire
d'Adam, d'Eve, de Noé & de leurs
descendans, lesquelles ont échapé
aux autres sçavans, ou du moins ils
ne les ont pas indiquées.

C'est en suivant la même route
qu'il croit. Par exemple, que la Fable de Typhon foudroyé par Jupiter,
& qui se cacha dans les eaux pour
éteindre le feu, est l'Histoire de Moy-
se corrompue.

On seroit injuste d'exiger de notre
Auteur, des démonstrations claires sur
toutes ses propositions dans ces recherches de choses si éloignées de notre
temps, & dont il reste si peu de monumens & de vestiges, il faut souvent se contenter d'une étymologie
ou de quelque leger rapport : deux

fondemens qui ne ſont pas toujours N. GURT-
inconteſtables.   LER.

Cela paroît aſſez par la difference
des opinions de ceux qui ont traité
ce même ſujet. Gurtler, par exemple,
réfute ſouvent le ſçavant Bochart
pour lequel il témoigne d'ailleurs
toute l'eſtime que perſonne ne peut
refuſer à ce grand homme. Les nouvelles découvertes que dans cette
matiere Gurtler prétend avoir faites,
pourront dans la ſuite trouver auſſi à
leur tour de nouveaux contradicteurs.
Et dans ces contrarietés, dans ces
diſcuſſions differentes, la Republique des Lettres trouve ordinairement ſon avantage.

A l'égard des Etymologies ou de
la conformité des noms, des pays,
des peuples, & chefs des anciennes
nations, quoiqu'il y en ait un grand
nombre d'incertaines, il y en a ſouvent de ſi heureuſes qu'on ne peut preſque douter qu'elles ne ſoient ſûres.
L'on en trouve pluſieurs exemples
dans le Livre de Gurtler. Si tout n'y
eſt pas démontré, c'eſt la faute de la
matiere & non celle de l'Auteur qui
l'a maniée.

N.GURT-
LER.

Gurtler a divisé son Ouvrage en deux Livres ou en deux époques. Dans la premiere, après avoir expliqué en deux chapitres l'Histoire avant le Déluge, il donne ensuite l'Etat de tous les Peuples du monde depuis le déluge jusqu'au temps où les Israëlites sortirent d'Egypte. Dans le second Livre qui est presque deux fois aussi grand que le premier, il comprend le temps qui s'est écoulé depuis cette sortie des Israëlites jusqu'au Regne de Saül. Ce qui renferme les temps qu'on appelle les siécles héroïques, & l'origine de la plus grande partie de la Fable & des Dieux du Paganisme.

Gurtler avoit promis une continuation de cet Ouvrage, mais soit qu'il ait abandonné ce dessein, soit que ses occupations ou sa santé ne lui ayent pas permis de le continuer, son fils aîné nommé aussi comme lui Nicolas, & Professeur à Herborn en 1720. dans la Préface qu'il a mise à la troisiéme édition *des Institutions Théologiques* de son pere, où il marque les Ouvrages qu'à sa mort, son pere lui a laissé en état d'être impri-

mes , ne fait aucune mention de cette continuation des *Origines du mon-*
de , mais ſeulement de deux autres
Ouvrages , ſçavoir d'une expoſition
analytique (*exegeſis analytica*) ſur
quelques textes des Prophétes ; &
d'une explication plus étendue du
Catéchiſme d'Heidelberg , que celle
qu'il avoit dictée en abregé pour leçons à ſes Ecoliers , laquelle explication à ce qu'on prétend ne ſera pas
de trop , après les Commentaires &
explications de ce Catéchiſme qu'en
ont déja donné David Paré & Alting.

Dans les nouvelles de la Republique des Lettres du mois de Mars article 2. & d'Avril article 6. de 1709.
Jacques Bernard en donnant l'Extrait
des *Origines du monde* de Gurtler ,
y a fait de legeres Remarques par
leſquelles il combat quelques ſentimens de l'Auteur à qui il rend néanmoins ce témoignage , que quelque
vaſte que fût le titre de ſon livre Gurtler tenoit parole , n'y promettant
rien qu'il ne l'aye exécuté ponctuel-
lement , & qu'il ſeroit difficile d'a-
voir ramaſſé plus de choſes en moins
de mots que l'a fait cet Auteur. Il

GURT-
LER.
ajoute que dans ce livre l'on y
avoit la commodité d'y trouver
par-tout comme Gurtler le promettoit dans le titre, les propres paroles
des Auteurs qu'il allegue. Mais le
Journaliste croit devoir se plaindre
de la négligence des correcteurs de
l'impression de ce Livre, lesquels
n'ont pas toujours eu soin de distin-
guer le texte des Auteurs cités. Il dit
qu'on y voit quelquefois des vers
d'un Poëte, mis tout de suite dans
le discours, sans qu'aucune marque
les distingue : en sorte que ne croyant
lire que de la prose, on est tout sur-
pris par la mesure de trouver des
vers, de maniere qu'on est obligé
de recommencer sa lecture pour
mieux s'en appercevoir, & pour goû-
ter le plaisir que cause la cadence de
la Poësie.

Catalogue des Livres de Nicolas
Gurtler.

Lexicon quatuor linguarum Latinæ,
Germanicæ, Græcæ, & Gallicæ. Ce
Dictionnaire parut en 1682. & Gurt-
ler le publia lorsqu'il étoit encore à
Basle : ce Livre a été si bien reçu en

Allemagne , qu'en 1711. il y en N. GURT-
avoit déja eu trois éditions.   LER.

Hiftoria Templariorum , il y a eu
deux éditions de ce Livre , la premiere parut en 1691. & la feconde
en 1702. Cette Hiftoire commença
à donner beaucoup de réputation à
Gurtler, de forte que les Curateurs de
l'Académie de Groningue , qui a-
voient nommé deux Profeffeurs en
Théologie , crurent devoir nommer
Gurtler -pour remplir l'une de ces
deux places , au cas que l'un ou l'autre ne voulût pas accepter celle à laquelle il avoit été appellé. Cette nomination qui faifoit tant d'honneur
à Gurtler, par l'événement , n'eut pas
fon effet.

Explicatio brevis vocum Typico-
Propheticarum. Ce Livre parut *in-4°.*
en 1698. Dès ce temps-là l'Auteur
fe difpofoit à en donner une édition
plus ample & plus exacte , mais ce
qu'il avoit préparé pour cette feconde édition n'a point paru. Ce Livre
fervoit comme d'introduction aux Inf-
titutions Théologiques de cet Auteur
qui feront rapportées ici après.

En 1699. il publia un Recueil de

N. GURT-
LER.

quelques Differtations particulieres
fur differens paffages de l'Ecriture
Sainte , & fur differentes matieres de
Théologie , telles font entr'autres
celle *de Jefu Chrifto in gloriam Evecto,*
&c. & fes *Dialogi Euchariftici* : environ 1710. il publia encore à Franeker un fecond Recueil de pareilles
Differtations.

Inftitutiones Theologicæ quibus funda-
menta reformatæ religionis ordine ma-
xime naturali fuccinctis pofitionibus
traduntur. Luculentis fcripturæ teftimo-
niis probantur , confenfu veteris ecclefiæ
confirmantur , adverfus placita adver-
fariorum & diffentientium fumma fide
ipforum verbis relata folidè vindicantur,
& ad pietatem & confolationem ubique
applicantur. Notulis pofthumis auctoris
ejufdem Elogio à Joanne Vander Wayen
confcripto indiceque locupletiffimo auc-
tæ. Halæ Madeburgicæ fumtu novi Bi-
bliopolii 1721. in-4°. pag. 947. La
premiere édition de ce Livre parut à
Hanau en 1694. La feconde à *Amft.*
en 1702. chez les *Weftein.*

Idæa Doctrinæ Chriftianæ de Con-
fcientiâ, il n'y a que les cinq premieres
pages de ce Traité de la Confcience

qui ayent paru imprimées, l'Auteur
ne jugea pas à propos d'y mettre fon
nom. Soit que ce peu de pages con-
tint feulement le plan de cet Ouvrage, foit que Vander Wayen qui
fit l'Oraifon funebre de fon ami Gurtler eût eu communication de tout
le Traité en manufcrit, lorfqu'il en
fait mention, il ne craint pas de dire que ce Traité eft *Tractatus vere au-
reus.*

L'*Hiftoire de l'Eglife de France*,
publiée en Allemand fans nom d'Auteur.

*Differtatio ad defenfionem Cateche-
feos Palatinæ.* Cette Differtation fut
faite particulierement pour la défenfe de l'art. 80. du Catechifme du
Palatinat ou d'Heidelberg, comme on
l'appelle communément, dans lequel
article on traite du Sacrifice de la
Meffe, & de la maniere dont Jefus-
Chrift eft dans le Sacrement de la
Sainte Céne ou d'Euchariftie.

Cette Differtation fut compofée &
publiée par Gurtler à l'occafion d'une
difpute fort vive qui s'éleva lors d'u-
ne Thefe qui fut foutenue dans l'A-
cadémie d'Heidelberg, environ l'an

1685. lorſque les Jeſuites & les Luthériens par des argumens tout-à-fait
differens, attaquerent avec chaleur
de vive voix, & par écrit cet article
du Catechiſme, qui eſt celui dont ſe
ſervent les Calviniſtes d'Allemagne,
& qui y eſt ſeul autoriſé parmi eux.
De même que celui de Calvin eſt
celui qui eſt enſeigné dans les Egliſes
de Suiſſe, & avant la révocation de
l'Edit de Nantes, il étoit le ſeul autoriſé dans celles de France ſuivant
que cela avoit été reglé dans leur Synode national tenu à Montauban en
1594. & confirmé par celui tenu à
Montpellier en 1598. & dans le dernier qu'ils ont tenu à Loudun en
1659.

Le principal Auteur de ce Catechiſme du Palatinat fut Zacharie Ur-
ſin, célébre Profeſſeur à Heidelberg,
auſſi dans le Recueil de ſes œuvres fait
un an après ſa mort, & que ſon fils
fit imprimer en un vol. *in-fol.* à Amſt.
en 1584. ce Catechiſme y eſt com-
pris comme étant ſon Ouvrage, quoiqu'il y fut aidé par Pierre Boquin,
par Emanuel Tremellius, Profeſſeurs
en Théologie dans la même Acadé-

mie , & par Gafpard Olevien , pre- N. GURT-
mier Prédicateur de la Cour. Ce Ca- LER,
téchifme paffe pour plus méthodique
que celui de Calvin.

L'Electeur Palatin Frideric III,
avoit fait compofer ce Catéchifme
avec foin , afin particulierement de
rapprocher & de concilier , s'il étoit
poffible , les Luthériens avec les Calviniftes , & empêcher le progrès de
la divifion entre ces deux partis , que
leurs interêts & leur défenfe commune fembloient devoir tenir unis. L'on
y avoit pour cela ménagé avec attention les expreffions fur les matieres
à l'égard defquelles ils n'étoient pas
d'accord. Cet Ouvrage achevé, l'Electeur le fit examiner , il fut enfuite
approuvé par les Infpecteurs des E-
glifes du Palatinat , & enfin il fut
rendu public en 1563.

Malgré ces foins & ces précautions,
ce Catéchifme ne fut pas à l'abri de la
contradiction, fur-tout dans un temps
où les Controverfes fur la Céne &
fur d'autres fujets étoient agitées avec
beaucoup de chaleur entre les Luthériens & les Calviniftes , ainfi qu'entre
les Catholiques & les Calviniftes,

Ces contestations semblerent se renouveller avec autant de vivacité, que jamais dans l'Université ou Académie d'Heidelberg, environ l'année 1685. au sujet d'une These ainsi que nous l'avons dit ci-dessus, où les Jesuites d'un côté & les Luthériens de l'autre, quoique d'opinions differentes, attaquerent en même tems chacun suivant leur méthode particuliere, & cela tant de vive voix que par écrit, la doctrine Calviniste contenue dans l'art. 80. du Catéchisme du Palatinat.

Comme la grande guerre qui suivit la Ligue d'Ausbourg étoit prête à s'allumer, l'Electeur Palatin dans ce temps critique craignit que ces disputes de religion, allant trop loin, n'eussent des conséquences dangereuses, & que le prétexte de la Religion ne servît à brouiller entr'eux de nouveau les Princes de l'Empire, dans un temps où ils devoient être unis. C'est pour cela qu'il imposa silence aux Disputans. Mais les Calvinistes ayant été attaqués & n'ayant pas répondu lorsque cet ordre de ne plus écrire arriva, ils crurent ne de-

voir pas laisser leur cause tout-à-fait N. Gurt-
sans réponse , Gurtler s'en chargea & ler.
l'exécuta par cette Dissertation.

Il est vrai que Jacques Lenfant
Ministre alors refugié à Heidelberg ,
avoit déja publié deux petites Lettres à ce sujet pour répondre à deux
livrets d'un Jesuite. Ces mêmes disputes ayant recommencé il y a quelques années. Lenfant a fait réimprimer ces deux Lettres à Amsterdam ,
chez Humbert en 1723. & y a joint
trois discours sur les Catéchismes, les
Formulaires & les Confessions de
Foi , au fréquent usage desquels il ne
paroît pas être beaucoup favorable. Ce
volume se vend ordinairement comme le cinquiéme tome de son *Préser-*
vatif contre la Réunion avec le Siége de
Rome. Mais pour ce qui est de la Dissertation ci-dessus de Gurtler , elle est
beaucoup plus ample, & contient la défense du Catéchisme particulierement
sur l'article contesté , tant contre les
Catholiques , que contre les Luthériens. Quoiqu'il ne fût alors ni
dans les Etats, ni dans la Jurisdiction
de l'Electeur Palatin , il ne jugea pas
à propos de mettre son nom à la tê-

N. GURT- te de sa Dissertation. Vander Vayen
S. ER.   dans l'Oraison funebre de Gurtler,
rapporte les preuves que cette défense du Catéchisme d'Heidelberg est
l'Ouvrage dudit Gurtler.

Origines mundi, ce Livre est rapporté ci-devant.

Sani Sermones, qui est un petit livre
abregé qu'il fit imprimer *in-8°.* en
1708. ou 1709. à l'usage de ses éco-
liers, ce fut apparemment à Franeker. L'Auteur de son Oraison funebre dit que ce Livre est également
court & solide, mais il n'explique
point ce qui en fait la matiere.

Gurtler, ainsi que nous l'avons dit
ci-dessus, outre ces Livres imprimés,
en a laissé en mourant à son fils deux
autres encore en état d'être donnés
au public. Sçavoir, *Exegesis Analytica in textus nonnullos propheticos veteris instrumenti. Et Catecheseos Heidelbergensis succincta explanatio* laquelle il avoit dictée à ses Ecoliers.
Comme tout ce que Gurtler a donné
au public est très-estimé, l'on est persuadé que ces livres seront reçus avec
plaisir ; sur-tout de ceux qui sont
dans les sentimens de Gurtler. Et cette

re courte explication plaira d'autant plus que celle qu'Henri Alting Profeſſeur à Heidelberg, où il combat particulierement les Sociniens & les Arminiens, eſt extrêmement prolixe, puiſqu'elle contient 3. vol. *in* - 4°. imprimés à Amſt. en 1646. & que celle publiée en François *in*-12. dans les Etats du Roi de Pruſſe, à l'uſage des Egliſes des Refugiés de France, quelque eſtimée qu'elle ſoit d'ailleurs eſt auſſi trop abregée.

Fin du Quarante uniéme Tome.

TABLE

DES AUTEURS CONTENUS
dans ce volume, ſelon l'ordre des matieres qu'ils ont traitées dans leurs Ouvrages.

Tome XLI. L l

Fin de la Table des Auteurs.

TABLE

NECROLOGIQUE

Des Auteurs contenus dans ce volume.

Fin de la Table Nécrologique.

APPROBATION.

Vû le Quarante-unième Tome des *Mémoires des Hommes Illustres.* Signé,

HARDION.